逐梦云端

——作家笔下的周宁县乡村振兴

宁德市文学艺术界联合会
中共周宁县委宣传部 编
中共周宁县委乡村振兴办

海峡出版发行集团
THE STRAITS PUBLISHING & DISTRIBUTING GROUP
海峡文艺出版社
Haixia Literature & Art Publishing House

序

◎ 奉　紫

离家多年，虽偶尔抽空回老家打个转，但每一次都是来去匆匆。儿时走街串巷的麦芽糖、五彩斑斓的板灯龙、咿咿呀呀的北路戏以及父老乡亲们布满褶皱的双手与面颊，总让我在不胜唏嘘的同时，涌上一股难以忘怀的温馨。

老家周宁，是位于闽东北的一个海边山区县。她是华东地区海拔最高的山城，绵延起伏的鹫峰山脉，贯穿县域。或许可以这样说，周宁就是镶嵌在鹫峰山脉东麓的一颗明珠。小时候，外出求学，盘旋而下的公路，尘土飞扬还在其次，不知道转了多少个弯的山路，常常把人旋得晕眩，也让大都市过来的老司机们望而却步。那时候，福州离家很远，坐客车都得花上七八个小时，不像现在，小车方向盘一转，2个多小时足矣。那时的家乡很穷，一家人辛辛苦苦，面朝黄土背朝天，守着自己的一亩三分地，与天斗，与地争，一年到头，也剩不下几个钱。后来改革开放，村里人纷纷走出家门，回老家也碰不上几个熟人，于是，家乡成了灰扑扑的一件老旧褂子，除了村前那条依旧清澈、回荡着儿时欢乐的溪流，大约只有在春节的时候才焕发出活力，因而也就逐渐淡了回家的欲望。

直到前些年，趁着节假日还有些空暇，再次踏上归途。沿途所见，让我颇为振奋。此后，或许因乡愁的吸引，或是因这"天然氧吧"高达每立方厘米1万多的负离子浓度，或者是想在这世外桃源中重拾心灵的静谧，我开始多次往返老家，开始一趟趟生态之旅、特色之旅和时光之旅。

在繁忙的工作之余，朝着记忆深处的痕迹前行，目之所及，山青水碧，让你情不自禁想要驻足。山缝间清冽的山泉，喝一口，故乡的记忆便深了一分；密不见光的"风水林"，哪怕只是在其中站上一站，心里便多了几分儿时的轻快。都市的喧嚣与焦躁带来的身心疲惫在故乡清芳的山风里，徐徐退去，入怀的是一片凉爽与舒畅。沿途村庄，还有许多黄墙，白墙与青砖黛瓦。错落有致的老屋，整洁朴素大方，每到一处，总有一些惊喜或是惊叹在等着你。

譬如，在梧柏洋村，曾经的闽东特委书记罗富弟、特委委员兼中共周墩县委书记张华山等人就牺牲在附近的赖头岗。革命志士的精神与后人对英烈的景仰，在这座村庄里凝固成一座时代的丰碑。人们在缅怀的同时，牢记初心使命，踔厉奋发，敢于斗争，善于斗争。红色文化与乡村振兴的有机融合，让梧柏洋成为文旅融合发展的一个明星村。在苏家山村，乡贤回乡创业，在山包上种植有机茶，在茶园上建设玻璃栈道、蹦极、滑索等等，带领村民共同打造出一个别样的"乡村迪士尼"，吸引了大批游客，为偏僻的山村打开了通往外界的另一扇窗口，带动村里十多名贫困村民集体脱贫。还有陈峭村、常源村与坂坑村……这一个个昔日地处偏远、外地人难以涉及的小村子，在乡村振兴战略的引领下，或以旖旎的风光取胜，或以历史文化的积淀，焕发出迷人的风采，或是走在时代的前列，以独具特色的产业推动经济发展。它们使周宁这个名不见经传的小县城，由此受到世人的青睐。

乡村振兴在周宁，是一篇"逐绿而行"的生态华章。30多年前，时任宁德地委书记的习近平同志三赴周宁黄振芳家庭林场调研，并亲手种下三棵杉树。在《摆脱贫困》一书中，习近平总书记提出了"森林是水库、钱库、粮库"的"三库"绿色生态理念，成为了周宁"筚路蓝缕、以启山林"的科学指引。多年来，周宁牢记嘱托，呵护着生态这块"金字招牌"，做好绿色文章。2022 年 3 月，习近平总书记在首都植树节上再次提出"森林是水库、钱库、粮库，现在应该再加上一个碳库"。周宁县的乡村振兴战略也同时进行了提升，以七步镇后洋村为示范，引领全县人民立足新发展理念，在云端山水之间，逐绿奋进，努力开辟了富有山区特色的周宁乡村振兴之路。葱葱郁郁的林海成为周宁的主色调，润泽着周宁 54 条主要河流。山水相环，相互滋养，讲诉着一个个引人入胜的周宁故事。"华东第一瀑"九龙漈与水共舞，与山拱托；"中华奇观"鲤鱼溪与鱼相融，人鱼成趣……全域治水，全民护河，一山一岸一水，交相辉映，生态之美成为周宁乡村振兴之路的一张靓丽名片。

乡村振兴在周宁，是一篇"高山高优"的特色篇章。这里山灵，平均海拔 800 米，森林覆盖率 72.96%，满目皆绿，瓜果蔬菜自带属性，来自高山之巅的风物，仙气萦绕。入夏到此，仿佛置身于"天然空调"之域，尽可感受氧吧"凉资源"。人们在这块处处皆景、全域可游的土地上，尽情欣赏着由无锡向山兰园、盛周花卉、三杉科技等 30 多家花卉苗木企业建成的大花蕙兰、香水百合、多肉植物等生产基地。在乡村振兴服务中心，我看到了从种苗培育到种植、从销售到展示的花卉产业链，让高山"小花朵"长成品牌，成就了亿元产业。而高山云雾茶、高山晚熟葡萄、高山马铃薯等特色农产品产业，还有林下经济遍布全县，更是以其味佳而又鲜美的高优品质获得人们认可和喜爱。它们让许多原本沉寂的山林、田野焕然一新，不仅美化了乡村环境，更是推动了经济的发展，以其丰厚的"红利"夯实了群众的"钱袋子"，谱写了一个个绿色创新发展的故事。

乡村振兴在周宁，更是一场历史文化的时光之旅。这里古韵悠然，尽展原生态之美。不管多久的故事，穿越时空，仍有一针一线的缝制，一瓦一木的拼接，屡历流岚云瀑洗礼，依稀透过袅袅烟影，宛若一块块璞玉，坐卧在美丽的乡村原野。新发展理念在这里扎根，乡村的气质、颜值就在这样的建设中不断得以升华。在楼坪村，昔日颓废的石门古宅，在乡村振兴的故事里，被反复咀嚼。老祖宗的英姿、古民居里的往事，经子孙后代的挖掘重现天日。"积善之乡"从尘封的历史中走出，村规民约的优秀传统被子孙们郑重地拾掇后，融入时代精神，发扬光大。在陈峭村光怪陆离的云海里，从最为古朴的"香火龙""土主祭"等古老风俗，可以窥见其先民在既往极其贫困的生活中，依然充满憧憬、满怀斗志的乐观精神与新时代陈峭人不忘桑梓、反哺故土的深厚情结。陈峭村的崛起，不仅仅是一部陈峭人新时代精神的写照，更是一个立足优势资源、吸引乡贤回归创业、带动村庄脱贫致富的乡村振兴的模板。在芹溪村，我甚至看见了古银矿遗址在"宁要绿水青山，不要金山银山"的理念中熠熠生辉。古银矿业成了历史，却又跳出了历史，以文化的身份展示在人们面前。历史的进程摒弃了银矿开采带来的生态破坏，带给人们新时代的理念与内涵的赏析。开满格桑花的芹溪村，可以养鱼，可以打造"古银文化"等，推动村财和村民创收，以实际行动诠释了"绿水青山就是金山银山"。

在《逐梦云端》这本书里，我看到了许多我先前没有到过的村庄，也看到了周宁县在乡村振兴之路上的点点滴滴。这点点滴滴，凝聚着无数乡村振兴人的心血，汇聚了无数来自基层、来自一线的昂扬斗志与真抓实干、与时俱进的精神。值得欣慰的是，云端之城的变迁，正在与我们的期待同步前行。现在的我虽无法做到"开荒南野际，守拙归园田"，但我想，云端周宁的美好，将时时烙刻在我的脑海，与清风一同行走在我的心间，与甘露一般润泽着我的乡愁。而这乡愁，长满藤蔓，爬满我的心扉，一同向着梦想前行。

壬寅年腊八撰于闽都福州

前　言

　　"民族要复兴，乡村必振兴。"党的十九大以来，党中央围绕打赢脱贫攻坚战、实施乡村振兴战略作出一系列重大部署，出台一系列政策举措，对全面推进乡村振兴作出具体任务安排，明确了"产业兴旺、生态宜居、乡风文明、治理有效、生活富裕"的总要求。周宁县委、县政府深入贯彻落实党中央决策部署，立足实际，大力推进乡村振兴战略，历经数年努力，取得良好成效。

　　周宁，地处福建省东北部，辖6个镇、3个乡、147个行政村（社区），土地面积1047平方千米，总人口21.6万人，是国家生态文明建设示范区、中国鲤鱼文化之乡、中国天然氧吧。因地属高山丘陵，梯田耕作以人力为主，土地贫瘠，劳作成本大，难以养活村中人口，改革开放以后，村民们为谋生致富，大量外出务工，村中仅剩老人、妇女和小孩，造成土地抛荒、撂荒严重，乡村经济萧条。至21世纪初，很多村庄十室九空。为改变这一现状，周宁县委、县政府充分利用各种有利条件，整合资源，创设平台，出台政策，因势利导，开辟了独具特色的乡村振兴之路，乡村振兴战略真正落到实处，不仅确保了绿色生态文明建设，推动"生态红利"最大化，更是成就了周宁人民生态宜居、美丽幸福、"逐绿而行"的周宁梦。

　　5年来，周宁县坚持"绿水青山就是金山银山"理念，深入践行"三库+碳库"绿色生态理念，以实际行动"逐绿而行"，不断巩固绿色生态底色，为乡村振兴战略的实施打下坚实基础。周宁县大力倡导黄振芳植树造林精神，累计建成"绿盈乡村"初级版 112 个、中级版 29 个、高级版 7 个，全县森林覆盖率达 72.96%，空气监测优良天数比例 100%，负氧离子浓度每立方厘米最高超过 1 万个，达到"非常清新"等级，2021 年获评国家生态文明建设示范区。为持续巩固农村人居环境整治，推进全域"治水"，周宁县在福建省率先采用建管一体化 EPC+O 农村生活污水治理模式。全县 54 条河流水质均达到或优于Ⅲ类水质标准，达标率 100%。覆盖 8 个乡镇、32 个行政村的农村生活污水智慧监管典型案例亮相全国数字峰会。同时，周宁县铺开农村垃圾干湿分类处理及资源化利用示范工作，利用湿垃圾生产有机肥 5.2 万公斤，2021 年获评全国村庄清洁行动先进县。

5 年来，周宁县立足高山资源优势，突出农业科技创新，不断提升传统农业优势产业，积极培育农业新品种，发展新业态，激活村级集体经济"造血功能"，带动农村经济发展。引导广大村民大力发展林茶、林药、林菌、林油等林下经济，开发利用 9 万多亩林地资源，总产值超过 7 亿元。加快构建高山马铃薯、高山云雾茶、冷凉花卉"3+N"特色产业体系，培育涉农经营主体上千家，持续推进农产品研发、生产、加工、销售等各环节延链、补链、强链。发挥"高山""高优"优势，建设中华鲟保种中心、高山特色花卉现代生态科技示范园、"金种子"保种和孵化培育中心等项目，大力引进龙鲟鲟业、大花蕙兰、文心兰等行业龙头企业，加大农业科技投入，打造周宁农业"芯片"。成立周宁有鲤投资有限公司，打造"周宁有鲤"区域公共品牌，抓住优质拳头产品，统一标准、统一包装、统一营销，紫云土豆、宝岭花生等优质农产品供不应求。同时，整合资源打造乡村振兴服务中心，大力发展"直播经济"，向山兰园、天蓝蓝、三杉生物等企业在抖音、快手平台人气火爆。

5 年来，周宁县贯彻落实高质量发展理念，实施"云端人才"评价认定办法，推进普惠与个性结合、本土与引进兼顾的人才政策体系建设，吸引各类人才向乡村集聚，激发乡村发展动力。制定《周宁县政府顾问团组建实施方案》，着力人才柔性引进，破解高层次人才紧缺问题。制发《周宁县集聚下派力量助力乡村振兴的实施方案（试行）》，整合乡村振兴指导员、驻村第一书记、科技特派员、专家服务团、金融助理员等5支队伍680余名下派干部力量，破解下派干部受地域限制约束、服务对象单一等问题，通过建立"供需清单"，将专业特长、资源优势与各村需求精准匹配，仅2021年就实施跨村跨乡服务项目155个，开展服务436次，帮助解决问题174个，推动项目落地105个。

5年来，周宁县围绕全域旅游，在全县范围内创新发展特色乡村旅游，推动乡村文化旅游有机融合，助力乡村振兴。在坚持人与自然和谐共生理念的基础上，做好鲤鱼文化、红色文化、林公文化、廊桥文化、古银矿文化、畲族文化等特色文化的传承与保护。同时，挖掘和活态展示制碗、棕衣、打锡、评书、农耕等非遗项目，进一步丰富全域旅游文化内涵。积极扩大有效投入，完善基础设施建设，着力打造A级景区，建设"金牌旅游村"、旅游特色村、旅游特色小镇等，保护改造提升历史文化名村和传统村落，合理科学开发利用传统村落，有效实现传统村落的可持续发展，推动陈峭村、苏家山村、楼坪村、芹溪村等一批乡村成为旅游、研学特色村。加大各乡镇创建品牌力度，力促乡镇片区串点成线，通过"旅游+""+旅游"，精心打造精品一日游，规划红色精品旅游线路。坚持开展"一镇一品"文化旅游节庆活动，促进产业集聚融合，提升乡村旅游人气，扩大乡村旅游消费。

实施乡村振兴战略是实现第二个百年目标，促进全体人民共同富裕的必由之路，利在百姓，功在千秋。走独具特色的乡村振兴之路，把周宁乡村建设成生态宜居、产业兴旺、文化繁荣、充满活力的新农村，是周宁县每一个乡村振兴者的梦想与希望。

党的二十大指出"全面建设社会主义现代化国家，最艰巨最繁重的任务仍然在农村"，强调要"坚持农业农村优先发展，坚持城乡融合发展，畅通城乡要素流动，扎实推动乡村产业、人才、文化、生态、组织振兴"。周宁县委、县政府将深入贯彻落实党的二十大精神，坚持产业、生态、城乡"三位一体"，大力实施"西拓南承、呼应湾区"战略，推动周宁县乡村振兴工作取得更好成效，让周宁的乡村焕发出别具一格的光彩。

编　者

2022 年 11 月

目 录 / CONTENTS

■ **云水青山**

■ **乡村嬗变**

■　文脉绵延

■　人才荟萃

■ 党旗飘扬

■ 诗意云端

逐梦云端

云水青山

厚重水文化 今朝谱新曲

——周宁县大治水巡礼

◎ 唐 颐

周宁地处鹫峰山脉东麓，县域平均海拔 800 米，县城海拔 886 米，素称华东地区第一高城。境内峰峦叠嶂，山青林茂，有大小山峰 661 座、千米以上高峰 282 座，森林覆盖率达 72.96%，享有"天然氧吧""云端仙境"美誉。

周宁山美，水更美。境内溪流错综，湖泊密布，峡谷险峻，瀑布壮美。涓涓细流是水，烟波浩渺是水，汹涌磅礴是水，厚重文化是水。近些年，随着全县各级河湖长制度的建立，周宁持续推动河湖治理，周宁之水，愈显厚重绵长，充满清新活力。

厚重水文化

周宁两个国家级风景旅游区——鲤鱼溪与九龙漈，都是水的产物。

浦源村鲤鱼溪有 800 多年历史。鹅卵石垒砌的溪岸爬满苍苔，溪岸两旁的青石板街面被岁月打磨得凹凸锃亮，沿街明清时期的木板连家店斑驳沧桑、古香古色。穿街入巷的小溪清澈见底，溪里的鲤鱼，见人影而聚，闻人声而戏，人谐鱼性，鱼钟人情。

鲤鱼溪下游的小山丘上有一座鱼冢，料是全国独一无二。鱼冢两旁各守立一株千年柳杉，树根相缠，枝丫相连，缠绵悱恻，人称"夫

3

鲤鱼溪　张源/摄

妻树"。若有鲤鱼死亡，村人便将之置入木盘，捧至鱼冢前，由德高望重长者主持葬礼，其仪式如葬亲人，庄严肃穆。这里的"护鱼文化"习俗被列入福建省首批非物质文化遗产名录。

九龙漈是由形态各异的九级瀑布组成，一瀑连一瀑，首尾流程1000余米，落差300多米。第一级瀑布高46米，宽76米，最为壮观。福建省原省长胡平曾赞之为"八闽之最，华东无双"。若是沿着两岸悬崖峭壁上的栈道行走，相伴着峡谷间的狂野之水，从一级走到九级，总有一种酣畅淋漓的感觉。

东洋溪流域的水发源于周宁境内高山，流经鲤鱼溪，贯穿县城，流到九龙漈。这是一条承载着厚重文化的溪流，没有理由不让它清澈灵动。

河流污染，根源在岸。周宁以东洋溪流域作为重点整治的突破口，沿溪溯源，水岸同治，实现所有乡镇生活污水处理全覆盖；同时，建立县、乡、村三级河长制，分别设立河长、河段长和专管员，形成网格化管理体系。

4

九龙漈 李洪元/摄

　　如今走进周宁县城，处处可见鲤鱼模型的路灯。鲤鱼文化在周宁根植于民间，深入民心。相传当年浦源村郑氏祖先在家门口小溪养鲤鱼，最初目的是为了净化水质和"以鱼试毒"（即检验饮用的溪水是否有毒），由此发展到待之如亲人，奉之似恩人。近些年，在整治河流、提升水质工作中，鲤鱼文化得到再一次发扬光大。古老的鲤鱼溪得到全面整治，景区面积几乎翻了两番，建成了闽东地区最大的荷花田与水幕灯光秀，一跃成为"云端周宁"休闲消夏的新锐品牌。

　　全县许多村庄改水改厕之后，便在河流放养鲤鱼，复制了一条又一条"鲤鱼溪"。此外，群众还传承了"养荷花净水""种白蒿去污"等治水土办法，与鲤鱼溪文化相得益彰。

丰富水资源

　　周宁县水利局长李圣旺介绍全县水能资源利用时犯难了。按常规应该这么介绍：全县可开发利用水能资源57.13万千瓦，遥遥领先于闽东其他县市区，现有40座水电站，总装机容量为55.375万千瓦。装机容量最大的是周宁水电站，达25万千瓦，为宁德市第一、全省第三。但随着2022年周宁抽水蓄能电站全面建成发电，装机容量高达 120 万千瓦，一下子取代周宁水电站成为宁德市装机容量最大的水电站。

科技的力量远远突破了常规的水能利用数据，所以让水利局长为统计口径犯难。

芒种季节，我们慕名来到周宁抽水蓄能电站，在云雾缭绕中俯瞰"高峡出平湖"。这个俗称"上水库"、库容量达 1073 万立方米的人造湖泊，呈椭圆形，映照着如黛青山，徘徊着天光云影，让人不禁想起一个时髦词汇：天空之镜。

如若站在更高处，可以看到两个形状相仿的"天空之镜"，因为在落差 400 多米的下游，还有一个俗称"下水库"的人造湖泊。她们就像一对美丽的孪生姐妹，孪生的"天空之镜"。

最好搭乘直升飞机，在周宁天空盘旋一番，那你就可以发现，脚下的县域，堪称半县湖泊半县山。全县共有 25 座水库，其中大（Ⅱ）型水库 1 座、中型水库 2 座、小（Ⅰ）型水库 8 座、小（Ⅱ）型水库 14 座。它们与 18 条溪流纵横交错，星罗棋布。

芹山湖最为壮观。它是开发芹山水电站而形成的人工湖，位于海拔千米的芹山顶，有着"华东第一高山天湖"之誉。芹山湖总面积

芹山天湖 李洪元/摄

20平方公里，湖面面积 7.2 平方公里，一派湖光山色。广阔的湖面连接着中国传统村落禾溪村、千年古刹灵峰寺、省级森林公园仙风山等景区。近些年，湖区修建了环湖栈道与公路，已成了极具魅力的旅游休闲度假区。

大约 18 年前，福建师范大学的傅朗与黄国盛两位博士生导师，带领专业团队，对周宁后垄大峡谷进行了为期多天的人文与自然旅游资源科考，得出结论：周宁确实有原始森林与古村落资源，闽东也有"西双版纳"。

后垄大峡谷位于礼门乡境内，全长 30 多公里。峡谷两岸群山苍茫，峰奇岭峻，气势恢宏，千米以上高山 20 多座，两岸多为深切峡谷，谷底的后垄溪，上连国家级著名风景区鸳鸯溪，下接蕉城区洪口风景区。而今，后垄大峡谷的一段已被开发成为新兴旅游景点——陈峭风景区。

由于后垄大峡谷水丰瀑多，落差达 800 米，21 世纪初在此建成了后垄水库，库容量 2632 万立方米，属中型水库。那天，我们欣喜地听到周宁抽水蓄能电站负责人介绍，已经对后垄大峡谷地貌进行了勘察，那里特别适合筹建抽水蓄能电站，也许不久的将来，周宁境内又要增添两面"天空之镜"。

确实，区域不大、人口不多的周宁县，却是河流多、湖泊多、降水量多、年降水量达 1363 毫米至 2779 毫米，真是个得天独厚的水资源大县与强县。

清澈源头水

为了让群众积极参与，形成全民治水的局面，李墩镇率先探索推行"民间河长制"。2017 年 3 月，际头村聘请老党员、老村干、63 岁的陈贻贡负责管理该村 3000 多米的河道。老陈在河边开一家小商品店铺，家住河边，便于管理。就任河长之后，他每天几次巡河，乐此不疲。他曾告诉我："我当上河长后，每天的主要任务是巡河，清除河中垃圾，还有劝解村民们不要往河里扔垃圾。劝解工作开头很难，特别是遇到岁数大的老人家。村里有个老奶奶，劝阻了多次，她还是照扔不误。他的孙子看见我天天帮奶奶捡河里的垃圾，觉得不好意思，终于有一天也下河与我一起捡垃圾，老奶奶看见后，从此再也不乱扔垃圾了。"

而今5年过去，老陈仍然坚守着河长之职，与他老人家一起坚守的还有河上的一座廊桥、一条流水石坝，与河畔的一株古树。

值得欣喜的是，际头河已成为一处风景，一处吸引附近村民乃至城里人纷纷前来寻找儿时玩水感觉的地方。

紫云村海拔1200米，在村中高山之巅，竟有一个小天池，水面约2亩，找不到泉眼，却终年池水荡漾，大旱之年也未曾干枯。一条弯弯曲曲的小溪，流水淙淙，绕村而过，溪边生长着一片古树名木。村里10多座老厝，土墙青瓦，古朴厚重。村庄四周是层层叠叠的茶园，生产出的是传统的"高山云雾官司茶"。这里分明是一处陶渊明笔下的世外桃源。

前些年，宁德市有几位退休干部慧眼识珠，结伴而来，将人去楼空、破败不堪的小学校租赁下，稍加改造，屋前搭起高高葡萄架，屋后开垦三分菜园地，周遭竹笆围篱、花草遍植、生态自然，俨然成为一处避暑新乐园。

村民们受到启发，重新审视自己家园，原来它是这么美丽。他们从治水改厕入手，开展乡村振兴工作。如今走进村庄，老厝和巷道整洁得如同洗刷出来似的。最漂亮的还是清澈见底的紫云溪和溪旁栈道。那栈道长达4000多米，绕行村庄，攀岭而上，与小天池对接，成了一道新的风景。村庄中心又挖了口大水塘，引入溪水，种上荷花，与山巅天池遥相呼应，争相媲美。

纯池镇区位于芹山湖畔，每逢枯水季节，便远离了湖光山色，让人遗憾。前些年筑起了一条拦水坝，形成了内湖，让居民与一湖清水终年相伴。不妨登临望湖阁，凭栏远眺，可吟唱："秋水共长天一色，落霞与孤鹜齐飞。"

活力云水间

好山好水养好鱼。钟山桥水库是周宁第二大水库，库容量 4700 万立方米，水质达到二级，水温常年保持在 15 度至 25 度之间，是冷水性鱼的天然场所。几年前，钟山桥水库成为中华鲟的理想家园。2019 年，周宁县建成全国首个中华鲟保种中心，养殖鲟鱼 2.5 万尾，其中 8 年以上成品鱼约 1.2 万尾，鱼子酱年产量可达 50 吨，总产值 6 亿元。

那天，我们参观"龙鳇鲟业"养殖公司基地，见识到中华鲟乃庞然大物也。它的体重可达两三百斤，身披盾甲，游曳水中，悠哉游哉，憨态可掬。公司负责人介绍，养殖的鲟鱼寿命可达 100 多岁。一条鲟鱼从养殖到可以取卵加工鱼子酱，一般要 10 多年时间。

全县水产养殖面积 2.23 万亩，除了鲟鱼，珍稀品种还有鳟鱼、香鱼、中华倒翅鲃、鳗鱼等。

近些年，周宁县立足"云端周宁，生态水城"优势，提出实施特色现代农业行动，"人无我有创品牌，人有我优创品质"，培育出了高山蔬菜、高山云雾茶、高山晚熟水果、高山冷凉花卉、高山冷水养殖等系列产业，促进了全县经济又好又快发展，让活力充满云水间。

周宁，一座名副其实的生态水城。

周宁有"鲤"（节选）

◎ 任林举

一

闽东多山，亦多山溪，但象征着生机与财富的水，自古难留，俱从地理上的高处涓涓绵绵地流淌、聚集到了低处。包括很知名的宁德和不很知名的周宁，这些居于山中高地的诸市县，虽在当代的行政区划上都属于沿海发达地区，历史上却困苦多于福祉，与发达、富庶等词汇并无深缘。

偶尔有发达起来或从中原避难而来的显族、富户，依世代积累下来的生存和生活经验，在山中筑起高院大宅，往往必背靠青山，临水而居。水为生命之源，临水而居不但风光秀丽、养眼养心，也养人养家，吃水浇田、打鱼行舟都方便。通则达，畅则顺，日子自然能过得人丁兴旺、顺顺当当。

南宋嘉定年间，有河南开封的郑氏一族，厌倦了兵荒马乱，举家南迁，一路风餐露宿、兵匪相袭，拖着惊惧、疲惫的脚步，来至远离红尘的紫云山麓。举目四望，此处山青水碧、花香鸟语，一派宁和景象。一条清澈的溪流从山间平坝蜿蜒而过，其光粼粼，其声淙淙，似絮语，似叮咛，似命运之神预设的殷殷挽留。郑氏先祖顿觉此地正是一族人理想的安身立命之所，于是停下远徙之足，垒土成墙，伐木为屋，面对一条明亮的溪水建起了永久家园，一住就是800年悠长的岁月。

溪水本来是一脉野水，由紫云山上数十条山涧清泉汇流而成。因溪水中生有鲤鱼，便被后来人命名为"鲤鱼溪"。而鲤鱼溪边的村庄则一直叫"浦源"。有水未必有鱼，有鱼则必然有水。只有有鱼的水才是好水、富水、大善之水、滋养生命之水。800年间，浦源村的世代居民一直像呵护生命一样呵护着这段溪水，同时以溪中鲤鱼作为溪水不败不坏的标志，如敬畏神灵一样呵护着溪中之鱼。

为了保护溪中的鲤鱼不被捕捞、伤害，浦源村的先辈们立下很严格的规矩，如果谁捕捞了溪中的鲤鱼，谁就要承受严厉的惩罚。历代村民也自觉严守族规、村规，不捕鲤鱼，不吃鲤鱼，甚至不对鲤鱼产生任何不敬或杀伤之念。若遇鲤鱼自然死亡，村里人就会认为鲤鱼"升天"，要将它送到专门的安葬之所——鱼冢进行"土葬"，也有人祭祀后用柴草把鱼体烧成灰，再埋葬在鱼冢里。

800年的世事更迭、800年的岁月沧桑，多少浩繁的往事、多少纷杂的记忆，都随一代又一代人的消逝而烟消云散，变得渺渺然无迹可寻。唯有鲤鱼溪依然如从前一样在不紧不慢地流，唯有溪中鲤鱼在不紧不慢地游。仿佛溪还是从前的溪，鱼还是从前的鱼，它们都成功地逃脱了时间的淘洗，进入某种永恒。至于为什么周宁会有这样一条鲤鱼溪的存在，这里的人们为什么代代相传，以恒定的情感、信念和行为维护着一个十分独特的传统，随着时代和人群的变化，从古至今流传着各种各样的说法，但并没有哪一种说法被证明就是历史的真实，一切都是人们基于自己理解的猜测或推断。

某日，我也和所有来鲤鱼溪的人一样，站在岸边饶有兴趣地"临渊羡鱼"。在我之前，应该有无以计数的人们怀着好奇心来探视过鲤鱼溪里的鲤鱼，其间自然也有一些关于鲤鱼溪的感悟和议论留存下来。其中有清代词人王鸿就告诫鲤鱼溪观鱼的人们："涧水拖兰翠，游鳞逐浪多，羡鱼休唱钓鱼歌。"如果按照古人的规劝，我的内心之"羡"，也只能是纯粹的"羡"，羡慕的羡，羡慕鲤鱼溪里鲤鱼的神奇。

既然无意得鱼，就只能思鱼，因羡而思，问苍茫的流水和岁月，鲤鱼溪中的鲤鱼究竟代表了什么，竟拥有征服人类某种贪欲的巨大魔力？

明媚的阳光照亮了远处的青山、山下的古村落、村头的小桥和桥下的流水，一脉清溪里映射出现实的五光十色和历史的蔚蓝、幽深。鱼在溪水的浮光里，在各种各样的倒影中，怡然自得地游弋，恍恍然如在历史和现实中往来穿梭。它们或三三两两，或五七成群，或一二十条排成一个长长的矩阵，看上去一条条皆肥硕饱满、雍容华贵，循着岸上人们纷杂的脚步，从一个方向游向另一个方向，却无意追波逐浪，一副从容淡定的绅士派头。很显然，这溪中的鲤鱼一如这溪边村落里的先民，世代安守、享受着自己衣食无忧、富足稳定的日子。如此想来，这溪中的鲤鱼不正是千年以来溪边民众以生命、以信念滋养而成的最朴素、真实的民心和民愿吗？

鱼在水里游弋，呈现出生动、有趣的千姿百态，透射出鱼在水中的自在、美好与和谐，也透射出生命与生命，人与其他物种、与自然之间命运与共的真义。趁给鱼投食的机会，我也和其他游人一样，禁不住那些美好事物的诱惑，试图伸手抚摸其中一条色彩鲜艳的锦鲤。结果，那鲤鱼可能是误以为我要伸手加害于它，突然受惊，鱼头一晃，巨尾一摆，哗啦一声搅起巨大的水花，随之群鱼四散而去。原来这水中精灵竟也如此敏感。

二

转眼间，冬蕊民宿的女老板徐冬蕊已嫁到浦源 30 多年了。虽然丈夫郑成钦是郑氏家族正宗正源的后裔，但时至今日她也不太能说清楚郑氏先祖为什么费尽心机留下家族铁律，坚决保护鲤鱼溪里的鲤鱼。她从丈夫的口里以及丈夫的父亲、爷爷的口里听到的，都是一样的话语："谁吃了鲤鱼溪里的鱼，谁家就会患病招灾、子嗣不旺；谁能让鲤鱼溪的鱼更好地生存或繁殖得更多，谁家就会人丁兴旺、生活富足。"如此说，守护鲤鱼溪里的鲤鱼，就是守护自家的"香火"。

武术护鱼　林立炎/摄

　　这条家训，深深扎根在浦源世世代代郑家子弟的心中，也深深扎根在徐冬蕊一家人的心中。为了让溪中的鲤鱼没有饥饿之虞，她和丈夫与村里的其他人一样，每顿饭都要在碗底留一点儿投到溪中给鱼吃，即便在最困难时、人都吃不饱时也不例外。徐冬蕊在恪守村规家训的同时，也曾怀疑过自己和溪中那些鲤鱼之间的关系：鱼和人究竟谁更重要？假如有一天人饿得活不下去了，也不能吃一条溪中的鲤鱼吗？特别是那些经济十分困难的日子，她甚至怀疑过先人的智慧，说溪中的鲤鱼是佑人兴盛的灵物，可除了郑氏子孙由当初一族发展成了后来的千余户，人们的生活并没有实现传说中的富足。没有富足倒也可以接受，可为什么有些年代有些人竟然因为经济上的拮据而成了"困难户"？这鱼，究竟给人们带来了什么益处？那时，徐冬蕊没有想到有一天鲤鱼溪真的给她和浦源村带来了源源不断的财富。

　　习近平总书记在福建工作期间曾数次来到浦源考察指导工作，其中有一次说过，鲤鱼溪有文化、有传统，可以发展旅游业，带动当地发展。为了践行总书记的指示，周宁县一鼓作气制定出一个发挥本县的生态优势、争创国家级全域旅游示范县的大目标，举全县之资大力发展旅游业，推出"中国夏都""天然空调城"和"周宁凉""热产业"等一系列响当当的生态旅游品牌。其中，就包括"中国鲤鱼文化之乡"、国家风景名胜区、国家 A 级景区等"国字号"旅游品牌 30个，省级旅游品牌 45 个。鲤鱼溪·九龙漈和仙风山日出、陈峭云海、苏家山玻璃栈道等一起成为周宁独具特色的旅游景点，并成为全国著名"打卡地"。之后，浦源的情况果然发生了神奇的变化，世界各地来鲤鱼溪观鱼的人蜂拥而至，不但要从村民手里买鱼食，亲自喂溪中的鲤鱼，还在浦源村吃，在浦源村住，很情愿、很慷慨地把钱花在这个有文化、有传统、有情趣的地方。

沿鲤鱼溪继续下行数公里之后，便到了具有中国十大瀑布之一、"福建第一、中国少有"之誉的华东第一大瀑布——九龙漈瀑布群。此瀑布由九级瀑布组成，在 1000 米的流程中，落差达 300 多米，形成奇绝、壮美的飞瀑深潭景观，是所谓"浩浩溪水排空降，皑皑积雪动地来"。九龙漈与鲤鱼溪虽属同一个水系，却具有一动一静、一张一敛两种不同风格，很恰当地映射了周宁地域性格的两个不同侧面。即便同时、同步成了国家级风景名胜，鲤鱼溪依然如处子般静雅含羞、待字闺中；而九龙漈却野性难收，跳跃着，欢呼着，将内心的波澜与激越之情传向远方。

当周宁的旅游热到来时，徐冬蕊大胆抓住有利时机，集中了自己和亲友们的积蓄在鲤鱼溪边开了一家拥有 16 个房间的民宿。旅游旺季一到，宾客日日爆满，一年下来也有少则七八万、多则十余万的进账，虽然谈不上日进斗金、大富大贵，至少可以让一家人过上衣食无忧的舒服日子。徐冬蕊这才恍然大悟，为何浦源村的人涵养了近千年的"风水"，原来溪水也能流金淌银，让村民们真正过上幸福、富足的生活。也只有到了这时，徐冬蕊才从浦源村的今昔变化和自己的切身感受中朦胧地意识到，愿望归愿望，现实归现实，只有在那些民众愿望被高度重视、被当成头等大事、被在现实生活中落实并推进的时候，美好的愿望才可能变成美好的现实。

三

现年 94 岁的黄振芳老人所在的七步镇后洋村，多山少水，开门见山，举步即林，显然与浦源村的情况大不相同。这个村庄自古以山林为护村"风水"，村边的山林直接被村里人命名为"风水林"。从记事起，家里的长辈就教育黄振芳要爱护山林，不到万不得已时，不要触碰村边的山林。

对那些毁林的人，村里自然不会听之任之，要惩罚，要让其背上全村人的歧视，而对护林造林的人，也有相应的鼓励政策。很早以前，村里就有一个家喻户晓的不成文规矩：在村庄风水林之外的那些荒山上，谁都可以种树，谁种谁得。只要这家人还在，林子的支配权就归这家人所有。人走了，山与林由村子收归全村所有。

然而，在整个社会发展进程中，一个小小村庄并无法、无力决定自己的发展方向和走势。在20世纪中期，后洋村的山林支配权上划，村民们不再拥有"谁种谁得"的权利。随着"大跃进""大炼钢铁"等运动的相继推进，后洋村朴素的护林理念体系遭到破坏，风水林遭到大规模砍伐，村子周边的山渐渐变成荒山、秃山。此后，后洋村常年地质灾害频发，每逢暴雨，山洪倾泻、良田被毁，村民的生活很困苦，黄振芳一家七口人经常连肚子都吃不饱。

改革开放之后，周宁县全面落实国家政策，推行了家庭联产承包责任制，号召农民勤劳致富，在林业发展上顺应民意实行了"谁造，谁有，谁受益"的鼓励政策。这明明是一件恢复生态、以林致富、利国利民的好事，可是人们在经受了之前诸多变故之后，大多如惊弓之鸟，采取谨慎观望的态度，"按兵不动"。当时已经年逾半百的黄振芳敏锐地看到了希望，苦思数日，最后做出了一个承包山地、开荒种树的大胆决定，在后洋村率先搞起了家庭林场。多年后，当一切都水到渠成有了明确结果，我问这位老人："为什么当年别人没有做到的，你能做到？"这个老实巴交的普通农民，说出了一句让我感到震惊的话："因为我相信国家的政策不会变。是信，成全了我。"

1983年，黄振芳拿出自己的全部积蓄，又通过向亲友拆借、向银行贷款等方式，凑齐了30万元钱，与村里签订了一纸承包合同之后，就带领全家上山开垦荒山。时值寒冬，一家人冒着严寒上山，扒雪堆、敲冰块、挖林穴、种树苗，一口气植树造林 50 亩。为了弥补经济上的不足，黄振芳同时在林下套种茶叶、马铃薯、魔芋等经济作物，实行"以短养长、长短结合"的科学模式，当年就见了效果，获得显著的经济效益。此后，他们就按照这个模式干下去，林场的规模迅速扩大，眼看着荒山一年年绿了起来。在他的带动下，后洋村观望的群众也开始了因地制宜、植树造林，几年之内全村林地面积迅速扩增到 7307 亩。

1988 年，是黄振芳大成大喜的一年。这一年，他不但完成了全部承包荒山的 1207 亩造林任务，还收回了全部投资。7 月的一天，暑热难当，黄振芳和家人正在山上为来年造林作准备，竟有干部来山头看他。让他没想到的是，他记忆中那个"满头是汗，一脸微笑地看着我"的年轻人，正是时任宁德地委书记的习近平。让他更没有想到的是，他的一个小小家庭林场后来成为影响全国的一个重要绿色发展理念的策源地。

自此之后，习近平同志又于 1988 年 11 月和 1989 年 1 月两次来到黄振芳的家庭农场，鼓励他要继续鼓起劲往前奔。其时，习近平同志正在为宁德的经济发展寻找出路，在黄振芳家庭农场，他发现了闽东地区经济发展的一条重要途径。经过数次深入调研，他先后撰写出《弱鸟如何先飞——闽东九县调查随感》《闽东的振兴在于"林"》等重要理论文章，并正式提出"森林是水库、钱库、粮库"的绿色生态理念。

往事如昨，转眼 30 多年过去。周宁人民饱含着对总书记的深切感恩之情和践行习近平生态文明思想的坚定决心，始终"不负嘱托、逐绿奋进"，坚持从"三库"理念中感悟思想伟力、汲取智慧力量，全县上下一心，一代接着一代干，打好蓝天、碧水、净土保卫战，以坚如磐石的定力守护好一方绿水青山，终让荒山变青山。全县林地面积相比 30 多年前增加 52.5 万亩，森林覆盖率从 42.8% 跃升到 72.96%，空气监测优良天数比例多年保持 100%，2021 年一举创成国家生态文明建设示范区，探索出一条生态美、产业兴、百姓富的绿色发展道路。

30多年来，周宁、闽东地区以及全国生态发展实践已经不容置疑地证明，总书记当年提出的"三库"理念不仅敲在了闽东地区振兴发展的关键点上，也敲在了中华民族振兴发展的关键点上。2020年1月，由中央党校出版社出版的《习近平在宁德》一书再次明确提到，他在宁德提出的"三库"绿色生态理念，是他后来在福建省提出"两生"思路（即划定"生态红线"、建设"生态福建"），乃至后来在浙江省提出的"两山"思想理论源头。"三库"理念是他一系列执政理念当中非常重要的一部分。

如今已经94岁高龄的黄振芳老人，依然精神矍铄、思维敏捷，偶尔还要徒步上山去林场看一看，但林场中的一应事务他已经不再介入，全部交给了大儿子黄传融打理。如今，习近平总书记在山口栽下的那三棵杉树和黄振芳自己栽下的树都已长得很高、很大，林子下长满了分期栽种的林下经济作物，有金线莲，有黄精，还有黄传融摆在花丛中的许多蜂箱。山上的生态变好之后，生长的树比砍伐的树给人带来的利益更多、更长远，仅仅林下经济收入一年就有四五十万的进项，根本用不着再去砍伐树木。按照黄振芳老人的说法，那些树只要长在那里，看着好看就够了。

2022年3月30日，习近平总书记在首都参加义务植树活动时强调，森林是水库、钱库、粮库，现在应该再加上一个"碳库"。这是总书记绿色发展理念的继续深化和发展。当有人对黄振芳老人提到"三库"绿色生态理念已经升级为"四库"绿色生态理念时，他灿然地笑了，目光中闪烁着自豪的光芒。

向山外呼喊

◎ 禾　源

苏家山

这里，村与村里人千年共守一个姓氏；

这里，相传一个故事，把山水与祖先一同神话；

这里，一个苏家后人，为家乡闻名，从城市返回村里；

这里，神奇造境，演绎出山村新神话！

……

苏家山村景区　郑树龙/摄

虽说是仲夏，可在云端周宁依然是一场风雨一场清凉，酷暑的热潮被接连的雨水淋得浑身湿漉漉地依附在群山绿树碧草间。时令、草木、雨水，在一场又一场的对话里，彼此妥协，彼此共守。树枝低垂、小草弯腰，热气随雨水落土，留在叶尖和草末的露珠将是盛夏来临时短暂的微笑。

雨停了，各类虫吟而起，叽——叽！咦——咦！忽远忽近，时隐时现，若不是有清脆的鸟鸣声，我会怀疑是耳鸣的错判。轻轻的虫吟，辨别不出是什么虫儿，或许正是这种听不清、辨不明的声音才是打开生物链的秘咒。一阵，再一阵，盛夏的热闹就要来了。

想起山野、村庄的热闹，想起苏家山。我便问："苏总，苏家山苏姓是从何处迁徙而来？现村里有多少人口？"她微微侧了侧身子，说："先申明，我是苏总的姐姐，苏家山农业发展有限公司董事长是苏文达。至于苏家山苏氏从可何处迁徙而来，至今有多长历史，苏氏宗祠大门的对联是这样题写的：'先秦封郡武功显赫，自隋入闽苏氏争荣。'大概隋朝入闽后到处开枝散叶，宋建炎二年（1128），周宁苏姓始祖肇基苏家山。另有家谱记载苏氏从福安穆洋到此定居。还有人说是朱允炆一个护将留守居下，可明朝那些事儿与苏家山开基相差两三百年。也有人问这苏氏与眉山苏东坡是否同脉同宗？我说源追远了总有那么一些关系，如同这苏字，写法都一样，能没关系吗？只是太遥远了，再长的竹竿八竿子也打不着。"

我心里称赞，眉山苏小妹大有智慧，苏家山苏大姐也真有才情！让她多说，要在她的口风里听到有故事的苏家山。她说："周宁世界地质公园主景区九龙漈瀑布是苏家山的苏北公串龙开田而遗下的。"

苏北公，实为苏氏兄弟排行第八，称为苏八公。"八""北"土话同音，怎么称都顺。他勤劳勇敢，一心开荒拓土，终年掘山造田。掘出水田一垄又一垄。后人为了纪念他便赋予其神奇的力量，说他造田中掘开了地门，遇到了白头仙翁，教他串龙开田。

苏北公照白头翁教的办法，到东海寻找巨龙。那一天，龙王被玉皇大帝请去吃蟠桃宴，龙宫内九龙柱上的九条金鳞龙，被绑在柱上感到不自在，趁这机会挣脱枷锁到外面逛逛。苏北公就把这九头龙抓来，把鼻子串住，一直牵到牛岭头。这九头龙一进周宁境内，走过的地方地塌山裂，变成一条条溪河。从仙溪起头，九条龙吞云吐雾，兴起大水。龙借水力，水助龙威，把周墩岗推成东洋36个村庄的36片平地。此后，九条龙又去推山，它们变成九头黄山羊，在前面跑得飞快，苏北公在后面紧紧追赶，总是追不上。苏北公追到东洋外一个村庄，碰见一位村妇，苏北公问："阿嫂，你看见九头龙吗？"那位村妇说："没有，我看见九头无尾狗走过去了。"

村妇无心破了玄机，九龙被指为狗，一下子失去了灵气，滚入龙溪，不会推山了。龙王吃蟠桃宴回来，看见九龙柱上的九头金鳞龙跑了，就派神将去寻找九龙，一直找到了龙溪，但九龙因失去灵气，不能回宫，就被神将劈死在龙溪。后人为纪念九龙推山造田的功劳，就把当地取名为"龙溪村"，水漈就名"九龙漈"。

这个故事的主人就居住在九凤山下苏家山。苏北公串龙开田故事还有另一种版本，说是苏北公闰山学艺，串龙开田，后被嫂子加害。这个故事九凤山下的苏家山人从不讲起，因为九凤居山，九龙在渊，和谐共主这方山水的安宁，苏家山代代繁衍，开枝散叶，闽东北许多苏氏人家都可溯源于苏家山，哪来个嫂子加害叔叔之说。

是的，苏家山村背靠九凤山，坡下才见溪流。梦想中家园边也要有一块好大好大的平地，只可惜串龙开田玄机被破，苏家山代代只能开垦种地于九凤山前，只能坐看山下云起，偶尔在田间地头眯上一阵，做个神仙梦，醒来时老老实实地过水田种粮、旱地种薯、园边种茶的田园生活。有人说"苏"的繁体字是草头护荫，鱼、禾相伴，活脱脱一个大农业文化的姓氏。别的姓氏又何尝不是？各村都一样，村里的每一棵树、每一株茶、每一株草，都根扎于农业的土壤上。

串龙造田的梦想，苏家山有，许多山村也有类似的，这个梦想在一代代耕种的岁月里被锄头挖碎，埋进地里，而又在庄稼抽穗时一串串长出，瓜果结实时爬上藤秧，挂上枝头。在一天云雾升腾罩住村口池塘时，池塘里鲤鱼跃过了龙门跳到云海中。也正是那天，苏家后人苏文达从上海返村，说："回乡创业目的就是要让更多人知道苏家山！"从此，苏家山不再做造田梦。

苏文达没得到"白头仙翁"的指点，可得到了苏家山山水的启发。苏家山山高水清、盛夏清凉，他先建起一座游泳池，让喜欢游泳的城里人先走进苏家山。人来了，一批批的来了，苏家山得有更多吸引人的地方。苏文达从传统的产业中琢磨，从惊人举措中寻找突破。生产不能只为果腹，还可以观光，他养起观赏的豪猪，建起了有机茶叶观光园。他琢磨观光中能刺激人的是有惊无险的项目，建起了慢步栈道、高空玻璃悬台、蹦极、步步惊心、高空秋千、滑索、滑道等。他还为了满足人们寻找森林野趣，建设了卡丁车越野基地、丛林穿越野外生存拓展基地……

苏北公串龙要推山造田，苏文达则保护生态，邀得白云巡游九凤山。祖辈的神话在风景中传说，而苏文达把山水中的风景演绎成神话世界。走到玻璃栈道的楼阁里煮一泡茶，茶香袅袅，座下几十米深处是有机茶园。风，走过茶园，一束芦花飞起，被带进茶室，轻轻落定！它与品茗人共侍茶香。走过高空玻璃悬台，极目看远，云海茫茫，千峰如岛，互为蓬莱。俯视山间，绿树昂瞻，境高让它望尘莫及，此境中真不必想自己是谁，飞鸟的鸣叫，只在百米悬台之下的林间，即便是鹰隼试翼，悬台上的挥手之影也会让它误为竟遇鲲鹏。蹦极、高空秋千，等等，都有瞬间飞跃的愉悦，都能给游客创造了一个别样的空间感，那就是神话般的世界。

常住人口百余人的苏家山，一年接待游客有几十万，2019年居然突破60万。苏家山再也隐不住了。苏北公的故事将越传越远，苏家山大姐也将如苏小妹一样被传颂，苏文达要让苏家山扬名的愿望一直奔驰在通往各地的高速路上。

玛坑茶园

坡与谷的走势为茶园画弧
绿色螺旋把山丘拧紧
天风与地气的缠绵遗下露珠
瞬息的剔透玲珑一生
……

　　那天我特意要了一个玻璃杯，取少许的绿茶，注入开水，不急端杯，不急闻香，而坐看茶叶曼妙轻舞。茶叶在轻舞中舒展，旋转中浮起，浮起时立挺茶芽纤纤姿态。茶在曼舞中生香，我在欣赏中放松，背靠座椅，深呼吸，吸足幽幽茶香，再抿茶汤。我在玛坑这样喝茶，找到了一种悠然见南山的感觉，自然之趣跟茶趣一同走心。

　　丘陵地貌的玛坑，应该有的就是这份从容，不要雄峰峭壁那么逼人，不要深谷险滩那么惊魂，让阳光暖洋洋地照彻每座山丘、每一面山坡，让水流缓缓而流，润透每一个旮旯儿。亚热带的季风气候本就是温润舒缓，天公凭四季调万物生长之期，地母借地气养育生灵习性，玛坑的地理气候决定这方水土养育的一切有着中和的本性。

玛坑茶园　李洪元/摄

读一段历史，明白玛坑之玛原是马氏之马，最早来这里开基是马氏人家，称作"马溪"。后因马氏迁往他处，汤氏迁入，为示这里易主，改称"玛坑"。近千年的历史如玛坑溪的流水源源不绝，流走的带着茶思，留下的继续开荒种茶。一片片茶山像击水泛起的波纹，一圈圈蔓延乡村四周，一丘丘茶园一浪浪从山脚下涌向山顶。这个节奏掌控在开山锄地的律动里，这个律动不知走过多少年，如今极目茶山螺髻阵列，坐落其中的村庄倒成了为它而居下的驿所，荷锄的男人、背篓的女人都成为这螺髻阵护荫下的臣民。

几片嫩叶香了一室，几丘茶树绿了一片，满山的茶园香飘万里。玛坑的万亩茶园茶香弥漫百年岁月，风风雨雨不仅冲淡不了浓郁茶香，反浇得茶树更加茁壮。绿野山丘试比高，举起了宁德"十大产茶之乡"的称号，一条条的茶路走向大江南北，向大山外喊起玛坑茶来，又在各式各样的杯盏中端上玛坑的茶文化。一杯一茶韵，一叶一菩提，懂得品的就有味，茶味文味随呷生津。喝着玛坑茶长大的叶诚忠烈士，就是京剧《沙家浜》中叶排长的原型。福建佛教界中享有很高地位的方广寺，1935年，中共周墩凤山区委在这里成立，玛坑的茶园有着深深红色足迹。三月三，歌满山，畲家歌台在茶山，玛坑的茶园畦畦长满畲家风情。方广寺，梵音阵阵，茶香袅娜，"丹山梦缘"禅茶韵幽……每一样的文化与茶共生，每一味文化气质与茶同饮，玛坑人种茶制茶，喝茶卖茶，都是在传承与演绎着玛坑文化。

茶是村里人走出乡村的引路人，茶是外村人走进村里的迎宾者。如今玛坑的茶园成了观光园，步入茶园步道，足下生风，绿波齐腰，一畦一波，一畦一浪，在他人的眼中，移动身影是波推浪涌。摄影观光长廊中，各种镜头寻找着心与境的聚焦，他们反倒成了茶园景观中的表演者。有的茶园樱花点缀，若选对了时间，绿浪里的簇簇红樱，又是另一番景象。当然最生动的画面还是采茶，蓝天衬底，白云悠悠，茶树新叶的嫩绿在阳光下争耀，采茶姑娘灵动的巧手如弹奏般上下翻飞，在凝绿的波纹中跳跃，鲜嫩的春色一把把地投入篓中，收获填满心仓，坡上谷中演绎着一首首浓情的歌谣。"三月采茶三月三，妹妹上山采茶青。满山茶树哥手种，满园茶叶妹手摘。四月采茶人播田，田间茶山都没闲。草中野兔窜过坡，树头画眉离了窝。五月采茶石榴红，哥想妹来没媒人。株株茶树有情义，片片新叶可传情……"玛坑茶园的景致，不仅游客乐看，就是天上的白云也喜欢停息空中。

　　一篓篓茶青下山，一股股茶香从这里出发，带着林公忠平王悟道之理，大音希声走向山外。

陈　峭

> 这里离天很近
> 闻公鸡啼鸣还未见红冠赤羽
> 则看见天际金色霞光
> 这里自然大美
> 羞得神工鬼斧
> 常把大作潜在云海中
> 这里，这里……

　　这里就是爱侣圣地鸳鸯溪畔，火山口上的千年古村陈峭村。

　　鸳鸯溪峡谷，两岸青山对出，势有"欲与天公试比高"的劲头，一方悬崖万丈，一方壁立千仞；一方跌水成潺，一方飞流挂瀑；一方洞窟出岫，一方奇石显形。亿万年的神工与鬼斧斗法不息，最终和谐在鸳鸯溪的自然道法中，以一个"峭"字，书写出两岸的山势情态。

　　"人法地，地法天，天法道，道法自然"，居在两岸上的村庄在效法自然中，村名中都以峭字定性，"前峭""后峭""峭顶""陈峭"。这些村庄的先祖迁居到这样雄山峭顶之境安家繁衍，肯定不像鸳鸯溪峡谷中鸳鸯一样，生活习性使然，或许是无奈的选择，或许有远离喧嚣归隐之心，或许骨子里有强烈的钟爱奇山秀水的基因，宁可

陈峭风光　席国胜/摄

过上艰辛劳作、粗茶淡饭的生活。晨出荷锄一路踩着金光与太阳同行，伫立园边，看溪谷云海茫茫，把自己视作仙境中的耕夫。劳作累了，放下锄头，坐在园边歇歇，听听瀑布跌水砸雷，听听鸟鸣虫咏，还可见蓝天中鹰飞、草丛间蝶舞。这种境趣就是在有万贯家财的贵族的园林也寻找不到，而他们却可以是拥有人世间神奇园林的主人。农忙稍歇，下到溪谷，在瀑布下的深潭边掬水濯身，到溪谷的浅滩处拾螺摸鱼，到深潭中下垂钓，只要守住这方山水，富有就在其中。

陈峭村的先祖从何处迁居到这，这方山水知而不言，我从别处听到、读到，陈峭村原名"张家峭"，后梁开平二年（908），张氏在这里开基。约300年后，陈氏先祖陈九公入赘张家，而后生根独立门户，繁衍发展为张、陈两姓共居。陈氏后来者居上，人口偏多，便更名为"陈峭"。山水成了家园，家园冠以姓氏，一方水土养一方人，养出了与这方山情水性相融的情感世界，养出了这方地质物产所赋的品质特征。陈峭，放眼千山，丘壑尽在眼下心中，面对四季风云突变，也只是一时风景，处事不惊的大情怀。

都说生存的方式代代变化，而基因代代相袭。我认识了陈峭村的陈氏一位后人，人人称他四哥，本名陈圣寿。他们向我介绍说陈峭峭得高，山高才也高。陈圣寿曾是个高考状元。他有文采，有风趣，言及陈峭，脸上的笑容明朗而非浅显，道出的话俏皮兼有机锋，有时会让我觉得境幽深远，有时又觉得面临险境突然柳暗花明，有时在气势磅礴中突然又以轻巧夺趣。见微知著，由叶看茎，从枝寻根，这个村改名为"陈峭"，让陈氏作为这方山水的代言人是恰如其分地表达。

《道德经》中言："无名天地之始，有名万物之母。"我不知道经过几代人的磨合，陈峭的山、石、风景从无名到有名。可我领悟到有名后的这些山水、风景，便有声有形、有趣有韵、有寓意、有内涵。"将军石"，一山护将，威风凛凛，抗风雨雷霆，斗霜雪严寒，护五福于一方；"神龟望月"，石附龟形，昂首望月，祈太阴护平安千秋。"狮鳄献瑞"，陆上百兽之王，水陆两栖霸主，在这里归顺为献瑞神兽，献上吉祥瑞气。还有"观音坐莲""巨象争宠"等等。陈峭人以天上之境、草根情怀，赋予它们一个个美名、一个个美丽故事，让悬崖峭壁有了生命，奇峰险境有了生机，野性中融入了神性与人性。

山石画形，四时画神，陈峭风景形神兼备。水画情长，花草画趣，陈峭风景情趣自在。飞禽画高境，走兽画奇遇，陈峭境域俱在眼中。

我在这里不愿错过四时，在一天游程结束后，回到住处，写下这么一段话："青山黛色，似醒非醒，天际火烧，红霞满天，一轮红日升起，金色涂满天上人间，醒来的一切，就是一株草也有了晶莹光耀。夜里蛙声四起，选一处坐下，足下清风搔脚。本想在寥廓星空中寻找那颗属于自己的晨辰，只是正赶月明星稀之时，只能在村前栈道漫步，在一路清辉中，踩下一串与俗事无关的脚印。回到房间正记下在村前风水林中遇见的那只松鼠，它仿佛与我前世有缘，不仅照面，还朝我叫了几声，虽说离去的速度挺快，可那条大尾巴摆动好几下。本还想记下一些，可有人约小酌，说要品饮陈峭特酿！"。

在小酌中，几个人各有得意之处。有的说秋季来过，冬季游过，赏过"霜叶红于二月花"、秋高气爽的陈峭。有的说冬天来陈峭看雪，山显得冷峻，铁色石身白头沧桑，力量无穷。有的说见过佛光，吉祥万千。还有的说每个暑期定来这里消暑数日。我说，风景都在，只要来了，陈峭日日新风。

叩古于洋中

◎ 徐锦斌

周宁县域南部，鹫峰山脉南麓支脉蜿蜒而来，桃源溪廓然铺开西岸一片平原，簇拥于现岩山、里兰山、铁石顶、黄泥冈、五公楼等山丘之间。这便是咸村镇洋中的地望。

周宁坊间有言："咸村看洋中，洋中就看古民居。"

我叩古于洋中，主要寻访的就是它的古民居。

有关资料显示：洋中村清代以来古民居共 34 座，经专家考证是闽东规模最大的古民居集群。

抵洋中，我便单独行动。以陌生对陌生，带着无知无畏的快感，奔古民居，独行独往，独自叩门。

无意间，我闯到一个巷门，颜色深浅不一的青砖墙左侧边钉着一块蓝底白字的牌子：长安路四巷 10 号。

电线横斜，青苔乱长的墙头瓦披下，赫然可见巷口门楼有光彩黯淡的题额："西山爽气"。

入小巷，行数十步，向右侧转，可仰见古宅大门以"彤云北至"颜其额，门两边有对联：

门拱紫宸春富贵，
天开黄道日精华。

进门，一位妇女迎面出来擦肩而过："找医生啊？"我说"是。"
"医生在里面！"我似乎毫不费功夫地得到了一把钥匙，我于是边走边
喊："医生！医生！"但一时，并无回应。

老宅子，总是这样透着大同小异的气息：陈旧，破败，潮湿，以
及异样的安静。也正是在这样的气息中，存活着另一种气息。存，是
残存。活，是还活着。

屋子里，仿佛阒无一人。我登其大堂正厅，看屋顶房檐和马头墙
撑起的一方天空。这样的一方天空，总能让光线飞来，也每每能让心
绪飞远。一面宽大的照墙，"满座春风"的横批，居高夺目。照墙正
中围着八角边框和蝙蝠图案的大大的"福"字泥雕，尤为抢眼。两侧
置联曰：

> 天下尽皆春有容乃大，
> 世间何是福无事则安。

我回转身来，再一一巡礼正厅的联匾，那是触目于脱落、开裂、
残损、陈旧的安静的回溯和思绪复杂的吊古：

> 事理通达心气和平，
> 品节祥明德性坚贞。

> 凤蕎青霄鹤窠瑶岛，
> 云笼翠条露浥芝兰。

> 言最招尤少谈几句，
> 书能益智多读几行。

厦屋新成燕雀贺，
德门衍庆凤麟生。

义路悬规礼门植矩，
和神当春清节为秋。

　　恕我不厌其烦地把长安路四巷 10 号的这些联匾内容一一照搬，
抄录在此。实际上，在当地官方提供的有关古民居的文字介绍材料
中，对长安路四巷 10 号鲜有提及。而在我对洋中的实地走访中，惟
有长安路四巷 10 号大厅的联匾，残而俱全，满脸沧桑地一块块都挂
在那儿。据说那都是原物，果真如此，就极为难得。从形制、材质
看，这 5 对联匾显然存在差异，大概可以猜测它们来源不同。其中
"厦屋新成燕雀贺，德门衍庆凤麟生"联匾，大概率是亲戚赠送的乔
迁贺礼，尺寸略大，联句为阳文，面漆全脱，明显有别于其余 4 对面
漆尚存的阴文联匾。

　　有清一代，楹联文学和楹联书法兴盛。从长安路四巷 10 号联匾
的结撰内容和书法风格，多少也可窥其一斑。

　　"不有得于今，必有得于古。"那时我在长安路四巷 10 号，揣度
书法与建筑的依存关系，品味实用与审美之间的时代风尚，领略昔人
的教化之旨和修身养性的趣味。

　　倒是其他几座被重点推介的、更具分量的洋中古民居，柱子上的
联匾几乎都不见了踪影。它们或被堆放在某个角落蒙尘已久，或被毁
坏销声匿迹，或被盗不知去向。以后可能出现的联匾，若存原物，还
其旧观，那是万幸。若原物无存，旧观难再，那么退而求其次，仿制
品、挪用品，或可聊慰复古之情。

　　作为物质而言，泥灰等材料做成的联匾，是易损、易残、易失
的，而它们所承载的联句联文，则可以逸出匾外，以不同的方式被记
录和传播。

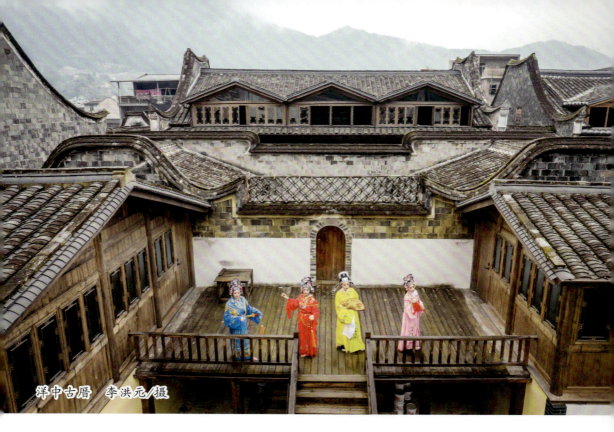

洋中古厝　李洪元/摄

　　问题在于，这些对联所传达出的，旧时的、中国的、内在的东西，其存续的处境和运数，会比一座颓败寂寞的古宅和斑驳失形的联匾本身好多少呢？

　　看罢联匾，我从正厅往里走，在右侧后厅碰到一户人家，一个妇女和两个小孩。妇女说："医生在外面，我们是租在这儿住的。"

　　我退回正厅，出边门，过廊道，目光越过边角的一扇小门，在那个小房间墙壁上瞥见四面红底黄字的锦旗——"医术高明，妙手回春"，这是诊所无疑了。

　　入室一看，果然有人坐诊于此。"医生你好！"我向他说明了来意。短暂交谈，得知医生姓孙，也是这座房子的主人之一。他看病的小桌子上，摆着一叠书，当头的那本是封面红红的《壬寅年趋避通书》。他说："你要了解这座老房子，就去找孙绍铅吧。他懂。"他操的是当地土话，说着随手拿起药盒子撕下一角纸皮，挥笔写下："孙绍铅"。铅的土音，与"沿"同。他还比比划划地教我出门后的路线，我听得一知半解的。我想有这一片小纸皮够了。我就捏着这它，走出四巷 10 号，沿街打听，很快就找到了孙绍铅。

后来才知道，我无意中闯入的这座老宅子，咸村人习惯称为"洋中大厝"，是洋中孙家大院单体建筑面积最大的古民居。孙绍铅陪我从洋中大街下来，我们边走边谈。他掐着指头，细数家族繁衍，我由此得知，洋中大厝至今已传十代，历世两三百年。

同样在长安路上，孙氏大院至今保存较好的清代古民居有 5 座。要说这 5 座古民居，不妨先来认识一个人：孙翼如。地方资料上呼之为"廉臣"，极力推崇。据介绍，他的职务是光绪年间四川资州罗泉井分州别驾。《中国历代职官辞典》（中国社会科学出版社 2003 年 4 月第 1 版）释义，说别驾"是州刺史佐官。刺史巡视辖境时，其别乘驿车随行，故称'别驾'"。"总理众务，职权甚重，当刺史之半。"王羲之的曾祖伯父、"二十四孝子"之一、"卧冰求鲤"的王祥，长久隐居之后出来做官的初任职务就是徐州别驾。

孙氏大院 5 座古民居，以"廉臣"孙翼如故居为中心，其他几座则有"上座""下座""隔壁厝"的习惯称呼。上门牌号之后，长安路 54 号即为孙翼如故居，55 号是上座，58 号、59 号合称下座，52 号叫隔壁厝。孙氏大院为徽派风格建筑，总其特色，可借一言以蔽之："青砖小瓦马头墙，回廊挂落花格窗。"对于当年孙家为何有那么雄厚的财力造房起屋，后世有着各种版本的传说。但不管如何传说，孙家的富裕均与孙家经商有直接关系，在特定时势之下，与周宁银矿的开采及由此产生的孙家祖先意外得财，恐怕极有关系。

洋中铺满古民居的"长安路"，不知如何得名，直让人想起南依秦岭终南山、北连渭河平原的长安，那个周朝镐京、秦朝咸阳、汉朝长安的故地。"晋家南渡日，此地旧长安。""望眼连天，日近长安远。"这"长安"之名真会莫名其妙地撩起你的思古幽情。

据有关资料介绍，长安路建于明清时期，长度 1430 米，是宁德通往周宁一带的古官道。其南段，孙氏清代民居成排连片，宗祠、书院、文昌阁、道观错落散布；中段，商铺、中草药铺、手工作坊杂然汇聚；北段，闽东苏维埃师部遗址犹可寻踪。古与今错叶交柯，历史混杂于现实，失去的和还存在的，都同时存在。

连月的雨天，过于漫长，超出想象。某座被扒开屋顶的古民居，修缮工程因此搁置，屋体受到了更大的伤害。古民居的修缮、保护，在异见与共识互存中往前推进，停滞已久的长安路仿古官道路面改造和房屋外立面改造工程重启，路边堆沙积石铺砖抹水泥的。我又一次到达的时候，施工正在进行。据介绍，路面改造要求中铺石板材，侧铺鹅卵石，外立面改造采取仿古牌坊、立柱、门亭修建，同时，线路下地。

长安路之复古，值得期待吗？

古民居融入当下的乡村振兴，洋中会交出怎样的答卷？

想起，我又一次到达长安路四巷 10 号，孙医生指着他诊室外廊道粉墙上花格窗上头的一面泥雕匾额，问我："什么字？"我说："桂馥兰馨"。那字体，是清代花样繁多的篆书中的柳叶篆。那时廊道边天井架子上的一盆玉簪开出了两枝花，寂静花香。我想借洋中大厝和大夫第照壁同样一词的眉额"座满春风"和此处的"桂馥兰馨"，为洋中的古民居祝福。

深情在沃土

◎ 柯婉萍

初夏时节，江南多雨，朋友邀约一起寻访云端之城——周宁。峰回路转处，满目苍翠，云腾雾绕，宛若仙境。

七步镇后洋村的千亩林木以其独有的气质挺立在天地之间，青山为幕写就的诗行，清新而隽永，深情且温暖。

走进黄振芳家庭林场，只见茂密的杉树苍劲挺拔、干净利落，枝条潇洒俊逸、自成一格。它们与穿行林间的云雾嬉戏，微风过处，仿佛听到阵阵呢喃私语。林下的草珊瑚、茶叶等作物散发着草木清香。它们环绕在杉树膝下，随坡就势，生机盎然的模样与高大的杉树相呼应，让整片森林灵动起来。当我看到电子屏幕上显示"负氧离子13919个"时，忍不住深深地吸了一口气。森林氧吧，生态之所，谁不陶醉其中？

是谁在大地之上织就浓密的绿毡？是谁将深情的故事书写在闽东山海之间？这里的每一棵树都记得呵护它们成长的人们，每一片树叶都是一个跳跃的音符。一本书，一个人，一片林，一道光！所有来到这里的人都会驻足三棵树前，仰视它的高度，聆听习近平总书记与这片森林的故事，探源"森林是水库、钱库、粮库"的绿色生态理念，回溯黄振芳开荒造林的往事，感受周宁县生态文明发展的脚步。

一

　　与土地打了一辈子交道的黄振芳老人，如今已是 94 岁高龄。当我走进他家时，老人正戴着老花镜认真地阅读《闽山闽水物华新——习近平福建足迹》。在第 569 页，老人看到了自己的名字："在《摆脱贫困》一书中，黄振芳是为数不多被'点名'的人。"老人的孙子黄宇斌说爷爷没事的时候常常看书，有时还会读出声来，看到高兴处，就会找他讨论。黄振芳老人看到我们在说他，和蔼地笑了。大家说起"三库"理论，老人很认真地补充了一句："现在还多了一个'碳库'。"一时大伙儿全都乐了。

　　黄振芳老人样貌清癯却精神矍铄，安静的眼神里满是慈祥的笑意。他讲起过往的故事，记忆犹新。

　　那是 1988 年 7 月 7 日，地委书记习近平同志到后洋村考察，并来到黄振芳家庭林场。这次考察后，他在《弱鸟如何先飞》一文中专门提到："周宁县的黄振芳家庭林场搞得不错，为我们发展林业提供了一条思路。"

　　转眼到了秋天。1988 年 11 月 2 日，习近平又来到林场。他称赞黄振芳一家齐心协力开垦荒山，为闽东绿化带了一个好头。那时黄传融才 30 岁出头，13 岁开始就跟着父亲在田间地头摸爬滚打的他对土地有着特殊的情感，至今仍把农业生产作为主业。多年过去了，黄传融回忆起当时的情景，眼眶里还是有些湿润。

　　1989 年 1 月 3 日，习近平同志再次来到林场，在距离林场入口约 1 公里处种下了 3 棵杉树苗。这 3 棵树伴随着岁月走过春华秋实，从 30 厘米高的小树苗成长为 20 多米高的参天大树。

　　1989 年 1 月，习近平在《闽东的振兴在于"林"》这篇文章里非常有创见性地提出"森林是水库、钱库、粮库"的崭新论述，"三库"绿色生态理念在闽东这片绿水青山的沃土上孕育而生。

1989年1月，时任宁德地委书记的习近平同志亲手在周宁县七步镇后洋村黄振芳家庭林场种下的三棵杉树　　陈英华/摄

二

如今黄振芳老人大多数时间住在周宁城关那幢简朴的房子里，四世同堂的他安静地享受着含饴弄孙之乐。

我在黄振芳家的茶几上看到了一个脱胎漆茶盘，那是1991年10月16日宁德地委行署授予宁德地区"老有所为"先进个人的纪念品，中间有个大写的"寿"字，周边是小篆字体构成的一个同心圆。保存完好、擦拭锃亮的茶盘，像是黄振芳老人记忆的一个承载体，承托着那些难以忘怀的时光。老人现在每隔一段时间总要回到后洋村，到林场走走看看，一遍又一遍抚摩着那些凝聚着汗水、心血和记忆的树木。

毕竟，人已老去，树正青春。

早年因为家里穷，黄振芳一家七口人常常吃不饱饭，要靠借钱过日子。1979年，政府开始鼓励家庭联产承包责任制，黄振芳从中看到了希望，他承包了10亩农田，当年收获100担稻谷。几年下来，经济条件得到了改善。1983年，年过半百的黄振芳对家乡的"光头山"动起了心思。那时山上的树被砍光了，每逢暴雨，山洪倾泻，农田被毁，水土流失严重。当时劳动力一天才挣4元，而树木1立方米就有1200元的收入，想到种树既能保持家乡水土，又能增加收入，黄振芳决定带领全家人住到山上，创办家庭林场。

刚开始黄振芳也担心包山造林，到头来折价归公。他的大儿子黄传融参加县里召开的林业"三定（定山林权、定自留山、定生产责任制）"会议，回来一说，全家人便像吃了"定心丸"。他们相信党的政策，认为即便以后政策有所改变，造林也是绿化家乡的好事。于是，黄振芳向村里承包荒山。他们一家人起早贪黑，埋头苦干，还请了20多个劳力帮忙。从最初开垦50亩荒山，贷款8万元造林，到3年后造林面积达1207亩，黄振芳一家成了宁德唯一的全省造林大户。

刚开始种树那年，黄传融还是个 26 岁的小伙子，回忆起植树造林的过程，他只淡淡地说了一句："那是真的苦，可是看到父亲那么有干劲，我们肯定要一起做。"黄传融回忆说，那些日子真的是雨天一身泥，晴天一身汗。记得 1984 年那年冬天连续下了 4 场大雪，从正月初二开始一直到农历二月底，他们天天扎在林场上，冒着严寒扒开厚厚的积雪，一锄一锄地把树苗结结实实地种下去。他们还开辟了机耕路，买来手扶拖拉机，一趟一趟地去城关把"农家肥"运到山上。

看到苗木成活了，长大了，那是他们最开心的事。黄传融笑着说："以前种树是想着能有收入，现在看它们长得这么好，你就是让我砍树，我也舍不得啊。我要留着这些树，它们是绿水青山的绿，也是我们宝贵的精神财富。"

上山创业，黄振芳一家人不单拼体力，还凭智力。有一回他们在订阅的报纸上看到建瓯有人种植速生丰产商品用材林，他们觉得这是个好办法。树木生长周期长，为了解决资金短缺问题，"以短养长"的种植模式最为科学。在周宁县政府的支持下，他们种了 114 亩速生林。因为土壤肥料充足，他们又在速生林下套种魔芋、马铃薯、玉米、茶叶等作物，一年四季都有收成，这种立体化种植有效地利用了土地资源，增加了前期收入。

习近平同志在林场种下 3 棵树后的嘱托，黄振芳一直记在心里。他一方面精心呵护千亩林场，另一方面坚持"为村民带个好头"，带动越来越多的群众投入到植树造林的队伍中。当初担心政策会变不敢种树的群众看到黄振芳家庭林场办得有声有色，渐渐消除了疑虑，从最初的观望或只到林场帮忙，变成了自己种树。

后洋人民越来越珍惜这郁郁葱葱的绿，造林护林热情空前高涨。村委组织乡亲们把村集体原本荒废的 1000 亩林地恢复起来，并加以管护与修整，在林间设置防火带，另一方面不断扩大造林面积，总面积达 7000 多亩。与此同时，后洋村努力探索绿色相关产业。一派欣欣向荣的生态文明画卷在后洋，在周宁，在闽东徐徐拉开。

黄振芳家庭林场 陈英华/摄

　　宁德地区从 1989 年开始绘制的林业振兴蓝图，仅用 3 年时间就提前 1 年实现了消灭荒山的目标。如今，闽东已遍植绿树、漫山青翠，绿色工程惠及千家万户。

　　都说"前人栽树，后人乘凉"，满山的绿色对于黄振芳老人来说是他人生最大的成就。现在他每次回到后洋林场，总爱摸摸自己种下的树，拍拍壮实的树干，用父亲疼爱孩子般的眼神看着这些树木。当年为了培育他们，老人付出了太多，我能从他粗糙的双手上，看到岁月留下的痕迹。他当年那句被《福建日报》记者记录下来的话，至今还值得回味："我像耕田一样耕山，像种庄稼一样造林，不愁山不献宝，树不生财。"

　　30 多年过去了，这满山的林木牢牢地扎根在大地之上，美化了环境，涵养了水源，保持了水土，实现生态环境良性循环，印证了"森林是水库、钱库、粮库"的绿色生态理念。

　　后代传承着黄振芳吃苦耐老、艰苦奋斗的精神，在各自的行业里默默地努力工作。大儿子黄传融一直坚守沃土，种植猕猴桃、葡萄，养蜜蜂，等。他说自己做农业有基础，驾轻就熟，这是他一辈子的事业，即便每天 16 个小时待在田里也不觉得累。我和他在葡萄园里聊天的时候，他时不时就伸手整理果树枝条。他脚下蹬着雨靴，人晒得黝黑，朴实矫健的模样，让人仿佛看到了当年的黄振芳。黄振芳的孙子黄宇斌是个谦逊低调的 "90 后"，大学毕业后从大城市回到家乡，他说周宁这片绿色生态山水是吸引他回归的理由。在他心目中，朴实的爷爷一辈子一心一意做好一件事，不怕苦的精神是他学习的榜样。

三

在周宁的那些天，我好好地感受了 "七彩后洋" 的魅力。如今的后洋是旅游特色村，宽阔的柏油路直接延伸到村里，交通十分便利。在茂密的森林间，簇新的民房外墙七彩缤纷，充满童话趣味。漫步林间小道，可遇晨昏光影，鼻息间是花香叶色，耳畔是鸟的轻唱。走到高处，山风一齐围拢过来，云端之上，仿佛伸伸手就能摸到云层，仿佛随手一摘，就能带朵白云回家。

后洋村积极探索 "林养、林种、林游" 产业模式，2021 年村集体经济收入突破 50 万元，村民人均可支配收入超过 2 万元。越来越多的人到 "三库" 生态文明学习基地和 "森林党校" 学习参观，聆听 "三棵树" 的故事，感受森林氧吧的美好。

后洋村绿色生态发展是周宁县打造绿色底版的一个写照。30 多年来，周宁县通过造林绿化，加强水域治理，推动林权改革，发展林下经济，增强生态服务功能，生态产业快速发展，"三库" 效应日渐凸显。

我看到了周宁县的生态成绩单：1989 年至今全县林地面积增加了 52.5 万亩，林木总蓄积达 425 万立方米，森林覆盖率提高到 72.96%，林地绿化率 73.98%，全年空气质量优良比例达 100%。"国家生态文明建设示范区" "福建省森林县城" "福建省级生态县" 等

后洋村黄振芳家庭林场　黄起青/摄

荣誉让"生态周宁"这张名片越来越有分量。如今，周宁已建成一批山清水秀、宜居宜业的森林城镇、森林村庄。优良的森林生态系统，有效地保护了周宁野生动植物的多样性，国家一级保护动物云豹、蟒蛇及33种二级保护动物在周宁这片土地上构建起人与自然和谐共生的美好画面。

荒山变青山，青山变金山。30多年来，周宁老百姓享受到了良好环境带来的生态红利。2020年，周宁顺利实现脱贫摘帽。2014年至今，全县因地制宜发展林药、林菌、林粮、林油、林果、林花、林菜等林下经济，高山云雾茶、高山马铃薯、高山冷凉花卉、高山晚熟葡萄等高质农业擦亮了周宁的又一张名片。

如今，周宁县在依托森林点"碳"成"金"的同时，坚持绿色低碳发展，加大"碳库"容量，做大做强特色现代农业、全域旅游等生态产业，提升固碳增汇能力，把"水库""粮库"保护好，把"碳库"经营好，让森林成为真正的"钱库"。

青山不老，绿水长流。为了这片深情的沃土，让我们继续"逐绿"前行！

印象紫竹

◎ 飘 雪

在外人眼里，紫竹只是一个名不见经传的小村庄。

多年以前，曾在朋友的相册里看到一张照片，背景里，青山环抱着一片古旧的吊脚楼。听朋友说这是她仅回过一次的老家"紫竹"，一个挂在山腰的小山村，一处穷乡僻壤。"地无三尺平，车不能行，马无法走，小得还装不下一鸡笼人。"这是邻村人对紫竹的评价。从此，这个独特的小山村就这么深深地烙刻在我的记忆里。

于我而言，一个没有去过的地方，就像一本尚未读过的书，总想去探究其间隐藏的内容。当我第一次跟随朋友踏进紫竹时，怎么也无法相信这让人眼前一亮的村庄会是她口中的穷山沟，更无法把这如花园般的村子与穷乡僻壤联系到一起。刚进村子，映入眼帘的是一处宽阔的广场，正中有条人工小溪自东向西蜿蜒而流，溪底及两岸全由鹅卵石铺就，两旁水榭亭阁，四周树绿花红。广场左边是旧村，古朴宁馨，右边是新村，高端大气，新村与旧村南北相对，纯朴与现代遥相辉映，构成了一幅让人浮想联翩却又感慨万千的唯美画卷。

紫竹原名紫竹源，属周宁县玛坑乡辖下的一个行政村，海拔610米，地处蕉城、福安与周宁的交界处。明末清初，紫竹村先祖自江西入闽到周宁县贡川兴居，后于清乾隆年间迁居至紫竹，至今已有

400多年历史。村庄夹在崇山峻岭间，土木结构的房屋依山而建，顺势而筑，形成层层叠叠的吊角楼间，错落有致，别具一格。受地理条件的制约，紫竹的耕地多为山坡地，加之地处偏僻、交通闭塞，又缺少水源、农耕条件差，村民只能靠山吃山、自给自足，过着十分清贫的日子。难能可贵的是，在这样艰苦的生存环境中，村民始终崇儒重教，牢记"耕读传家"的祖训，一心寻求自强之路，努力精习谋生技艺。因此，紫竹英才辈出，不仅是远近闻名的"秀才村"，而且木匠绝活代代相传、蜚声四方。

改革开放后，紫竹渐有村民外出经商创业，村里的木匠也秉承祖业各显神通，村民的生活水平不断提高，部分能人率先富裕了起来。这时候，就有人起了拆旧屋盖新房的心思。然而，在全国城镇化飞速发展的背景下，留住"乡愁"已成为越来越热切的呼唤。在顺应现代发展与留住"乡愁"之间，如何保存祖上传承下来的老房子，以留住乡愁文脉，珍藏一份回忆，同时又能改善居住条件，紫竹村民做出了明智的选择。他们集体决定另择山地建屋造房，将整个古村落的原始风貌予以整体保留。

随着各项富民政策的落实，2014年，紫竹村投资2500多万的造福新村项目正式开始启动。旧村建在半山腰，下方原是幽深的峡谷，村民便挖山填壑，平整出42亩土地建设新住宅区。渐渐地，村里有了笔直的村道，有了宽阔的广场，有了连体的别墅，有了高大的村委楼，还有长150多米独具特色的宣传栏……紫竹村民还用智慧和勤劳的双手，打通了通往方广寺的3千米公路，拓宽了进村公路并铺上了沥青，还将整个村子进行了园林景观改造，使得村道两旁青草如茵、鲜花盛开、绿树成行。原本交通闭塞、贫穷落后的紫竹村，现如今有了翻天覆地的变化，一边坚守着原初的古朴，一边搭乘着时光的快车，穿山越岭，驶出了更新、更美的版图。

走进古村，一座座独具匠心的吊脚楼在山腰上铺展开来。踏着青石板顺着蜿蜒层叠的村道前行，不知不觉中就走进了唐诗宋词里。这些多建于清朝年间的古民居，经时光沉淀，每一间，每一瓦，每一木，都别具韵味。其间最古老的一幢已有280多年历史，古朴肃穆犹如岁月老人，历尽沧桑却又从容恬淡。沿街的小院，经主人的细心打理，比传统多了些修饰，也多了些温情，一门一窗依旧刻画着记忆的纹理，依然能够闻得到往昔的醇香。

漫步新村，连片的别墅美观气派、井然有序，姑娘花枝招展，后生英俊时尚，就连老头老太也个个容光焕发、谈笑风生。这里每户人家的庭前院后都栽种着花草，每个季节都会有不同的鲜花绽放。可以想象，每当清晨一打开家门，鸟语花香萦绕眼前的那种感觉，是何等的舒心畅意，纵有千种心虑，也早已随风而去了。在这里，享受着回归自然的慢生活，无须风花雪月，闲来无事，栽花植草，一壶淡茶，听风观竹，时光柔软亦风雅。

紫竹虽地处高山，却有着深厚的文化底蕴、独特的人文景观和自然风光，旅游资源十分丰富。在这里，不仅有吊脚楼古民居村落，还有神秘的祈梦文化；有茂密的森林植被，还有人间仙境镜台山和鬼斧神工的石佛山；有奇绝无双的大峡谷，更有清灵如画的山溪飞瀑……村庄的不断发展，也触动了许多在外乡贤的爱乡情结，激起了一股回乡创业的热潮。目前，以村里的能人——恒力（厦门）石墨烯科技产业集团董事长陈木成为代表的乡贤正致力于紫竹乡村旅游开发，计划依托紫竹的山水自然元素，挖掘历史人文元素，打造一处旅游康养主题公园，集生态观光、旅游度假、休闲养生等于一体。同时，依托紫竹得天独厚的资源优势，在紫竹的农田和园地集中区打造田园综合体，结合草珊瑚、黄精、金线莲、铁皮石斛等名贵中药材种植加工基地，形成"吃住行游购"为一体的生态康养旅游格局，力争将紫竹打造为主题突出、内容丰富、风景秀美、底蕴深厚的AAAA级旅游风景区。如今，走进新建的村委大楼，便可看到大门两侧挂满了各种牌子，其中紫竹石佛风景区旅游开发公司、射击俱乐部有限公司、福宁直升机有限公司、提顿能源科技公司、科技实业公司等企业都与陈木成董事长有关连。这些现代化的企业，无不为紫竹古村未来的发展注入了活力。

当城市中最后一处散发着木香的户牖被清整殆尽，当最后一份闲适的心境在钢筋混凝土的包围下无处藏身，人们对回归大自然，享受原野风光和探究自然地域文化的需求更是与日俱增。而紫竹人，正是凭借前瞻的眼光，秉持"绿水青山就是金山银山"的理念，大力开创生态、养生、度假与传统文化相融合的旅游事业，打造特色旅游品牌，不断丰富着紫竹的内涵，让每一个游人回归的脚印都能凝满丰盈的回忆。

今日的紫竹，已经实现了华丽的蜕变，新颜与古韵交织，历史与文明融汇。这里的生活，被青山绿树环抱着，可以是素雅淡然的，亦可以是色彩斑斓的。这里的风景，还会摄住你的魂魄，浸润你的心怀，让你在离开后又会不由自主地想起……

紫竹村　李洪元/摄

七彩后洋绿荫浓

◎ 山秀岗人

　　这是一个恬静的乡村，一处遗落人间的天堂，这是一幅人与自然和谐的壮锦。

　　七彩的民房，在秋日里跳跃着。一幢幢楼房错落有致地洒落在大地母亲的怀里。田园、溪流、树木，全被秋阳泼洒得五彩斑斓，显得格外温馨，充满诗情画意，让人恍若走进一个七彩的童话世界。

　　溪水一如既往地淌过田野，流过村庄，流过村庄的梦想和苦难。

　　燕子在打点行装，与秋风窃窃私语，舍不得离开斑斓的乡村。

　　远山依旧是个沉默的思想者，见证着乡村的贫瘠与富足。

　　这就是绿色主宰的乡村——后洋。

　　嫩嫩柔柔的茶叶，青青翠翠的修竹，郁郁葱葱的林木。

　　这可是令人留恋的地方，一次次走进后洋，绿色精灵在心头唱响。

　　秋日的乡村一片透亮金黄明朗，勾起我无尽的情愫，如同那缠绵的小溪，流淌着我汩汩不息的思绪……

一

　　后洋村始于南宋嘉熙二年（1238），肇基始祖"张太三公"，原住福安穆阳张街头，因洪水暴发，淹没房屋，而迁居到"后仓底"。这

45

里因地处八蒲后山田洋，故称"后洋"，也称"厚洋"。该村距周宁县城不到 10 公里，地理位置优越，纵三线二级路横贯村前，交通极为便利。

沿着村中的小溪往上游前行，只见成群的小鱼在清澈见底的溪床上，自由自在地游动。溪岸两边建有一亭（法治文化亭）三廊（后洋文化长廊、党员议事长廊、气象科普长廊），老人们三五成群地在长廊里或谈笑风生或仰面静坐并不断地吐着烟圈，狗儿围着老人转来转去，好一幅悠闲自得的幸福田园图景。

后洋村史上名人辈出，先祖张廷宝应命征台，收复国土，战功卓著，官封总兵，遵顺母意，三召不仕，弃职归田，耕锄奉母，以乐天伦。

肇基始祖"张太三公"之子"张华八公"更是高瞻远瞩，立碑规定凡属众山均为公有，谁造林则造林收入归谁所有，砍伐后山权仍归公有。以此鼓励子孙后代植树造林，实乃罕见。

1983 年，时年 56 岁的黄振芳在中央一号文件引领下，带领全家上山开垦荒山，贷款造林，脱贫致富。到 1985 年，黄振芳的造林面积在短短 3 年时间里由原来的 50 亩发展到 1207 亩。造林期间为解决资金短缺难题，善于思考的黄振芳开始尝试在 114 亩速生林中套种马铃薯、玉米、茶叶等作物，采取"以短养长"的方式既增加前期收入，提高效益，又有效利用土地资源，优化土壤环境。在黄振芳的示范带动下，当地群众信心倍增，掀起了造林热，仅黄振芳所在大队（共 86 户），包山造林就达 76 户，造林面积达到 2520 亩，极大带动了后洋村后续产业发展，到目前为止共有造林面积 7307 亩。

1989 年，黄振芳被评为宁德市唯一的全省造林大户，时任宁德地委书记的习近平同志三次专程到黄振芳家庭林场调研，并于 1989 年 1 月 3 日在林场中亲手种下了三棵杉树。习近平种下的三棵树不仅仅是希望，更是一种示范，也是对黄振芳同志造林事迹的充分肯定。他还在《摆脱贫困》一书中提到："周宁县的黄振芳家庭林场搞得不错，为我们发展林业提供了一条思路。"

顺着现代农业生态茶园的石阶拾级而上，大约 10 分钟，就可达黄振芳家庭林场。远远望去，漫山的杉树在微风中轻柔地拂动着，像一群群穿着绿裙的仙女在翩翩起舞。杉树枝头的叶簇显得非常肥壮，在阳光下闪闪发亮。杉树上停着几只小鸟，它们吱的一声，蹬开树枝，展开翅膀，在林间飞舞。一眨眼，他们又飞到另一棵树上，只有树枝还在晃动，清脆的叫声在山林里回荡。

时任宁德地委书记的习近平种下的三棵树就长在观景台的上方，如今已是长得郁郁葱葱、高大挺拔，就像精神抖擞、威风凛凛的战士。树干俊秀，既古朴典雅，又肃穆端庄，每天都吸引了不少慕名而来的游客。林场成了新时代文明实践基地，也是广大党员学习的好地方。

二

绿水青山就是金山银山。生态环境美了后洋，村民的腰包也鼓起来了，生态观光农业得到更好的发展，茶园荡漾着层层绿浪，葡萄园里迎来一群群采摘的快乐天使，养蜂基地更是蜂媒蝶舞，呈现一派生机勃勃的景象。

种下梧桐树，引来金凤凰。2019 年 4 月福建省三杉生物科技有限公司总部落户后洋。公司主营绿化苗木、花卉品种、小盆栽、果蔬药材组织培养、种植销售，花卉种植土、花肥、花盆、园艺器材设施及设备销售。公司占地面积 200 亩，园区分组培楼、电商销售区、产品展示区、物流中转区、生态农业观光区五大区。生产及配套设施包括 4500 平方米组培楼，3000 平方米净化室及净化系统，3200 平方米电商、花卉物流中转仓储中心，1000 平方米产品展示销售中心，50 亩标准驯化苗温室示范大棚，50 亩连拱大棚。公司主营研发并投入的生产植物品种 400 余种，包含高山杜鹃、樱花、连翘花、美国红枫等系列木本花卉品种以及兰花、小盆栽、绿植、多肉植物等。公司是集花卉植物组织培育、种苗驯化种植、科技研发、农业休闲观光、种苗进

金蟾石　李洪元/摄

出口、电子商务、绿化苗木销售等为一体的综合型农业产业化企业。

三杉高山特色花卉现代生态科技示范园将农业生产与旅游观光相结合，顺应时代发展的趋势，开发农业观光旅游和体验农业，拓展旅游观光的项目和内涵，提高旅游观光品位，同时保护了当地的自然景观资源，减少环境污染，提高环境质量和生态效益；有利于周宁县先进适用的高新农业科技的示范应用和推广；保护了具有当地特色的农业和农村资源的长期持续开发利用；有力地促进了当地第三产业的发展，形成一、三产业互动，加速农业资源的开发，大大增加了乡民的就业。

周宁和谐牧业有限公司 2017 年落户后洋，当我们看到日渐扩大的生产规模以及工人们忙碌的身影，就知道该公司将迎来美好的春天。

三

后洋村不仅自然生态保护良好，而且风景秀丽。村东南方向有一棵柳杉树，树边有一块巨石，巨石上小下大，层层叠叠，远看宛如一条蟒蛇，正盘着身子遥望对面的山头。而在对岸山头上，一块巨石状金蟾正对着后洋。在金蟾右边山峰连绵，状似蜈蚣。相传早年，成精后的蟒蛇想到对岸吃掉金蟾，但蜈蚣立即挺身而出，挡在两者之间，避免了蛇蟾大战殃及村庄。另外，七星望月、麒麟山、天星顶也是惟妙惟肖、令人浮想联翩的自然景观。

当我们站在金蟾石的上方，七彩后洋尽收眼底，黄振芳林场如今已然成了一张金灿灿的"四库"理论实践的绿色名片，随处荡漾着的绿荫把后洋装点得更加美丽富饶。

后洋村新貌　李洪元/摄

乡村迎蝶变　沃野展新姿

◎ 许文昌

　　盛夏周宁，广袤田野生机勃发。漫步周宁乡村，处处可见干净整洁的街道、黄墙黑瓦的民居互相掩映。农业强不强、农村美不美、农民富不富，决定着全面小康社会的成色和社会主义现代化的质量。乡村变"客厅"、田园变公园、村庄变景区，一个个美丽乡村的发展轨迹，正是周宁践行"两山"理念，探索特色乡村振兴之路的生动注脚。

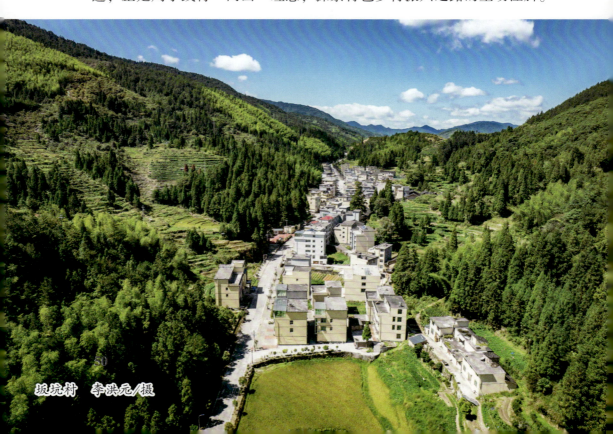

坂坑村　李洪元/摄

走在周宁县乡村的大街小巷，房前屋后干净整洁，池塘溪流碧波荡漾，处处是如诗如画的风景，一扫从前人们对农村"污水横流、环境脏乱"的刻板印象。这得益于农村人居环境整治行动的实施，而其中实现农村生活污水全收集、全治理，是最关键的突破性成就之一。

近年来，周宁县以党建为引领，因地制宜，精心布局，打通农村生活污水治理"毛细血管"；主动落实治污属地责任，主要领导亲自抓，相关部门具体抓，层层抓落实；成立了由县政府主要领导任组长的农村生活污水提升治理专班，按照"先建机制后治理"的原则，编制印发了《周宁县农村生活污水治理管护办法》《周宁县农村生活污水处理设施乡村自行运维机制》等多项制度，明确运维主体、理清责任分工。在全省率先采取建管一体化（EPC+O）模式，深入实施农村生活污水"升级版"治理，推动农村生活污水全收集、全治理进入新境界。

依托省"生态云"平台，按照"一盘棋""一本账"思想，县里将工程总承包和委托运营打包招标，既解决了原来设计、建设、运维单独招标耗时长、费用高的问题，又从根本上解决建管分离、建而不管、污水处理设施"晒太阳"等现象；同时还建立集数据分析、监督管理、智能考核、社会参与于一体的农村生活污水智慧管控平台，实时监控水流量、设施运行状况、站点数据监测情况，对污水处理实施信息化、精细化管理，形成农村污水监管一张图，有效提高了水体自净能力，大大改善区域环境质量。

周宁县位于山区，山高路远、分布零散，甚至一些村庄离乡镇所在地超过50公里，农村垃圾长效化转运、减量化处置、循环化利用一直是亟需破解的重要课题。近年来，周宁县先试先行探索开展农村垃圾干湿分类、厨余垃圾治肥工作，把垃圾分类等要求纳入村规民约，落实党员干部联系户制度，将党员干部联系户名单、考核情况上墙；制定《村民垃圾处理责任》《保洁工作职责》等制度，实行"门前三包"，完善垃圾分类鼓励约束机制，确保设施常态规范运行，形成了党建引领、党员联户、村民参与的"网格化+"基层治理创新模式，摸索出一条符合山区实际、农民可接受、面上可推广、长期可持续的农村生活垃圾治理新路子。

周宁县将村庄保洁、垃圾转运、农村公厕管护等捆绑打包进行市场化运营管理，中心城区纳入城区环卫管理，其余乡镇全面配齐垃圾压缩转运车，通过"以车代站"模式对垃圾进行转运，实现了运输过程的全封闭化，杜绝滴、洒、漏现象，规范有序作业；同时从源头推进源头干湿分离、就地分类减量，探索形成"户分类、村收集、湿垃圾生态处理、干垃圾乡回收清运"的治理模式。村内统一为村民配置干、湿垃圾分类桶，村民按照分类标准，自觉将垃圾干、湿分类收集。每日保洁专员上门回收村民整理好的湿垃圾，运送至垃圾处理房进行加工处理，当天即加工成有机肥，包装封放。干垃圾由垃圾转运车收集转运城关处理。

目前，全县已建成28个示范片区（村），覆盖46个行政村，采取无害化设备及人工沤肥处理相结合方式逐步实现全县域行政村全覆盖。"现在做好垃圾环境卫生，还能拿到有机肥，大家搞卫生的积极性越来越高，纷纷从原来的旁观者变成参与者，村里的环境卫生越来越好，住得更舒心了！"村民高兴地分享道。

在周宁县坂坑村，人们将收集到的湿垃圾及时加工成有机沤肥，包装封放，用于冷凉花卉、晚熟水果、高山茶种植，村财收入从原来不足10万元有望提升到50万元，激发了广大干群推动农村生活垃圾治理工作的积极性；实现垃圾处理"变废为宝"，从把农村餐厨垃圾等有机废弃物通过收集、转运、无害化处理、有机肥生产，到有机肥销售及还田利用，形成了一条完整的产业链。

"厕污共治"是乡村振兴的一项重要内容，关系农村生态环境改善。县里牢固树立"小厕所，大民生"理念，在泗桥乡改厕改水工作中创新提出了"县级政府投资建设+乡镇政府/村集体运维+污水处理设施+达标排放"模式，被农业农村部、国家卫健委、生态环境部三

溪口村　李洪元/摄

部委列为农村厕所粪污处理及资源化利用 9 种典型模式之一。近年来，周宁县又紧紧围绕"四个相结合"（政府主导与全民参与相结合、统一谋划与因村施策相结合、集中建设与长效管理结合、改厕改水与乡村发展相结合），制定"三个统一"（统一规格、统一规划放样、统一组织验收），探索形成了"三化"（污水净化、粪污资源化、管理常态化）治理模式。

全乡上下协调联动，形成合力，对于改厕过程中梳理出的突出问题，逐项明确牵头部门和参与配合部门，分类实施、集中整治；通过党员大会、村民代表大会等会议统一群众思想，制定村规民约，强化村民环境卫生意识，提升村民参与人居环境整治的自觉性、积极性、主动性，通过村民们自理、自治、自行监督，让家园"常态保洁"；在改厕工作中做到了行动快、措施实，从乡到村民小组实行三级管理，做到工作到村、责任到人、任务到户，建立了一支强有力的改厕施工管理队伍。

乡里采取以点带面与重点突破相结合的方式，严格把好验收关；制定了三个统一——统一规格（按照三格式化粪池图纸，严格要求不走样），统一规划放样（对水管排污道主线路由村里统一测定，村民小组定位定点再行施工，力求做到科学合理），统一组织验收（施工结束后，由乡村建站会同村干部对改厕农户进行质量验收，对不合格的要求返工改建，直到达标为止）。截至目前，泗桥乡全乡12个行政村，累计投入1600余万元，各村均已完成改水工程，新建污水处理厂1座，灵活设计、新建、改造污水管网14公里，累计拆除旱厕316座，完成改厕451户，新建公厕12座，实现行政村公厕全覆盖，形成了值得推广的"泗桥经验"。

乡级领导直接抓，村、组两级配合管，制定《泗桥乡全面推进"河长制"工程暨农村改厕改水综合整治实施方案》等制度规范，做到工作到村、责任到人、任务到户；将改厕工作列入各村年终绩效考评，充分激发各村参与的活力和激情；对整治效果明显的村给予奖励，奖励金额为10万元、8万元、6万元不等；全乡聘用55名保洁员，制定公厕卫生保洁和污水管网的维护等相关制度，加强对村民的宣传教育，共同保护处理设施资产安全，保障设施正常运行。"自从实行了'考核制'，保洁干部、村民，你追我赶搞卫生、讲文明，养成了好习惯，形成了好风气。"村民对推行改厕工作活动前后的变化十分感慨。

如今，在乡村振兴的大潮中，周宁县人居环境持续改善，乡村"颜值""气质"不断提升，逐步构建起独具特色的"周宁印象"。未来，周宁县将继续久久为功，合力攻坚，让全县农村人居环境得到跨越性改善，村庄环境实现跨越式升级，农民群众获得感和幸福感跨越性增强，全面打赢实施乡村振兴战略的第一场硬仗。

乡村嬗变

石门记

◎ 任林举

"石门开，石门开，石门一开金银来。"

在鹫峰山脉中段以东、福建宁德周宁县海拔最高的龙岗头之南，有一座以石门命名的山，称石门山。此山峰峦起伏、嵯峨险峻，东西走向延绵 3 千米，中段峦嶂断裂开一个缺口，缺口宽 100 米，两侧石壁均高出地面 80 余米，平滑陡峭，有如刀削，等高分立，远看极似一对打开的石门，自古附近的居民都叫它"大春门"。离石门最近的村庄是楼坪，就在石门山脚下，一抬头就可以清清楚楚看见那扇石门。

闽东人家有讲究风水的传统。虽说楼坪村紧靠石门，却并没有人认为他们拥有的这座石门是什么财富之门。因为就在离石门不远处还有另一座奇特的山峰——圣银楼峰。仅仅凭这个响亮的名字就知道此山非同凡响，因为它是一座真正的银山，山体矿石里满满藏着的都是银子。而与这座银山关系最为紧密的村子，并不是楼坪村，而是芹溪村。

据《八闽通志》《宁德县志》等文献记载，圣银楼峰银矿始采于南宋元祐年间（1086—1094），多次兴废，至明代隆庆五年（1571）前废止，断续开采近 500 年。明洪武至嘉靖近百年间，宝丰银场恢复开采后又迎来空前盛况，先后开设公馆督银，授权张彭八围城十里开矿炼银，并重建麻岭巡检司，圣银峰的名号从那时流传开来。为了追逐一个闪着银光的富贵之梦，先民们从邻近的浙、赣和闽北地区，蜂拥而来，一时好不热闹。曾有人作打油诗描写当时的景象："一万过路客，三千采矿工。乡野建公馆，马栏鸣不歇。"

随着岁月流逝、时代变迁，银矿当年的繁荣景象早已不复存在，整日里忙着挖银的人，到头来竟然落得个无银、无颜还乡的结局，连他们的后人也只能权将他乡作故乡。那些难归故里的矿工后裔，最后都成了芹溪村中的 18 姓村民。如今是人非物也非，昔日雄伟、辉煌的宝丰公馆，也无奈沦为荒草中的几段残垣断壁。一些当时矿上的遗物，如墙砖、柱石、石磨、石碓等，不时被芹溪村的村民们随手捡来垫路、砌墙。

且说石门山下并不拥有银山的张氏，出于被动或更加智慧的考虑，就在离银矿的不远处守着自己的绿水青山，依托山中物产经商度日，最后竟发展成旧日闽东一个举足轻重的望族。

其实张家人一开始也是芹溪村人，在银矿里为人打工挣一点辛苦钱，后因其他势力的打压排挤不得不离开银矿，到相邻的楼坪村栖身，重选谋生之路。来楼坪之后，张家兄弟经过仔细观察，发现楼坪人的思维很特别，虽然银矿就在附近，楼坪人竟然很少去那边挖银。他们似乎有意避开热门行业，而从事一个冷门行业。他们做铁锹生意，把铁锹卖给那些挖矿的人，生意也十分红火。张家兄弟终于明白一个道理，最热门的行当里强手如林，一个没有强大势力做支撑的村民，即便跻身其中也不会得到什么好果子吃。可是此时楼坪的铁锹生意已无多少插足空间，他们只好另辟蹊径。

石门山中的悬崖上生长着一种岩菇，珍稀、味美、价格昂贵，有"软黄金"之誉，只是采摘难度极大，甚至需冒生命危险，时有山民丧生悬崖之下。但张氏兄弟认准了采菇。咬紧牙关，将自己吊在悬崖上，东腾西挪，采另一种"金"于青山之外。淘得第一桶金之后，又做起茶叶生意，直至将自己做成了一方巨贾。当年楼坪一带人家，衡量一个人成功与否，要看是否完成了三件大事：修造祖墓，成家立业，买地建房。目前，楼坪村保留下来的 100 多座古厝，保护较好、建筑水平最高的几座都是张家兄弟的大厝。

现在，让我们在历史进程中回头审视，通过两村人的经历和命运起伏，是否能够判断绿水青山和金山银山哪一个更养人，哪一个更加长久呢？

数百年后的 1999 年，沉寂的圣银楼银矿再一次热闹起来，国内某家大型企业取得了圣银楼银矿的几年开采权。因为矿脉未竭，现代开采手段又更加先进、高效，开采者自然大赚了一把。可是仅仅 6 年时间，银矿又将生态已经休养复原的绿水青山污染了一遍。芹溪水由清变红，像大山受伤后流出的污血，据说那是煽银带来的铁矿和硫酸混合物；溪里的鱼消失了，溪水流过的土地上禾苗与草都不能生长；下游大陵水库和礼门水库里的鱼全部死掉；平展的道路被运货的重卡压得凸凹不平、破败不堪，整日里马达轰鸣、烟尘滚滚，房屋、窗子、人们的脸上甚至锅里碗里到处都是灰尘……芹溪村的村主任讲起银矿开工时的情形，心情沉重："在这样的环境里生存，就是抱着金砖又有什么意思呢？"

在青山和银山之间，周宁最后做出了果断选择，毅然放弃了已经被历史放弃了多次的银山，怀着情感和期待重新投入了青山的怀抱。走过这么多年绿色发展之路的周宁人，在实践中充分认识到了绿水青山就是金山银山的道理。

关闭银矿 7 年后的今天，芹溪一度重度污染的溪水，又变得清澈见底了，水里又有成群小鱼在嬉戏、游动。走在溪边时，村书记像个好奇心很强的孩童，兴奋地招呼着我，让我随他一起去深潭里看不知从何而来的鱼群。在村头，他指着前方一片广阔的稻田告诉我，4 年前这里连茅草都扎不下根，长到手指长就枯萎了。县里的干部也高兴地告诉我，芹溪干净之后，全县已经没有一条河流存在污染了。

自 1988 年时任宁德地委书记的习近平同志正式提出"森林是水库、钱库、粮库"的绿色生态理念，已经 30 多年。30 多年来周宁人民始终"不负嘱托、逐绿奋进"，一代接着一代干，终让荒山变青山。

全县林地面积增加 52.5 万亩，森林覆盖率从 42.8% 跃升到 72.96%、空气监测优良天数比例多年稳居 100%，2021 年一举创成国家生态文明建设示范区，成功地走出一条生态美、产业兴、百姓富的绿色发展道路。

如果说一直以来周宁都是"三库"理念和"两山"理念的忠实践行者，不如说他们是真正悟透其中奥秘的受益者。2022 年，周宁站在绿色发展的制高点上再一次深化、调整了自己的发展战略，进一步拓宽了"三库+碳库"价值转化通道，率先完成国有林场碳汇排放交易，破解了"绿水青山"可度量、可交易、可变现问题。同时加大森林的碳汇功能，拓宽固碳、减排概念的深度和广度，周宁抽水蓄能电站全面投产，每年减少电网煤炭消耗量约 20.79 万吨、减排二氧化碳 41.58 万吨，并在此基础上全力推动抽水蓄能电站二期和芹山湖混合式抽水蓄能电站项目前期工作，助力碳达峰、碳中和战略。

8 月，正当南方各地暑热难当，周宁的气温却独立于它所处的地域和纬度，让人感到了难得的舒适和清爽。这大约是因为有青山掩映，有白云衬托的关系吧？走在周宁抽水蓄能电站的大坝上，感觉就是走在一幅立体、全息的画卷之中。平湖如镜，碧水蓝天，既令人心旷神怡，又令人遐想无限。

石门已远，但望着悠悠远山，我的眼前还是呈现出那扇敞开的石门，心中突然生出一个奇怪的疑问："石门无轴，究竟是从哪个方向开启的？哪是门里，哪是门外，如果真有风水之说，大自然隐匿的金银财宝应该埋藏在哪个方向？"还没等我开口说出，只见同行的周宁干部用手一指远处的青山，仿佛在回答我的问题。显然，这是一个纯然的巧合，但我似乎也突然有所领悟，他这个手势是在告诉我：石门后面总是绿水青山。

云端花开

◎ 缪　华

　　从古至今，以花卉为题的诗文数不胜数，有以花喻人的，有借花抒怀的，有咏花明志的，其中不乏经典之作。但本文引用的几句花诗，虽算不得出类拔萃，却也意趣独具。比如唐代曹松的"谁家不禁火，总在此花枝"写的是红艳似火的杜鹃花；又比如宋代项安世的"禁城春色晓苍苍，花气浑如百合香"写的芳菲馥郁的百合花；再比如清代程樊的"兰为王者香，芳馥清风里"写的清淑淡雅的兰花。之所以引用这些名气不大的诗人的诗句，是因为他们所写的花卉，不仅美丽而且芳香，即便是三四流甚至不入流的诗人也照样能写出让人喜爱的诗句。

　　比诗句更让人喜爱的，是被写入诗中的花。如今，好日子滋养出众多的花痴，家家户户都喜欢在庭院、阳台种花养花，精心照料，乐此不疲。而闽东的花事更是一场接着一场，桃花红，李花白，油菜花黄，紫藤花紫……哪儿花开，哪儿必定人山人海。我家的阳台上也曾出现过几盆花，但我生性慵懒、关照不力，花们奄奄一息以至中道崩殂。于是，撤去花盆还阳台一片素白。但这不影响我赏花的热情，每逢花季，也会呼朋唤友结伴往之。这次到周宁参加"乡村振兴，周宁有鲤"文学采风，见有冷凉花卉之选题，遂立马打钩。之前虽多次去周宁，但了解得多、也写得多的是名镇名村、景点景区和民风民俗，对周宁花卉的种植及分布并不了解。此回遇见大面积的大花蕙兰、文心兰、多头小菊、多肉、香水百合等，花气袭人，花容勾人。这些外来花种在云端仙境扎根，发芽，长叶，开花，年年轮回，生生不息，让周宁这个国家重点生态功能区、国家生态文明建设示范区四季花开、繁花似锦。

周宁位于宁德市北部，东邻福安，西接政和，北连寿宁，东南与蕉城接壤，西南则与屏南隔溪相望，东西宽33千米，南北长46千米，总面积1047平方公里。全县平均海拔800米，是华东地区海拔最高的县城。它属于中山丘陵地带，地貌以中山为主。若要了解周宁的花卉，那必定要先了解周宁的气候与土壤，这对花卉培育与繁衍来说，是天时，是地利。周宁属中亚热带海洋性季风山地气候，常年温和湿润，冬无严寒，夏无酷暑。昼夜温差大、紫外线强的独特高山气候，使得周宁花卉不仅品质好、颜色艳，而且花瓣厚、花期长。更要紧的是，周宁产出的大花蕙兰、香水百合、文心兰等，能做到与云南的鲜花错季上市，鲜有对手。再看周宁的土壤，红壤为分布最广的土类，面积82.15万亩，占土壤总面积的60.14%，分布在海拔800米以下的低山丘陵；黄壤41万亩，占总面积的30.01%，分布在海拔900米以上的中山。冷凉气候和红黄土壤，最为适宜冷凉花卉的生长，这也是周宁在短短几年间成为全国知名的花卉产地的重要原因之一。

云雾绕山间，群芳舞翩跹。春色不得闲，花香满人间。我们来到周宁的第一站，就是位于鲤鱼溪畔的福建馨慧兰园艺有限公司。该公司于2021年7月入驻周宁县千亩农业园区，其依托台湾东华大学生命科学院和台湾凤仙兰园的技术，引进原产地在美洲的文心兰。如果说君子兰如谦谦君子、大花蕙兰若大家闺秀，那么，文心兰就是动感小精灵了。她的花色有纯黄、洋红、粉红，或具茶褐色花纹和斑点。她喜欢群居，一条花枝上就有数十朵挤挤挨挨。花朵不算大，但有仙气，裙裾飘飘的样子就像翩翩起舞的美少女，有人给她安了个形象且通俗的别称：跳舞兰。另外，她还有一个很顺耳的名字，叫吉祥兰，缘于她的花形像汉字的"吉"。吉是好兆，群芳来到。进入21世纪，周宁县按照宁德市"8+1"特色农业产业的发展要求，着力构建"3+N"农业产业体系，编制了《周宁县花卉苗木产业发展规划（2019—2025）》，出台了《周宁县促进高山冷凉花卉产业"三链"融合壮大高质量发展的若干措施》，强化服务保障，优化发展环境，先后引进福建盛周现代农业、无锡向山兰园、福建三杉科技、福建馨蕙兰园艺、福建天蓝蓝生态农业等业内龙头企业落户周宁，种植大花蕙兰、香水百合、多头小菊、高山杜鹃、文心兰等冷凉花卉品种。引进来，还得创品牌。经过几年努力，周宁成功注册了"周宁高山百合""周宁高山杜鹃"两个国家地理标志证明商标。在花卉"金种子"的科技研发上，盛周现代农业与福建省农科院开展百合种球繁育研究，建设百合种球繁育基地，进行百合种球工厂化培育，争取早日打破百合种球依赖国外进口的局面；与云南省农科院花卉研究所等科研院所开展技术合作，对文心兰等高山花卉品种开展组培选育研究，培育更新、更具市场需求的高山特色优良品种。

　　文心兰、大花蕙兰，花名同有一个"兰"字，我不晓得她俩有无亲戚关系，但知道她俩的性格差异颇大，一个活泼，一个端庄，活泼的那个有些肆意，端庄的这个又有些矜持。在向山兰园植物科技有限公司的大花蕙兰基地，我们在公司的张俊女士引领下进入育苗大棚。放眼望去，一片青绿，不见花踪。张女士笑说，你们来得不是时候，大花蕙兰的花期已过。我问："她的花期是何时？"她答："春节。"我说："这花真会挑日子也真会过日子，喜庆的节日添了馥郁的芳香。"她笑说："这花不仅好看，而且花期还长，四五个月不谢。"我有感萌生出一诗句："她矜持地占据了整个春天。"

　　我们参观的线路，是沿大花蕙兰的生长历程而行的。大花蕙兰是园艺类的品种，由独占春、虎头兰、象牙白、碧玉兰、美花兰、黄蝉兰等大花型兰属原生种经过多代杂交选育而来。我最早见到这花是在辛丑年的春天，小区有人将一盆大花蕙兰和一盆楚雄蝶兰摆放在公共空间，一黄一紫，美艳香郁。毕竟不是自己养的，也就不曾见过它们的生长过程，这次正好长长见识。张女士让我们先看的是几个透明玻璃瓶，里面的花苗，纤细柔嫩。她告诉我们，大花蕙兰的种子十分细小，种胚通常发育不完全，几乎无胚乳，在自然条件下很难萌发，只有放进培养瓶内培育才能成活。花苗在瓶里待上四五个月，好吃好喝地供着，待到叶茂根盛，有健壮的体魄后即可出瓶，然后移植到盆里。我们接下来看到的是种在盆里的大花蕙兰。植株有大小、剑叶有长短，不同区域有着她们的生长标识：1个月、3个月、6个月、1年、2年……直到第三年，大花蕙兰的花期终于来了。1000多天的养精蓄锐，赢得此后一年一度的婀娜多姿和雍容华贵。大花蕙兰的美貌，首先体现一个"大"字，相对其他种类的兰花而言，大花蕙兰的花朵显得硕大；其次是她的花色丰富，有红、黄、绿、白、复色等；第三，她的花型美；第四，她的花期长。我们在即将离开大棚时惊喜地见到几支插在瓶里的大花蕙兰。张女士说，这几支鲜切花原是留下来供人观赏的，两三个月过去了，容貌依旧，只是在边沿有杂色的斑点。用手轻抚，那花瓣不仅肥厚而且有韧性，像极了塑料花。这让我想到《红楼梦》太虚幻境里的那副对联："假作真时真亦假，无为有处有还无。"

作为观赏性的大花蕙兰，花朵艳丽、花型整齐且质地坚挺、经久不凋，深受市场的青睐和人们的喜爱。我问兰园的负责人，你们从云南来

大花蕙兰　雷克/摄

香水百合　李洪元/摄

周宁种花，这里的优势在那？她说，种花有 3 个前提条件：日照时间长、平常气温低、昼夜温差大，周宁除日照不如云南外，其余都比云南好。向山兰园目前一期有萌源、浦源、七步 3 个基地，现有大棚面积 260 亩，智能温室大棚 100 亩，每年可种植 30 多万株小苗、6 万余株中苗及 10 万余株大苗，年产值 3000 万元。二期公司将开展种苗组培，计划年组培研发花苗 500 万株，投产后预计总产值可达近亿元。

对周宁的气温和土壤感到满意的，还有同样位于浦源村千亩高优示范园基地的福建盛周现代农业发展有限公司。公司负责人说："浦源村海拔 905 米，平均气温 14 度，盛夏平均气温 24 度，极端最高气温 33.6 度，全年气温高于 30 度的只有 43 天，尤其适合香水百合等喜好冷凉的球根花卉生产。"该公司主打的产品是香水百合和多头小菊，他们充分利用周宁昼夜温差大的独特气候，安排香水百合和多头小菊的轮作。每年的 5 月到 11 月，除昆明产区出花外，百合鲜切花的竞争少，周宁出品的百合因茎秆粗壮、着色度好、花壁厚、花期长、瓶插时间可达 3 个星期而占据了市场的极大份额。而适合花卉生长的红壤和黄壤，也是花卉企业纷至沓来、落户周宁的重要原因。

雨后天晴的周日，我们走访位于七步镇后洋村的福建三杉生物科技有限公司。这家公司成立于 2019 年，产品主要有观赏花卉、药用植物、景观苗木种苗、微盆景及小盆栽、绿化苗木成品等。公司负责人张裕明先生早早在公司迎候我们，在简单介绍和交流后，他带我们参观了育苗车间和种植大棚。公司采取工厂化生产的新型组培育种方式，不受区域和季节的限制，对原辅材料和生产环境进行全面检测和监控，从而保证种苗具有明显的优势。种苗周年生产，品质高、产量稳定，年产优质组培种苗 3000 万株、小盆栽 800 万盆、绿化苗木 500 多万株。

我们来到多肉植物区。多肉植物是指植物的根、茎、叶 3 种营养器官中的叶是肥厚多汁并且具备储藏大量水分功能的植物，也称"多浆植物"。全世界现有多肉植物 1 万余种，分类上隶属 100 余科，常见的栽培多肉植物包括景天科、大戟科、番杏科、仙人掌科、百合科、龙舌兰科、萝藦科等。张先生介绍说，三杉公司有 1200 多个多肉品种。我对花卉一窍不通，自然无法分辨多肉的科属及类群，但望着大棚内分区明确的多肉种苗，模样小巧、色彩奇异、株形紧凑，就像一所幼儿园不同班级的小朋友，一个个活泼俏皮、可爱有趣，难怪一登场就迅速成了人们的新宠。这些种苗在大棚内一天天长大，等待着出阁日子的到来。张先生指着一株颜色变异的多肉说，物以稀为贵，像这样独有的品种，是多肉中的上品。

此外，福建天蓝蓝生态农业发展有限公司在泗桥乡炉下洋村打造 400 余亩的杜鹃花育苗、盆景生产、家庭园艺资材销售及杜鹃花海旅游休闲观光基地。现已收集杜鹃花优秀品种百余种，年生产杜鹃花盆栽 10 万盆、盆景 3000 盆。

云端仙境，高山花城。结合乡村振兴、精准扶贫、农业综合体等项目的实施，这些花卉基地充分发挥示范引领作用，带动更多的农民加入高山冷凉花卉种植行列。作为周宁县重点规划和打造的浦源花鲤小镇，目前正加快推进建设，整合园区内林地、园地、废弃地等 1800 多亩，拟引进花卉种植、种业研发、精深加工、冷链物流企业落户，将园区打造成集种植示范、科技研发、人才培养、花艺展示、观光旅游等三产融合发展的高山花卉特色小镇。力争全县到 2025 年建成高山花卉特色小镇或花卉产业集中区 2 个，培育市级以上花卉龙头企业 10 家以上，花卉种植面积达 6000 亩，全产业链产值超 6 亿

福建盛周花卉基地　李洪元/摄

元，形成布局合理、特色明显、全国知名的高山冷凉花卉强县。

周宁这座开满鲜花的云端山城，在乡村振兴战略的实施过程中，注重花卉产业的转型与升级，增加农民的致富门路，实现社会、生态和经济的全面发展，让周宁出品的高山冷凉花卉随着春风，伴着秋月，走遍天南地北，香溢千家万户。

花是世间尤物，是人间佳品。花中有诗，花中有画。面对鲜妍娇艳的花朵，读几首古人的花诗花词，自然心花怒放。"方兰移取遍中林，余地何妨种玉簪。更乞两丛香百合，老翁七十尚童心。"宋代诗人陆游在古稀之年还能以童心之态来写百合，可谓花心依然。宋代文豪苏轼是这样写兰花的："春兰如美人，不采羞自献。时闻风露香，蓬艾深不见。"诗句的意思是说，兰花像美人，不需采摘，那娇羞的模样就主动展现在人们面前。即使被蓬草和艾草遮掩，兰香还是随风弥散。而明代卢公弼的《初见杜鹃花次云冈修撰韵》抒发了他对杜鹃花喜而爱之、歌而咏之的激情："际晓红蒸海上霞，石崖沙岸任欹斜。杜鹃也报春消息，先放东风一树花。"杜鹃花不择生地，因势乘便，遍地如火，艳如朝霞，让作者心中感到了春的呼唤。我想，周宁的冷凉花卉产业在人们的眼里和心中，也正是报春的一树花。

村庄的不老之魂

◎ 魏爱花

我相信，村庄是有灵魂的。它们从诞生到成长，再到老去，历经无数风雨沧桑，尝尽蜕变的喜悦与苦痛，在时光的优胜劣汰中，或挂满青苔、遍布荒草，最后消逝于历史的长河；或不屈不挠，坚守着过往，始终以傲然姿态睥睨八方；或英姿焕发、不倦不息，朝着城市进发，以另一种形态继续演绎村庄的故事。

无论如何，承载着记忆的乡村活得尤其悠长！

它们可以把一片荒园做成雕塑，引无数世人景仰。无论熟悉的、不熟悉的，有血缘关系的、没血缘关系的，都因着这不起眼的荒园，凝成一股绳，站在历史的最高点，俯瞰世界，甚至，可以因着一栋垂垂老矣的木屋、一截残垣、一幅字画、一句古训，或者村里曾经的一个生命的诞生与逝去，在人们耳熟能详的故事中重新焕发生机与活力。

在周宁，就有着无数这样的村庄。

坐落于绵延群山中的周宁，被誉为"鲤乡福境、云端之城"的周宁，拥有着 1047 平方公里土地，辖 6 个镇、3 个乡、147 个行政村（社区），全县平均海拔 800 米，森林覆盖率 72.96%，空气质量长年达到国家二级以上标准，盛夏日均气温仅 24℃，夏无酷暑，环境宜人，素有"天然空调城""天然氧吧"之称，是国家生态文明建设示范区，也是中国鲤鱼文化之乡。

在经历了岁月的磨砺与新一轮选择的纠结之后，这里的乡村开始走向新生。曾经因大量人口外流导致荒芜、寂静与颓废的村庄，随着乡村振兴战略的提出，仿佛被注入了生机，逐渐走向兴旺。

作为习近平总书记"森林是水库、钱库、粮库"理念的理论源头和主要实践起点，周宁县委、县人民政府积极践行习近平生态文明思想，以乡村振兴战略为统领，从建设绿色美好环境、宜居环境着手，发挥乡村振兴优势资源，推行人与自然和谐共生，致力走出一条"生态美、产业兴、百姓富"的可持续发展之路。经过多年努力，绿色生态发展理念已成长为一棵生机勃勃的参天大树，真正践行了"绿水青山就是金山银山"理念。

沿着平整公路，目之所及，都是绿色的。连绵的山，绵密的树，似一块块绿色的屏障。潺潺而下的清澈溪流，或急或缓，穿梭于岩缝间。掩映在盎然绿意中的深浅不一的红，是杜鹃，是红叶石楠，是成片的桃林。到了夏初，一片雪白的，是村口的油桐。四时花朵伴随着黄土泥墙与黑灰瓦檐，从车窗外一闪而逝，颇有些世外桃源的感觉。

建设一个绿色生态、美丽宜居的城市，让广大乡村成为洁净、文明而富有生机的美丽乡村，一直是周宁人奋斗的目标。1989年，习近平总书记在《摆脱贫困》一书明确提出"森林是水库、钱库、粮库"，并赞扬了周宁县黄振芳老人带领全家造林致富的典型经验。数十年努力，昔日穷山恶水的周宁，不断逐绿而行，终于拥有了72.96%的森林覆盖率，拥有了山青水绿的美好生态环境，为周宁得天独厚的"碳库"奠定了良好基础。

乡村在振兴，一村一品，各展其华；乡村在振兴，一举一动，立足根本。在这个"实现生态环境改善由量变到质变的关键时期"，周宁的乡村，在新时代步伐中，脱去贫穷与困苦，在一条条"四好公路"中迈向新的征程，在万众瞩目的全域旅游发展中进行着华丽转变。

一个个美丽乡村在郁郁葱葱的山林中崛起，在乡村振兴战略中蜕变。文旅融合，产业兴旺，文明带动，人才振兴，党建引领……一条条举措，振奋了周宁人的精气神，也活跃了乡村经济，推动了云端周宁美丽乡村的塑形。你有你的奇山异水，我有我的风花雪月；你有你的深沉情怀，我有我的活泼精致。在这里，每一个村庄都可以自豪地说：这，是独属于我的乡村振兴。

周宁的乡村振兴是多彩的！

七彩的是后洋村。林木森森，漫延成一条绿色河流，彩绘的墙体与七彩的稻田从连绵的绿意中脱颖而出，让这个村子成为一道靓丽的风景线，娓娓述说着从一个石碑、一个村规到一个关于绿了荒山白了头的老人与习近平总书记的故事。红色的是梧柏洋。火红的闽东工农红军军旗像号角，像火炬，向每一个进村的游客讲述着20世纪30年代的闽东英雄故事，吸引着年轻一代驻足流连。紫的是纯池。无数紫红葡萄，在9月的风中，嘟囔着圆脸，收获着村民一波又一波惊喜。蓝的是芹山天湖。一水澄澈，映着蓝天、白云、绿树，令人心旷神怡。黄灰的是禾溪。在那里，你可以看到北方早已消逝的《清明上河图》中的虹桥。彩虹一般古老的廊桥横跨溪流，河岸的黄墙、黑瓦，摆成错落有致的风景，成长了不知多少岁月的拐枣热闹闹缀满枝头，无数鲤鱼成为溪里最自由的原住民，苏轼的回头诗一遍又一遍地回响在游客心间。

周宁的村庄，是大自然的村庄，也是文化的村庄。写满故事的村庄总是时不时牵动人们的记忆和想象。这里，尺厚的墙体上还残留着枪孔。那里，开了暗道的房子，布满蛛网，显得漆黑、阴森而略带诡异。哪怕只是荒野丛中，简简单单的一个积善亭，一个彩绘的马头墙，一截淹没在菅草花中的白银古道，都让你在缓缓走过的时光里，感受到残留在空气中的过往、辛酸、温暖、艰辛与辉煌，带动你的思绪，或热血沸腾，或唏嘘感叹，或温情缱绻，久久难以释怀。周宁的故事，便也从这些村庄走进游客的心中。

周宁的村庄，是盛开着无边风景的村庄，更是鲜活的"人"的村

周宁鲤鱼溪景区夜景　叶先设/摄

庄。乡村振兴的关键在人，人是乡村流动的血液，也是村庄不老之魂代代相承的载体。

　　乡贤回归、科技特派员驻扎基层一线指导工作、锻造乡土人才、指导乡村振兴工作……每一个乡村振兴人才的引进与培养，都是乡村新鲜血液的培养基与营养液。为了进一步推进乡村振兴工作，周宁县建立"政、产、学、研、推、用"六位一体的农技推广机制，支持乡村特色企业开展技能培训，健全医生、教师、科技、文化人员等定期服务基层机制，开展厨师、茶艺师、电焊工等技能比赛和人才技能培训，加大技能人才宣传，持续推进"十百千万"专家服务乡村振兴行动，积极培育乡村人才振兴示范点，鼓励企事业单位采取顾问指导、技术联姻、项目合作等方式，柔性引进人才……这些举措不仅让乡村建设少走了弯路，更激发了乡村无穷的活力。

　　乡村振兴不仅在于人才的引进和培育，更在于传承的升华与创新。

　　传统特色产业是乡村振兴浓墨重彩的一笔。它们在新时代高科技的熏陶下，不断提升自我、推陈出新，形成地域品牌。周宁高山云雾茶、高山土豆、小径笋、高山冷凉花卉、晚熟水果是无污染、高质量产品。新兴产品研发与推广、传统工艺的传承与变革，让更多的云端特产走出周宁，远赴海内外。文化旅游事业的发展，让诗和远方走到了一起，也让村庄有了寻根问祖的理由和动力，吸引着更多村民回归乡土，共同采集历史碎片，讲述岁月辉煌，同时坚定地守着一方水土、一方传承，将流传了千年百年的文化深挖细耕，走一条独属于自己的道路，讲一个独属于自己的美丽故事。于是，杖头木偶以崭新的姿势重新展现在世人面前，北路戏、桌坪戏、线狮等传统艺术重新焕发光彩。自驾游有了明确的目的地，乡村民宿在修葺一新的古民居里雏菊一般盛开。在缓缓流动的乡村经济里，振兴不仅仅只是一个词语，更是唱响在乡村的一首歌，就如同《我和我的祖国》，充满了深情，洋溢着热情，经历了无数岁月却依然经久不衰。

风过荷田，在源远流长的鲤鱼溪畔，在这个代表着周宁乡村振兴的一角，我们留恋的不仅仅是整齐的竹篱、稻田与荷田，更有流淌在岁月流光中的无数身影。他们孜孜不倦，致力于讲好每一个乡村振兴故事；他们开拓创新，让每一个乡村拥有更为璀璨的生命之魂与造血功能；他们致力于把周宁乡村建设成为令人向往、充满生机的生态宜居乐园。只是这个过程，道阻且长，让我们且行且珍惜，用好每一个机会，共同打造属于云端周宁的乡村振兴之梦。

从云雾中走来

◎ 许陈颖

一

一片叶子中的呵护。

"缥缈神仙云雾窗。"站在周宁的山顶，满山云雾总会让人想起宋朝韩淲的这首词。在中华的神话传说中，云雾乃天地精华所凝，是神仙遮掩真身、屏障自身之物。那么，一年 200 多日缭绕在云雾之中的"云端周宁"，定然是个神仙也眷恋的地方。

雨歇，山风荡起。云雾随之弥漫开去，遥遥地盘结着宁静的雪白。没有喧哗，也没有旋转的五彩，从云雾中走来的，唯有满眼满眼的梯田绿，那是周宁的高山明珠——高山云雾茶。在变幻的云雾中，那绿蜿蜒而上，曲折明快。在 1400 多米高的山之巅，云雾驻足，并与高山的草木相遇，它们日日相见，密密窃语，终日厮守。

在时光的洪流中，这些草木需要怎样的吐与纳，才能实现与自然万物的辗转交流，才能造就独特的高山云雾茶？

专家在介绍的时候说，云雾终日遮挡住太阳光中的蓝紫光，使茶叶护住了体内的氨基酸，所以，这里的茶叶特别的鲜爽甘甜。一个"护"字，心内一动。陆羽的《茶经》说："茶者，南方之嘉木也。一尺二尺，乃至数十尺。"一片又小又翠的茶叶来到世间，宇宙洪荒、天地蒙涌、万物孤独，它要如何从一寸一寸长到数十尺，再一株一株蔓延成满眼的绿？

《淮南子》开篇就说"以天为盖地为庐"，在中国人的传统观念中，天地之间，万物相傍相生。正如高山茶生于周宁之山，每逢太阳暴烈，云雾或如母护儿，或如男子护着心上人，细嫩叶子才能护得茶的真身与元气。待到使命完成，云雾托胎化雨，重入尘寰，再次滋养茶叶。

自然造物，早已安排了许多可观可叹又可喜可爱的关系。

周宁高山茶，因被呵护，生出这世间最自然的鲜甜。

二

一杯茶中的匠人精神。

万古乾坤，百年人世。《红楼梦》中一棵绛珠仙草生长在西方灵河畔，受到赤霞宫神瑛侍者甘露日夜浇灌，从而修得女子之身。得道之后，其为了报答神瑛侍者，在警幻仙姑的安排下，追随来到凡间，以"一生的眼泪"偿恩。而周宁高山上的茶叶，亦是草木之身。在竞绿赛青的千岩万壑间，它受云雾的滋养走向凡间，探访知音。

在周宁的茶馆中，一群人围坐，看着修长的高山茶叶在杯中徘徊、低旋，再渐次舒展开来。茶叶纤美细长，宛如数个美丽的精灵在碧绿洁莹的水中上下翻腾、嬉戏，又好似一群体态美好的女子在翩然起舞。

制茶人，介绍着种种茶叶，如数家珍。他回顾为制一道茶所经历的几十次失败，娓娓道来，气定神闲。对于周宁的制茶人而言，与高山茶几十年如一日打交道，制茶，思考，重新出发，周而复始，这既是对茶叶的唤醒，也是对人心的淬炼。

抬手泡茶，眼波温润；茶叶触水，欣然起舞。人与茶之间，心息相应，彼此应和。高山流水奏响知音之曲，而周宁高山茶带着这份知遇之恩开始进入凡夫俗子的日常生活中。在茶香弥漫处，人与人之间的隔阂开始消除，所有的一切都不再是孤芳自赏，而是有了交流的欢娱，一盏茶里饮见千古风流，一期一会中道尽人间沧桑。

"周宁茶，既有婀娜多姿的红茶，也有柔中带刚的绿茶。周宁红，红的是精神，红的是气节，是萧家岭上的如血残阳，更是周宁人民传承的红色基因。周宁绿，绿的是自然，绿的是生态，是高山云雾青绿水长的精华淬炼，是人在草木间浮生半日闲的和谐恬淡，更是守好发展和生态两条底线，奋力实现百姓富与生态美有机统一的时代新篇。"这段精彩的评价来自周宁另一位制茶人李林金之手。在他的眼里，每一株茶都是茶人与周宁这方水土的相互依傍，都是自然最美的滋养，饱含这片土地最纯的芬芳。他对我说："周宁人做茶，只做放心茶、暖心茶、匠心茶，每一杯茶都是茶人与世界的君子之约，都应时而采、适时而制，样样细活、道道精湛，最终百炼成茗。"如果不是秉持着对这方土地的诚挚与爱，如果不是对高山茶品质有着精益求精的极致要求，他如何能在喧嚣的日常写下这样安静的文字？

一片叶藏百道工。这是匠人精神，也是高山云雾茶与周宁制茶人签下的灵魂契约，天地为证，生生不息。

三

一个茶村的烟火气。

周宁的高山茶从叠云架翠的山间走向软红十丈的尘世，走进人心的渴念，并落在一个少女的梦里。

40多年前，一个叫陈桂清的少女，嫁到首章村。她并不知道，多年之后这个村子会因为她的到来而发生巨变。首章村的人也没想到，高山云雾茶会选中这个勤劳、淳朴、善良的女子来带领全村人改变命运，脱贫致富。

20世纪80年代的首章村，又穷又破，是周宁最穷的村庄。当时有句顺口溜：首章首章，又穷又脏。少时艰难的生活培养了陈桂清坚强的个性，她很早就承担起生活的重担。陈桂清的公公，时任村支

最美茶园 叶先设/摄

书，被安排到玛坑茶厂负责管理。因系家属，陈桂清也有幸来到茶厂。这一去，开了她的眼界。陈桂清看到了茶叶的制作与买卖的过程。她惊异地发现，周宁漫山遍里的草木，原来是可以用来赚钱和提高生存质量的。

高山云雾茶，就这样走到了陈桂清的心里，走进了首章村。此后几十年的时间里，在陈桂清的带领下，首章村搭上了国家政策的翅膀。他们贷款、种茶、收茶、与外界联络卖茶；他们重视茶叶的质量，改变过去粗放管理方法，坚决使用有机肥喂养；他们在烈日之下采茶，用肩膀挑、扁担抬到邻县买卖；他们齐心协力，遇事一起商量，贷款一起还。人世间的用心和真诚是可以赋值万物，周宁高山茶经过首章村开始迈向更广阔的市场。如今的首章村已成为周宁县乡村振兴的典型：整洁的村容，一亩方塘，数尾锦鲤，数栋小洋房次第排开。200亩的村集体茶园、供残障人士居住的幸福苑、养老院等公共设施的拔地而起，都在诉说着首章村因茶而华丽转身的故事。

年近60岁的陈桂清个子不高，圆圆的脸，性格乐观。她深情地说："我早已累得干不动了，自己和家人身体都不好。我一辈子都在爱茶、做茶，我希望在我离开的时候能把首章村的茶叶创好品牌，把茶产业送上一条可持续发展的路子。"因为周宁高山茶，因为陈桂清，首章村的村民们把梦想照进了现实。

茶从高山的云雾中走来，走进人心，融入了人与人的关系，点燃了千家万户的生活干劲。从此，茶叶也有了烟火之气。

76

春光不负耕耘人

◎ 杨秀芳

起了个早，我们准备去田间地头，看看被抛荒、撂荒重又恢复往日生机的土地。

下了一个多月的雨刚刚止歇，素白的裙纱缓缓从群山间升腾起来，优雅生姿飘卷飞舞，收纳于云天之外。摇下窗户，清凉的风顺溜进来。周宁不愧有"天然氧吧"之称，虽已盛夏，但空气洁净，依然保持人体最为舒适的气温。周宁这地方常年云雾缭绕、昼夜温差大，独特的高山立体小气候、优质的水源和清净的空气，使得农产品的生长期相应来得长，产出的食物吃起来更加美味。

路旁一垄垄马铃薯已经成熟，甘薯的叶子长势葱翠而精神，玉米开始结果。那些埋藏于地底和包裹在叶子里的作物，都将秘不示人的甜蜜留给收获的告白。

与我同去乡间的周宁县农业农村局陈华副局长见多识广又风趣幽默，一路上从他如数家珍的侃侃而谈间，我大致了解到周宁县落实中央一号文件所做的各项耕地保护工作。此地得天独厚的宜人气候与优良的生态环境，孕育出不少高品质的农产品，然而即便如此，近20年来，土地抛荒、撂荒非常严重，杂草呈燎原之势。农民为何舍得抛下世代赖以生存的土地呢？陈华无奈地笑着说："种粮食要和天斗地斗人斗，你说容易吗？上靠天，要风调雨顺。下靠地，土地得肥沃而无瘟害。即便以上条件达到获得大丰收，如果没人购买，粮价上不去也影响收入。所以种粮远不如打工经商来钱快。"

说起被抛荒的土地，我也深有感触，每年回农村老家，童年记忆中的那些靠山的田地，因村民外出打工经商，或改行从事食用菌种植等，不断被野草吞食侵占。少时跟随父亲去割稻谷的那块梯田，仿佛被隐藏了踪影。如今只有离房屋较近的地块，被留守老人勉强耕种。常言说："民以食为天，粮稳天下安。"看到多年被荒置的田园，我的内心不免有酸楚与失落感。

习近平总书记曾反复说："中国人的饭碗任何时候都要牢牢端在自己手上。我们的饭碗应该主要装中国粮。"是的，粮食安全的确是我们国家社会安定与发展的有力保障。可喜的是周宁县与全国各地同步，开春就快马加鞭落实"藏粮于地、藏粮于技"的粮食安全决策部署。他们制定方案，集中开展目标明确、职责分明的耕地抛荒、撂荒整治工作。一时间，全县上下有人负责宣传发动，鼓励农户把丢失的土地重新捡起耕种，同时有人邀请乡贤能人回村，成立农业公司，进行规模化种植。干部与技术人员分工明确，有的负责实地察看，摸清国土图斑位置，对闲置土地进行登记造册；有的负责与农业专家一起对土地性质进行评估，按"宜粮则粮，宜经则经，宜菜则菜"的因地制宜原则实施粮食作物分地耕种……各乡镇还根据土地抛荒年限及户主情况采取贴补、流转、代耕等措施。

可以想象，春天时的田间地头，呈现"春天撒种种千顷，汗水殷殷万刃情"的忙碌春耕景象。水稻、玉米、大豆、马铃薯、甘薯等农作物多么幸福自豪呀。它们被分种于再次垦荒出来的土地上，它们的主人除了农户，还有各机关单位的工作人员。现在它们各安其所，努力完成"致富田""丰收田"的使命。

我们的车在官司村一处青山环绕的水田间停了下来。

水田蓄满绿盈盈的水，层叠盘绕至山腰竹林深处。你看，凉风起时，青青小禾将一半身子埋在泥土和水中，另一半身子迎着阳光和清爽的空气，无比惬意地舒展摇曳。我们遇见了郑用寿，他正带领妻子和儿子准备给田里的庄稼施肥。陈华介绍说，为了改变世代当农民的生活方式，郑用寿年轻时就走出大山，到上海等地经商，如今回归家园，专门从事农业生产经营活动。

外面的世界很精彩，离开面朝黄土背朝天的艰辛务农生活，是我国改革开放后许多梦想走出大山的农民的愿望。我不禁问郑用寿："既然走出大山，而且事业有成，按理可以在城市好好享受生活，是什么动力让你又返回农村，反哺家园呢？"他顺手指着梯田旁延伸至山之深处的古道说："我六七岁开始，常常跟随父亲到浦源供销社购买生活用品，每次路过这片梯田。春夏时这儿是一片绿色的海洋，到了秋天，就成了金色的海洋。每个季节的漂亮景色，深深地印在我的脑海里。"

他说自己小时候没见过世面，如此的田园景象就如天堂一般奇丽。另外，他还记得小时候村里的叔伯们勤劳能干，再偏僻的一小块山旮旯儿都要努力开垦出来，哪怕只种上一棵南瓜、几棵豆。童年的美好记忆结于心中，仿佛长出了根，牢牢地维系着他的牵挂。可是后来回村，他发现能耕种的梯田面积越来越少，甚至消失殆尽。他藏于心间的那幅美妙图景仿佛被无情删改，惆怅之情油然而生。多少次夜深人静的夜晚，他回想着自己离开家乡后的种种历程，以及家乡的各种变化，总有根无所系的漂泊感，便滋生回村做农业的念头。2018 年，在上海从事钢材生意的他又遇到了一次商海风浪，更坚定要回村创业的信念。

回村后，他召集几个志同道合的童年伙伴，在官司村龙岗头开发建设了农庄。几年来，他带领 30 多人，开发种植高山云雾茶、土豆、蔬菜，以及种植三七、黄精、七叶一枝花等药材，如今都获得了大丰收。

今年初，适逢国家落实粮食安全的决策部署，他所在的浦源镇将撂荒地复垦复耕作为工作重点，也为他完成拯救农田的心愿提供了机会。他身先士卒带头响应政府号召，成立周宁县恒升农民专业合作社，向官司村承租、流转 320 亩抛荒、撂荒农田。2022 年春天，他带领村民快马加鞭开垦种植 150 亩水稻和马铃薯等农作物。现在，我们就站在不久前刚垦荒出来的梯田上，禾苗整齐地排着队，向着收获的秋天幸福地生长着。他说，那时候看到所有的杂草被清除干净，水田重又露出真容时，他百感交集地落下泪来。

无独有偶，周宁县际头村的陈芳也是一个对家乡土地怀有深情的人。陈芳成年后一直在外打拼，只有春节才能匆匆回老家一趟。有一回，在村边散步，他看到老家的农田和菜地杂草丛生、一片荒芜。他不敢相信，自己魂牵梦萦的家乡，早没有了农作物生机勃勃的景象。他的心难以平静，自言自语道："我不能让我的家乡这样消沉、落后，我要做点什么了！"就在这一年，他辞去工作，放弃城市生活，带着对发展家乡、服务家乡的热情，走上返乡创业之路。2015 年，他和乡亲们创立周宁县益丰种植专业合作社，他们一起开垦荒地，种植土豆、玉米、茶叶等农作物。

为了带领村民共同发展，合作社与福建省团队科技特派员签订协议，邀请高山作物现代综合生产技术服务团队为合作社开展科技服务，引导村民科学种植，推广实用的农业技术，提升种植效率，攻克了农户田地病害问题，使乡亲们实现了增产增收，走上致富之路。如今，加入合作社的村民越来越多。他们初期打造的樱花茶园，已成为周宁特色樱花打卡地；生产的"仙人亭"红茶，于 2018 年以来，连续 3 年获得了周宁县"周宁高山云雾茶"杯斗茶赛"金奖"，2022 年获得了福建省"海丝国际杯"斗茶赛优胜奖。

随着农村抛荒、撂荒整治工作的开展，益丰合作社积极谋划，扩大了荒地开垦面积，种植更多优质农作物。他们还派人前往福州引进了"玛莎莉蜜薯"，并指导合作社农民深入学习蜜薯种植技术。收成时，蜜薯产量高、品质优良、蜜甜软糯，畅销多地。在合作社的带动下，际头村蜜薯产业迅速崛起，并辐射带动了附近多个村庄种植蜜薯。"我们创立合作社的初心就是带领村民发家致富，促进家乡经济发展。这些年，我也始终坚守着这份初心。未来，我将一如既往为家乡乡村振兴贡献自己的力量，带动更多人就业创业，带领全村人实现共同富裕！"陈芳怀着无比自豪和憧憬的感情对我说。

周宁县像郑用寿和陈芳那样热爱家乡土地的乡贤一定不在少数，他们把服务于家乡的发展当成人生最完美的归宿。

我在清风中欣赏禾苗愉快的舞姿。稚嫩的青禾，已担当起孕育口粮的神圣使命。在复垦出的新田上，禾苗，从一个普通的名词被我理解为与憧憬、与希望有关的形容词。关爱它的人们，除了投以期盼的爱抚目光，还在努力走在拓荒的路上。

土地永远立在土地那儿。

这一场垦荒运动，复苏了许多人最本真的土地情怀。厚土养人，土地是生命命脉，使用好祖先留下的土地，向它索取并厚爱于它。每个春天都不可辜负，每块田地都是唯一。把种子种下去，种瓜得瓜，种豆得豆，忠实于期待。我想，接下来会有更多的人把目光和行动投向亟待开荒的土地。

春光不负耕耘人，期待风调雨顺，期待稻菽丰盈。

收获　陈晓峰/摄

"果"然艳笑山水间

◎ 肖林盛

东晋文人陶渊明在《桃花源记》里把现实和理想境界联系起来，通过对桃花源的安宁、和乐、自由、平等生活的描绘，表达了作者对美好生活的热烈向往与追求。乡村振兴征程中的周宁县，这些年来，在全县干群的戮力同心下，山更青水更秀，花果尽飘香，呈现出色映"绿屏千朵露，影侵清沼百枝丰"的景象，这不就像陶渊明朝思暮想的世外桃源吗？每当新果成熟时，艳笑于山水之间的错季葡萄、红心猕猴桃、蓝莓、黄花梨、水蜜桃、无花果、百香果、红心蜜柚、芙蓉李等各种周宁高山特色水果轮番上市，填了市场空档，圆了客户心，富了果农袋，让在家的农民看到了希望，有了盼头，有效地助力了乡村振兴。

一

在没有采访之前，有人说："葡萄与茶叶，是普惠周宁个体户的摇钱树。"茶叶是周宁县乡村百姓的摇钱树我定然认可，我曾经就写过一篇《茶叶青青，满地黄金》的文章，但把葡萄等水果列为周宁农户的摇钱树，我还真的不甚了解。

儿时的周宁县域处处是光头山，不要说果树，就连松木、杉木、灌木也寥寥无几，再加气候的寒冷，果树种植极为不易。脑海里的记忆只有少量个头不大、苦涩难咽的苦桃仔、柴头梨。即便稍有点名气的洋头梨、咸村柚、梅山柿、秋楼橘，或因栽培技术，或因那个年代的生活所迫，小打小闹的零星果树，几乎没给当地的农民带来多少收入。"糖甜甜，橘圆圆，炮放三声过大年"的童谣印证了糖果与水果在周宁这一地域的稀有。过年时，母亲买了些许橘子总是藏着掖着，甚至十分隐秘地藏在地瓜米仓里，为了待客用一把钥匙锁住孩子们的嘴。

其实，周宁也有过大力发展果树的历史。据县志记载，1976 年开垦"万宝山"，种植果树 2247 亩，后因栽培技术差，管理不善，不了了之。20 世纪 80 年代末期也有出现过种植葡萄热，又因为当时都是露地栽培，故而爆发黑痘病、霜霉病等，最后以失败告终。

二

"绿暗红深处，枝香遍地诗。蝶翻疑有子，燕语亦无时。雨后开初蕾，秋前绽艳姿。人间如此好，满树最堪奇。"一首《花果飘香》律诗难以表达周宁当下"花果山"的盎然意境，但夏末秋初的周宁，桃红梨绿、葡萄飘香、猕猴桃走俏的喜人场景，是不争的事实。

无果之乡，怎成了"花果山""万宝山"？带着这样的疑问，笔者来到周宁县华辰种植专业合作社。还好天公作美，数周连绵大雨后的华辰种植专业合作社采摘园上空，竟然雨歇霭散，云缝里挤出一缕阳光。站在采摘园的观景台上，放眼望去，近处的芙蓉李、水蜜桃在露珠的点缀下夺眼、喜人，远处的巨峰葡萄棚架鳞次栉比、银光闪烁。满脸阳光的张灼平，是一位三十出头的女同志。让我意外的是，她竟然是打理这个合作社的负责人。见到我们一行人到来，张灼平十分热情地引导大家穿梭于芙蓉李、水蜜桃、巨峰葡萄三个片区间。100 多亩核心种植区域里，绿叶下的挂果，处处前呼后拥；抢抓时机的员工，人人忙着剪枝梳果。

"巨峰葡、水蜜桃成熟时，这里将成为一个欢乐的海洋。"张灼平难掩一脸笑容地说。这里是 AAAA 级景区浦源鲤鱼溪的门户，且离城关很近，交通极其方便，每到节假日男女老少络绎不绝。月朗风清之夜，更有许多年轻人在采摘园里闹到天亮不肯离去。

谈起怎么会选择返乡创业种植特色果树的话题时，张灼平略加思索后说，主要是赶上了县委、县政府大力推广、扶持发展高山特色水果的好时机，同时看准了这个地方的生态条件和完善的交通条件。这个地块平均海拔 900 多米、昼夜温差大，独特地理环境中生产出的果实不仅糖分多，而且风味独特。

张灼平指着芙蓉李、水蜜桃园区内宽敞平整的采摘栈道介绍，栈道一来方便员工作业，提高效率；二来便于通风，保障果实品质；更主要的是方便客户采摘。如今葡萄园都安装上了滴灌系统，并聘请了专业葡萄种植技术顾问，通过测土配方施肥及标准化种植，防治病虫害发生，促进了葡萄产量和品质的提高。芙蓉李种植则全部覆盖防草布，物理防草，实现了不使用除草剂，提高产品质量，同时，还通过测土配方施肥及标准化种植，极大提高农产品品质和安全性。

"我们还利用新技术提高葡萄的种植和管理水平，开展农产品质量安全建设，实现源头赋码、贴码销售，使农产品数量、质量大幅提高，并积极发展电商平台，拓宽销售渠道，提高合作社的经济效益。"张灼平告诉笔者，目前该基地带动周边闲余劳动力和部分贫困户 20 余人，有效地增加了这些员工的家庭经济收入。

走进与周宁县华辰种植专业合作社一路之隔的周宁县顺利种养专业合作社，合作社负责人詹其顺领着我们顺着一条沿溪长着惹人喜爱的红心猕猴桃通道来到种植基地中心地带。此时虽品尝不到香甜可口的红心猕猴桃，但也嗅到四面八方扑鼻而来的浓郁气息。据詹其顺介绍该合作社已成立 14 年，种植总面积 60 多亩，主要种植红心猕猴桃与黄心猕猴桃，平均亩产可达 2000 斤，大的一株可产 150 斤。特殊的地理条件造就了这里生产的红心猕猴桃与黄心猕猴桃具备果形美观、香气浓郁、酸甜可口、口味绵长等优质品质，因此销路格外红火，正常情况下，该合作社年产值可达 150 万。

"以前靠打工维持生计，收入不稳定，如今种了 11 亩葡萄，一年收入 10 多万元，收入比以前翻了几倍，干劲越来越足了。"地处纯池镇淳兴种养专业合作社的社员徐妙富说。该合作社在返乡青年徐守臻的带领下，种植葡萄 500 亩，通过发展生态循坏农业、注册商标品牌、参加农业博览会等，提升了高山晚熟葡萄知名度。如今合作社有 57 名社员，人均年收入达 10 多万元。而纯池镇的毫阳村，小小山村竟然种植葡萄 600 多亩，使得该村常住人口从原来的 100 余人增至 500 余人，全村 80%以上的村民参与种植葡萄获利。

三

采访中，周宁县农业局干部张浩祥告诉笔者，发展特色水果产业，助力乡村振兴，真正风生水起是在 2013 年福建省出台农业温室大棚补助政策后，周宁出现一波外出返乡创业潮。县委、县政府审时度势，立足高山生态区位优势，及时因势利导群众大力种植高山晚熟葡萄、红心猕猴桃、水蜜桃、芙蓉李等特色水果。为了更好地做大做强高山特色水果产业，县政府还及时印发了《周宁县乡村振兴产业发展规划（2018—2022 年)》等多份文件并加以实施，通过合理规划、标准化种植，利用地域和环境优势打造高山优质晚熟系列果蔬。目前，葡萄产业成了群众眼中的普惠性支柱产业，从 2013 年前种植不足百亩发展到现今 5500 亩，产值 8400 万元，1200 户以上家庭直接或者间接从中收益。

周宁县林业局干部孙蔡盛介绍说，周宁高山晚熟水果，之所以成为翘楚，是因为周宁生产的晚熟水果与其他地区相比，整整错季了 45 天以上。就因为这黄金 45 天，填补了市场的空档，更因为这黄金 45 天，提升了水果的品质。在这点上，周宁县华辰种植专业合作社的张灼平深有感触。基地生产的葡萄因为特别晚熟，正好赶在国庆、

大丰收 李洪元/摄

中秋，这时福安等外地的葡萄均接近尾声，周宁新上市的晚熟葡萄自然而然地成为节庆里的抢手货。再加海拔900多米绿色无工业污染的高山地区，土壤肥沃，富含多种矿物质，常年雨雾缭绕，昼夜温差大，生产周期长的独有性，使得周宁葡萄果粒均匀、皮薄肉厚、粒大饱满、果实甜脆，备受客户青睐。目前特别走俏的巨峰葡萄、红心猕猴桃、蓝莓、无花果等高山特色水果遍布全县各个乡村，发展势头迅猛。据了解，全县目前已有规模种植点133个，2021年全县水果规模种植面积达1.6万余亩，产值1.1亿余元。当地涌现出了诸如周宁县华辰种植专业合作社、周宁县顺利种养专业合作社等模范带头优秀企业，从而加快了周宁高山特色水果产业规模化、标准化的进程。

记忆中《西游记》是这样描述花果山："瑶草奇花不谢，青松翠柏长春。仙桃常结果，修竹每留云。一条涧壑藤萝密，四面原堤草色新……"因为有了"仙桃常结果，修竹每留云"，才使得那些精灵们和睦相处，安居无忧。周宁的环境与花果山相似、若要想让周宁在乡村振兴中出人头地，就得大力发展能让当地农民从中受益的特色水果，否则，守着宝山，囊中羞涩，看着金山，却人烟稀少，谈何乡村振兴。

风前一树已成丛，犹带仙葩照晚红。如今的周宁，有了高新技术的鼎力支撑，有了返乡创业的百般热情，"果"然艳笑山水间，怎不促使这儿的花果山实至名归，怎不让这方热土成为陶渊明笔下的桃花源?!

云端"土豆"的时代之旅

◎ 阮梦昕

马铃薯是世界上种植最为广泛的农作物之一，在中国又称土豆、洋芋、洋山芋、山药蛋等，在周宁被亲切地称为"乌蛋""土豆"，因其独特的生长环境，口感黏糯香甜，让人念念不忘。

一

素有"云端之城""天然空调城"之称的周宁，地处福建省东北部、鹫峰山脉东麓，平均海拔 800 米，属亚热带海洋性季风气候，年降水量 2065 毫米，年平均气温 14.7℃，四季分明，冬长夏短，气候温和，雨量充沛，盛夏日平均气温 24℃，昼夜温差大，年平均日照时数 1757.9 小时，是最适合马铃薯生长的天然"宝地"。

马铃薯性喜温和偏凉气候，其地下薯块形成和生长需要疏松透气、凉爽湿润的土壤环境。周宁县内峰峦叠嶂，溪涧密布，云雾环绕，漫射光多，生态植被保护完好，形成了独特的山区立体小气候。境内土壤为黄红壤，土层深厚，土质疏松，有机质含量达 4.1%，为马铃薯生长提供了得天独厚的种植条件。长期种植选种，加上独特的气候、土质、水文等优越的自然条件，造就了品质上乘且极具特色的周宁高山马铃薯。周宁马铃薯薯块适中，椭圆形为主，薯皮黄色，芽眼较深，表皮较光滑，薯肉呈黄色，无论以何种方式烹饪，皆软糯爽口，味道鲜美，也因此广受人们的喜爱。

在全球范围内，马铃薯早已是继小麦、稻谷和玉米之后的第四大粮食作物。马铃薯短日照类型是 1570 年从南美的哥伦比亚引入欧洲的西班牙，经人工选择成为长日照类型，后又传播到亚洲、北美、非洲南部和澳大利亚等地。我国马铃薯是华侨从东南亚一带引进的，传入我国只有 300 多年的历史，主要分布在东北、内蒙、华北和云贵等气候较凉的地区。周宁马铃薯种植始于清末民初，于 1940 年开始大面积种植，在《周宁县志》《宁德志》中都有详细记载。在杂交水稻推广种植之前，马铃薯是周宁人民重要的口粮之一，每到春秋季节，农村每家每户都会在房前屋后开垦田地，种植马铃薯。

周宁马铃薯味道纯正无异味、香味足、淀粉含量高、黏性强、口感佳，其中支链淀粉、还原糖、钾、锌等指标都优于同类，在县内也是供不应求。正因其品质上佳，名声早已远扬，于 2016 年荣获国家地理标志商标，2021 年入选第三批全国名特优新农产品名录。

二

马铃薯是周宁人一年四季最常吃的菜，许多人即使外出经商也无法忘怀家乡马铃薯的纯正风味，甚至专门带到北京、上海、广州等地作为礼品馈赠给亲朋好友。如今，周宁马铃薯也随着周宁人的足迹渐渐走到了天南地北。

周宁马铃薯由于黏度强，当地居民常常将之做成一道十分独特的菜肴：土豆饼。做法是将马铃薯煮熟后去皮，用刀面将它拍成饼状，然后再下锅煎至两面金黄，加点酸菜，添上自己喜欢的调料即可。其口感软糯，怎么都吃不腻。

周宁还有一道特色招牌美食"乌蛋粿"，因周宁方言称马铃薯为"乌蛋"而得名。做法也不复杂，就是选取新鲜马铃薯煮熟，然后剥

国家南方薯类科学观测实验站马铃薯高山科研基地　罗文彬/摄

皮捣碎成泥，加上磨细的地瓜粉一起揉搓均匀，摊成块状后再切成条状薄片即为"乌蛋粿"，将肉片、酸菜等辅料炒熟后加水煮开，然后将"乌蛋粿"下锅煮熟，添加酸醋、辣椒等调料，撒上葱花，既饱腹又可口。

在周宁，马铃薯在寻常百姓的日常饮食中占有极高的地位，不管是当佐餐菜还是当主食，或是当点心，都让人百吃不腻。在民间，光以马铃薯为主料制作的菜肴就有不少，更别提那些少不了用马铃薯作配菜的各种美食了。其烹饪方法更是五花八门，名目繁多，炒、煮、烧、炸、煎、炖。可以说，一种马铃薯千般风味，不管用何种工艺加工成什么样的菜品，都能满足人们的味觉与口感，畅享美食之欢。

这几年，出于对马铃薯的喜爱，周宁人还挖空心思在传统美食的基础上创新马铃薯的做法，悄然间让马铃薯成为高档酒店餐桌上一道健康的独特美味。有的酒店还专门推出特色"土豆宴"，菜品琳琅满目，让人赞不绝口。2018 年 7 月，周宁县"首届高山土豆节"火热开幕，在活动现场，众多选手大显身手，东璧龙珠、土豆牛腩、三县土豆、蓝莓土豆泥、如意土豆棒等 63 道用马铃薯作为主要食材的菜肴，让人耳目一新、垂涎欲滴，广受乡邻、游客的赞赏，极大提升了周宁马铃薯的知名度。

三

马铃薯的营养成分十分全面，其中 C 族和 B 族维生素，胡萝卜素，花青素，碳水化合物，钾、钙、铁、磷等 10 多种微量元素，氨基酸，蛋白质脂肪和优质淀粉等都为人体所必需。正因为马铃薯的营养成分全面，而所含热量仅是大米、面粉等食物的百分之七十，故现代减肥人士都将马铃薯当作替代传统主食的首选食品。马铃薯是粮、菜、饲、加工兼用型作物，加上耐储存、适应性广、经济效益高，人们对马铃薯营养价值的认识也不断提高，越来越被人们所推崇，市场需求和消费量也逐年递增。

周宁大面积种植马铃薯已有 80 多年历史，长期以来以种植"米拉"品种（老品种德友 1 号）为主，春季 2 月底 3 月初下种，6 月初收获。老种马铃薯虽然品质好，但品种单一，农户只习惯于房前屋后零星种植，而且种植多用自留种，未经脱毒，品种退化严重，产量低。加上受历史、文化等因素影响，农户思想观念保守，接受新技术能力差，又缺乏专业技术人员的科学指导，从而制约了新品种的示范和推广，让周宁马铃薯养在深闺无人知。

近年来，周宁县委、县政府立足高山生态优势，因势利导，积极发展高山特色农业，同时利用马铃薯区域种植优势，借助国家马铃薯主粮化战略机遇期，将马铃薯产业确定为全县助力脱贫攻坚的农业主导产业，并制定了一系列相应措施，在选种上进行结构调整，在种植上推广新技术并进行土壤改良，在良种繁育、基地建设、品牌塑造等方面集中发力，以推动马铃薯产业高质量发展。

为了推动周宁高山马铃薯走出深闺，让更多人熟知，并做大做强马铃薯产业，打造公共品牌。2015 年，县里与福建省农科院合作在

马铃薯花开　罗文彬/摄

浦源镇溪坪村建立国家南方马铃薯育种基地，示范推广马铃薯产业；从多家国内外相关育种单位选择了 300 多个马铃薯品种，通过品种对比试验，探索其生育特征特性，汰弱选优，筛选出适宜周宁推广种植的优良品种 30 多个；同时还总结出适合周宁不同气候类型和区域的高产、高效栽培模式，重点推广坑种垄作、马铃薯套种等技术，破解薯农缺技术等问题。

　　种子是马铃薯的"芯片"，优质种是丰收的基础。为了保护"周宁本地种"德友 1 号，2018 年，县里在原有的合作基础上，依托国家南方马铃薯繁育基地和福建省农科院作物研究所合作，为"周宁本地种"提纯复壮，繁育优质脱毒微型薯。经过一年多的茎尖培养、病毒检测、试管苗扩繁，共收获"周宁本地种"原种 4 万多粒，种出来的土豆不仅个头大、病害少，而且产量高；同时推动科技下乡，开展技术培训和推广，支持农户扩大种植面积，引领他们从传统农业走向现代农业；还推动农业企业积极参与，通过订单农业、企业收购、搭建电商平台等方式，加快推进周宁高山马铃薯产业发展。种质的优化更新和技术的培训保障，加上销售有了渠道，让种植户发展马铃薯的信心更足了。

为了提高产业效益，政府还大力引进和培养专业人才。周宁现有中、高级农艺师20多人，专门建立了周宁农产品质量安全检测中心。更难得的是，中国农科院首席马铃薯专家金黎平教授、福建省农科院作物研究员汤浩、副研究员罗文彬博士等专家每年多次到周宁指导马铃薯生产，为周宁马铃薯的发展提供强有力的保障。

四

为了充分发挥周宁高山马铃薯地理标志作用，进一步壮大马铃薯产业，近年来，县里出台了各种优待政策，还统筹涉农项目资金181万元，用于鼓励马铃薯规模种植、强化品牌宣传、拓展电商营销、提高保险参保率等，将马铃薯培育成重点发展的五大产业之一，并打造中国马铃薯之乡、国家农特产品优势区、全国名优特新农产品等。

目前，全县9个乡镇皆有种植马铃薯，主要种植品种有老品种德友1号、克新3号，新品种费乌瑞它、陇薯7号、闽薯1号等，主要是利用冬季闲田种植，采取水稻、蔬菜、玉米等作物进行轮作以及葡萄棚内套种等方法种植；除了农民专业合作社、家庭农场、种植大户大面积种植外，全县农户一般都会利用自留地零散种植，规模大小不一；"马铃薯+猕猴桃""马铃薯+茶园幼苗"等套种模式逐步在全县遍地开花，不仅一地多用多收，还促进了农业增产增效、农民增收。今年全县马铃薯春种面积达1.5万亩，产量达1.5万吨，套种马铃薯1000多亩，增收200多万元，成为周宁县经济发展的重要增长点。

在产量与种植面积双增长的同时，马铃薯产业链延伸也有了新的挑战，马铃薯产品如何多元化对接市场、如何生产更多高附加值的产品，成了最大的问题。尽管周宁高山马铃薯品质好，但销售半径有限，知名度仅限于宁德周边，品牌影响力不高，市场竞争力弱，产业效益不理想。周宁马铃薯要走出去还需要创建品牌，不断壮大延伸产业链，提升价值链，拓宽供应链，并推动马铃薯产业与文旅、餐饮、信息产业高度融合发展。

近年来，县里一直坚持优质、生态、高效的种植模式，以"三品一标"农产品认证、监测和管理为重点，推进农业标准化生产，实施品牌培育计划；同时加大品牌培育、创建和推介，促进区域公共品牌、企业品牌、产品品牌三者相互联系、有机融合，形成产品生态圈。目前，高山马铃薯、高山云雾茶、纯池小径笋、玛坑宝岭花生等13个农产品已通过"三品一标"认证，为周宁农产品的发展以及创牌之路迎来新的契机，提供了有力支撑。

为做大做强高山马铃薯县域主导产业，打造"周宁高山马铃薯"品牌，县里不仅采取"公司+基地+农户"的产业化模式，带动马铃薯种植走向专业化、产业化之路，还鼓励本地涉农电商主体发展壮大，带动周宁高山马铃薯销售，对那些入驻福建省食用农产品"一品一码"追溯平台的企业优先奖补。自2021年以来，周宁县还积极引导社会资金参与电子商务进农村工作，围绕建立农村现代市场体系、挖掘农村电商潜力、提高城乡双向流通效率等方面进一步发力。

当前，周宁正在推进电商产业园建设，建成后，项目将集运营服务、数据统计、电商咨询、电商培训、电商支撑服务等功能为一体，进一步助推高山马铃薯等农特产品通过网络走向全国各地。

有了政府扶持、宣传引导、市场开拓，加上品质保障、品牌助力、电商加持，周宁高山马铃薯已渐渐成为助力乡村振兴、真正让百姓增收致富的"土黄金"。

寻迹"金种子"

◎ 郑　梅

　　周末，跟几个朋友慕名参观福建三杉生物科技有限公司，经理张裕明先生带我们参观了通过组织培养技术对组培出的优选品种进行快速无性繁殖的全过程（植物克隆技术）。看着恒温室里玻璃瓶中的植物，从消毒阶段的一片小嫩叶到成活到细胞分裂，最后退激素生根长成一棵幼苗——这现代植物克隆科技下种子生长的过程，让人有种迎接新生命降临的欣喜。

　　你一定想不到掌握尖端科技的公司却落户在周宁的一个小乡村后洋。坐拥科技，远离喧嚣。这就是周宁，华东地区海拔最高的一个小县。

　　这里雨量充沛，年均负氧离子浓度高达每立方厘米 3466 个，长年拥有着达到国家一级标准的空气与水质，是天然氧吧。这里 24 摄氏度的平均气温以及 2000 毫米以上的年降水量，最大程度地减少病虫害的发生和传播，再加土地多为排水性、透气性强的肥沃的厚层红黄壤，使周宁的马铃薯、花卉、茶叶等农产品具有"高山""高优"的明显特质，是天然的育种基地。这里冬无严寒，夏无酷暑，73%的森林覆盖率以及 800 多米的平均海拔使周宁成为一座"天然空调城"，以坐享亚高原气候。

　　正因这样优质的环境方才孕育着无数优质的种子。"种子"，一个充满希望的字眼，一个特别美好的词汇。在艰苦卓绝的革命斗争中，中国共产党正是用实际行动在穷苦大众心田中种下革命的种子、希望的种子，中国才一步步走到今天的繁荣昌盛。而"金种子"则是和平年代周宁农业的希望。自古民以食为天，农业生产的基础是种植业，种子是种植业的延续和发展，是农业的"芯片"，是粮食之基。

如果说周宁得天独厚的地理环境是"地利"，那么习近平总书记实施乡村振兴战略和他关于"实现种业科技自立自强、种源自主可控"的讲话精神以及他反复强调的"我们的饭碗应该主要装中国粮""保障粮食安全，关键在于落实藏粮于地、藏粮于技战略"等思想，则是"天时"。而在不同的时间段里以不同的身份坚持不懈为周宁这片热土奉献青春与热情的人，应该算是"人和"。

周宁县委、县政府没有辜负这天时、地利、人和，立足县情实际，深入贯彻落实习近平总书记"实现种业科技自立自强，种源自主可控"指示精神，切实找准科技兴农的突破口，大力实施"种业振兴"工程，致力打造全省一流、全国知名的高山种业创新基地。

盛周百合花基地　黄起青/摄

对大多数人来说，有"黑色黄金"之称的鱼子酱是通常只出现在电影电视中一些高端奢华的餐桌上的昂贵食物，你一定没想到在周宁就有鱼子酱的加工出口公司。福建龙鳇鲟业公司是国内少有的一家集鲟鱼饲料、种苗驯养繁殖、鱼子酱加工出口为一体的全产业链企业。其鲟鱼的科研基地在浦源镇的钟山桥水库。在鲟鱼人工繁育方面，公司采用冷水循系统调控水温和水流速度。在公司大厅的展示池里有3个不同品种的鲟鱼。其中，体型最大的两条是达氏鳇，属国家一级保护动物，产地在黑龙江，这两条达氏鳇是子二代，重量达200斤左右，今年已经16岁；有产自黑龙江的施氏鲟，今年12岁，背部有白色花纹，是子二代品种；还有产自新疆额尔齐斯河的子一代品种西伯利亚鲟，今年16岁，它最重可长至400斤。

香酥软糯的周宁马铃薯一直是人们的最爱，长期占据着家家户户餐桌的一席。周宁的马铃薯高山科研基地依托国家南方薯类科学观测实验站和福建省种业创新和产业化工程，是集育、繁、推为一体的马铃薯科学试验和示范基地。基地位于浦源溪坪村大桥头，目前已初步形成马铃薯杂交育种与新品种展示、优质脱毒种薯繁育、产业技术培训与示范、科普宣传展示等四大功能。在种业展示馆里，我们看到下里巴人的马铃薯以各种姿势被陈列在阳春白雪的殿堂里，向人们诉说着它们的心路历程。我想，这便是种子应该有的地位吧！

一直以来，"克隆"这个词对我们普通人而言都只是"传说"，从来没有想过有一天我们普通老百姓会如此近距离的接触到这神秘的克隆技术。三杉生物科技有限公司地址设在后洋村，公司开发的主要是多肉植物环宠类"冰灯玉露""万象"，还有绿化类的美国红枫、园艺花卉类的彩色粗肋苗等。他们公司生产的组培种苗和成品盆景远销国内外，全国70%的多肉组培苗都是由他们公司提供的。

中国传承几千年的中医博大精深而令人向往，随着种业的发展，那些曾经价格昂贵的名贵药材渐渐走进寻常百姓家。周宁独特的地理气候非常适合中药材的培育和种植，铁皮石斛和金线莲便是中药材林

千亩高优农业示范基地铁皮石斛　李洪元/摄

下经济的典型代表。九节侠生态农业有限公司和周宁县天门市神草生物科技有限公司正是落户周宁研发中药材的公司。九节侠生态农业有限公司主要产品是铁皮石斛仿野生嫁接。在这里，我们看到铁皮石斛张扬肆意地生长着，浅黄的石斛花粉嫩粉嫩的，萦绕着淡淡的清香。周宁县天门市神草生物科技有限公司专门从事金线莲组培育苗和林下仿野生种植，有一个奢华的金线莲实验室，其育苗和种植基地在李墩和七步。

　　我原不知水果还有那么多让人浮想联翩的名字，直到参观了周宁县乐侬侬生态农业发展有限公司。在这里，有红皮挂霜的妮娜皇后，有清新可人的阳光玫瑰，有像美人手指般的莆之梦，有果实紧致的浪漫红颜，有色泽迷人的红衣少女……公司利用周宁独特的高山气候条件，种植和推广晚熟果树，目前基地种植面积已达到 2000 亩。周宁生产的晚熟水果错季达 45 天以上，可有效填补市场空档，发展空间极大。

　　民族要复兴，乡村必振兴。当乡村振兴的的号角吹响，可以想见，在不久的将来，生活在周宁这片热土上的人们手捧"金种子"，共同奔向伟大复兴的中国梦。

以"鲤"为媒　助推乡村振兴

◎ 魏淑华

　　鲤鱼是随处可见的，而在海拔 880 多米的周宁县，却拥有着不可复制的 800 多年"人鱼同乐"的鲤鱼文化。

　　周宁县浦源镇的鲤鱼溪是我国唯一的鲤鱼文化古村落。相传，浦源郑氏祖先于宋代迁徙至浦源。为了防止饮用水源被或污染或投毒，聪明的郑氏祖先就在这条溪流中放养鲤鱼，一则去污澄清，二则预防外人投毒，这鱼儿便成了村人饮用水的"哨兵"和"守护神"。

　　传说，浦源人爱鱼、护鱼再加上平日里行善积德、乐善好施，因此名声远扬，连天上的仙姑都感动了。于是，她们化成身上长满疥疮的乞丐来到鲤鱼溪，郑氏族人发现后立即派人照顾，还为她们请来医生看病。病好后，仙姑们化身成溪中的鲤鱼。从此，村中人就把溪中的鲤鱼奉为神鱼，并在鱼塘里立了鲤鱼仙姑的塑像。

　　虽然有神仙和善良的浦源人庇护，但作为鱼儿，也还是逃离不了"生离死别"。浦源人不捕、不吃溪中鱼，在鲤鱼过世后，他们就像安葬同胞们一样为鲤鱼作仪式、唱祭文，让鱼儿们入土为安，因此也就形成了鲤鱼溪独特的鱼葬习俗，这也是全世界独一无二的"鱼冢"和"鱼陵"。

　　鲤鱼溪边上的郑氏宗祠，更是让人流连忘返。宗祠里收集了浦源人民 800 年来的礼、孝、善的故事。宗祠里挂着的每一块牌匾、每一副楹联，都有着一个美丽动人的故事。"孝迈黔娄""孝德动天"说的是郑氏族人关于"孝"的故事，"一代五堂""堂连五代"说的是郑氏家庭和睦相处的故事，"源远流长""荣阳家族"等歌颂的是郑氏家族的世系传承……整个祠堂都充满着浓厚的文化气息，游走其间，就仿佛走进了一座文化的殿堂。

一方水土养育一方人。周宁不仅是"鲤"之乡，更是"礼"之乡。热情友善的周宁人不论是逢年过节还是平日里的相互串门，总会拎上"手信"。以前的"手信"比较单一，要么是冰糖，要么是红糖，有的时候也会有一些"茶泡"。所谓"茶泡"就是花生、瓜子、杨梅糖、脆豆等周宁的特色小茶点。"手信"都是用牛皮纸或者报纸包着，麻绳绑着拎在手上，还会在上边粘一小方块的红纸，寓意着吉祥如意。

小时候，最期盼的就是家里来客人了，因为每当这时候，父母就会拿一小块甜滋滋的冰糖或者红糖打发我们，运气好的时候还能嚼上香脆可口的脆豆、杨梅糖、橘饼，可以磕瓜子、剥花生……现在想想，都忍不住要咽下一口口水。

随着时代的变迁，人们对"手信"的要求已经越来越高了，传统"手信"已经不能满足人们对现代高品质生活的要求了。除了儿时那不变的味道，"手信"的包装、工艺和名称都在逐渐地演变。比如，"手信"，已经不叫"手信"了。不知何时已经悄悄改名"伴手礼"了。现在的包装也已经不再是用牛皮纸或者报纸了，而是配套精美的礼品盒、竹编盒了。

在人与自然和谐共生的周宁，因为"有鲤"又"有礼"的历史文化基础，"周宁有鲤"便顺势而生，并逐渐形成有着浓厚民俗氛围和文化情结的县域品牌。它集合了周宁的特色美食、茶叶、花卉和自主研发的文创产品，带着周宁的传统文化习俗走出周宁，走向全国。它是在外游子对家乡的思念，是家乡人民对幸福生活的期盼，也是全国乃至全球人民对不同地域文化品牌的期待。

周宁的特产不仅多而且独特，"周宁有鲤"就是在传统特产的基础上进行创新发展而来的。其中，首推周宁土豆。

　　周宁最具特色的土豆因特殊的地理环境，所以黏性高，特别受欢迎。老一辈喜欢将土豆拍成土豆饼或者做成"乌蛋粿"，这是周宁人到哪都忘不了的美食。记得在重庆念书时，特别想吃周宁的"乌蛋粿"，于是几个老乡相约到舅舅家自己动手制作，可是无论如何都无法将土豆揉成团。一开始还以为这是因为我们初次制作经验不足，后来才知道，是重庆的土豆没有黏性，没有黏性的土豆是无法制成美味的"乌蛋粿"的。当时，我们就想着如果可以将周宁的土豆运到重庆就好了，让重庆的亲朋好友也可以尝尝来自周宁的特色。

　　多年以后，我们当初的那个小小的愿望终于实现了，如今的周宁土豆已经可以做成土豆粉远销省内外，让远在五湖四海的周宁人可以随时随地制作"乌蛋粿"，让家乡的味道随时都在身边。不仅如此，土豆还可以做成土豆饼干、土豆面、土豆披萨、土豆冰激凌、土豆包子、土豆馒头等等各种美食。这不仅深受群众欢迎，解决了土豆的存储和运输问题，还提高了农民们的种植积极性，丰满了他们的腰包。

　　除了周宁土豆，"周宁有鲤"还推出了其他一系列独具高山特色的产品。

　　周宁的海拔高，气候好，常年云雾缭绕，种植的茶叶纯天然无污染，味道可口清甜。以前的茶企在茶叶的制作中，总是拘泥于传统的工艺，做出的茶叶品种单一还不耐泡。这些年，县茶业中心不失时机地带着茶商们外出参观学习、引进先进的加工生产设备，对茶叶的制作工艺进行了改良，白牡丹、银针、黄金芽等新品种层出不穷，逐渐赢得了国内知名茶叶专家的认可。如此好的高山云雾茶怎能不作为馈赠佳礼？

　　以前，我一直以为"多肉"应该要生长在气候干燥、炎热的地方，却怎么也没有想到，其实周宁得天独厚的高山冷凉气候、昼夜温差大，培育出来的"多肉"品相好，更受欢迎。尤其是部分稀缺、培

育周期长的万象、玉扇、寿类的"多肉"供不应求。除了"多肉"，大花蕙兰、百合花、小菊这些都是适合高山气候生长的。也正因如此，周宁的高山冷凉花卉产业从无到有，成了乡村产业发展的支柱产业之一。

除了"吃"的和"看"的，周宁还推出了特有的文创产品——"周周 & 鲤鲤"。只要打开微信表情，两只可爱的卡通鲤鱼便跃出表情框，它们就是"周周 & 鲤鲤"。它们以鲤鱼为动物原型，采用拟人化表现手法，设计出的男孩、女孩表情、动作、语言丰富到位，活泼可爱，独特的造型让人一眼就记于心间了。

只要努力了就一定会有回报。如今，出自"周宁有鲤"公司的"伴手礼"已经高达 40 余种，其中包括了周宁传统的小米酥、橘饼、杨梅干、脆豆等特色小零食，以及传统咸菜、笋干、各类菌菇、菜干等特色农产品。它们既为周宁乡村振兴产业产品的外销打开了通道，又解了在外周宁人的乡愁，让全国人民都可品尝到来自周宁的不一样的味道。

如今人们的消费需求已经不再是单纯地吃"风味"、吃"营养"，而是开始进入吃"品味"、吃"文化"的时代。因此，"周宁有鲤"对产品的包装也特别下了一番功夫。为了体现"周宁有鲤"产品的高端品质，包装上的设计自然是少不了独具特色的鲤鱼LOGO了。可爱的鲤鱼吉祥物，美丽的周宁山水，寓意幸福、吉祥、和谐共生理念的各种型号、款式的包装盒、礼篮礼盒，将传统特色和艺术品位融于一体，名贵高雅，符合大众的审美理念。

栽下梧桐树，引得凤凰来。清风徐来，花自盛开。现在的"周宁有鲤"市场知名度和影响力逐步提升，吸引了信用社、邮政惠农等企业平台纷纷前来商谈合作。

文化搭台，以"鲤"为媒。中国自古就是礼仪之邦，自古就有礼尚往来的说法，"伴手礼"不单单是民间联络感情的媒介，也是商务往来的重要手段。作为县域公共品牌，"周宁有鲤"不仅是具有地方特色的礼品，也是周宁的文化符号，不仅可以促进城市之间的相互交流，也可以增进城市之间的情感。它的成长带动了农民创业的积极性，还带动了乡村振兴的成长，有力推动了周宁经济的发展。

文脉
绵延

两条溪流一个魂

——体味云端仙境周宁的和合文化

◎ 郑家志

常常有人问我：周宁的核心文化是什么呢？这问题确实不好回答。为此，我也曾问过一些文化界的同仁：您对周宁的第一印象是什么？他们不假思索地告诉我：云端周宁青山绿水、云雾缭绕，如仙境一般。周宁鲤鱼溪人鱼同乐，闻名遐迩……周宁生态环境优美，"周宁有鲤"，鲤鱼溪是"人与自然和谐相处的典范"。

这不就是和合文化么？

所谓和合文化，在中国传统文化中主要表现为两种关系：一是"天人合一"的人与自然的和谐关系；二是仁和持中的人与人、人与社会的关系。老子认为："人法地，地法天，天法道，道法自然。"季羡林先生将其解释为："天，就是大自然；人，就是人类；天人合一就是互相理解，结成友谊。"崇尚和合有礼的周宁，无论从自然生态的视角，还是从历史人文的视角，都值得我们去体味一番。

20世纪90年代以来，周宁立足于自然生态禀赋，不断追求发展生态旅游经济。2005年县委、县政府正式提出"生态立县"的战略目标，深受大家的认可。生态和谐已经成为人们对周宁的美好记忆，是周宁地域文化的灵魂。

周宁是一颗高山上的明珠。县城平均海拔800米，是华东六省一市县城所在地海拔之最，素有"天然空调城"之美誉。周宁境内雨量丰富，川原相间，水系发达。周宁的两大流域，一个是霍童溪流域，另一个是穆阳溪流域，她们就像苗壮成长的树，又像流淌在周宁大地母体身上的蓝色血管，安静和美。

先说霍童溪流域。霍童溪是"全省唯一不受污染的母亲河"，流域内生态保护良好。曾经因为《宁德市霍童溪流域保护条例》立法工作缘故，我在不同时间、从不同角度亲近过她、欣赏过她，最后我用了"致敬霍童溪"五个字来概括自己心中的万分感慨。

后垄溪是值得体味的。它是霍童溪一大支流，是世界地质公园宁德园的重要组成部分，具有丰富的自然景观资源。溪两岸山峰峻峭，险象横生，景色迷人，有景点如百丈瀑布、将军岩、金笔峰等。这里密布着广袤的原始次森林，中部尚保留部分原始森林，有古老珍稀的古银杏王、红豆杉林等。这里是全球唯一的鸳鸯猕猴自然保护区，数百只猕猴长年栖息于此。这里终年漫山滴翠，春天山花烂漫、万紫千红，是一个生机勃勃的动植物乐园。陈峭村就在保护区边上，其周边山型地貌鬼斧神工，山涧流水潺潺，山中云雾缭绕、变幻莫测，恰是人间仙境。福州大学地理学院原教授黄国盛一直钟情于后垄大峡谷，历经多次考察，得出结论：后垄大峡谷是福建第一大峡谷、"闽东的西双版纳"。

如果说后垄溪两岸是生态保护的典范，那么，桃源溪流域就是体验文化的秘境了。早在新石器时代，就有先民在桃源溪流域生息繁衍，留下了许多遗址遗迹。史前发生了什么，史前人类之后又何去何从呢？这都有待进一步研究发现。

桃源溪畔的畲村云门号称"桃源秘境"。20世纪90年代，我在咸村工作，曾带学生们去探过秘。当年进村通道只有一条羊肠小道，云门仿佛与世隔绝，称秘境一点也不为过。何况村边高山上的鹰嘴岩，老村遗址里的朝圣石柱，村口的议事磐石……诸多未解开的谜，无不蒙着一层神秘的面纱。如今，顺着桃源溪边宽敞的公路，开车不过一溜烟功夫便可进入"秘境云门"。偌大的村口广场上矗立一座巍峨的牌楼，据说是前几年由周宁文化馆馆长周许端设计，村民用畲乡建筑工艺而建，上书"云门畲村"，很有文化意味。牌楼左边有块巨石，长约15米、高3米，石面镌刻着宁德市档案馆郑伟先生的书法

垄溪　石维知/摄

作品《云门赋》。迈过牌楼，云门村一览无余。我不禁脱口而出《桃花源记》里的精彩片段——"夹岸数百步，中无杂树，芳草鲜美，落英缤纷……林尽水源，便得一山。复行数十步，豁然开朗。土地平旷，屋舍俨然，有良田、美池、桑竹之属。"一派祥和安宁、悠然自得的景象就在眼前，想必陶渊明先生当年也曾到过此境，妙笔生花记下这一"不复为外人道也"的千古名篇。

带着探密的好奇，我们走进云门村，热情的畲民前拥后簇陪伴左右，大家边走边聊。他们告诉我，云门村是周宁唯一的畲族行政村，建村历史久远，系因位于老村旧址左山边，建于唐咸通二年（861）的"云门寺"而得名，也是革命老区基点村。参观完畲族文化展示馆后，我们深深感到，在这"桃源秘境"畲族古村，畲族的文化传承相当完整而且原生态，但云门寺却是个迷。大家都纳闷，似乎村民们都忌谈重整云门寺的事？经过一番了解，这大概是源于历代一直流传着关于村落与寺庙此消彼长、此兴彼败这一说。传说自有其由来，我们不便评说，但我们只是觉得，云门村今天蒸蒸日上、繁荣兴盛的范儿与荒废颓败、萧条静默的云门寺多少有点格格不入。好在村民已有开发方案，计划将年代久远的云门古寺遗址进行修缮，规划布置成佛教文化馆，同时保留其朝圣、探密的功能。如此一来，云门村与云门寺就不再是此兴彼败的关系，而是可以美美与共、和谐并存、融合发展了。善哉！

其实，畲族文化自古以来就是十分讲究和合共荣。我们所走过的畲村畲寨比比皆是：东冈自然村的在建工程"鸾凤和鸣"文化中心即以"和"为核心理念，灵凤山半岭村造福工程搬迁点则以天圆地方构想做总体规划布局设计……无不体现"天人合一"理想追求。这些年，云门村在过去村民共同参与讨论村中事务的习俗基础上，创设的"凤亭议事"样板，就是新时代和谐村自管理的制度创新。这种习俗和制度，不单单在畲村，在周宁狮城、后洋、黄埔、纯池等许多村庄的祠堂、众厅、村尾廊桥中都能找到。

再说穆阳溪流域。穆阳溪发源于鹫峰山脉北端东南侧镇前乡半源（《周宁县志》称黄华坑），干流流经周宁县境内称楮洋溪，左支汇聚了泗桥溪、前溪、禾溪、纯池溪、龙亭溪等支流，右支汇聚了鲤鱼溪、东洋溪、六浦溪、七步溪、九龙漈等支流，磅礴奔向"世界地质公园"冰臼博物馆——官山、白云山大峡谷，在白马港入海。

一条河流能够像戏曲一般演绎得如此艺术的，在八闽大地上恐怕也只有穆阳溪了。且看穆阳溪上游的鲤鱼溪、禾溪等以清新委婉、温文尔雅、和合有鲤文化著称；中游的九龙漈瀑布群、官山·白云山冰臼奇观等，尽现千姿百态、跌宕起伏、变幻莫测的自然风貌；下游的富春溪、穆阳溪、白马港三都澳等，彰显舒缓大度、百川到海、包容天下的磅礴气势。

水是生命之源，人类自古就有"择河而居"的传统，根本目的是为了寻求共生共荣的生存环境。一路走来，周宁大多数村庄都是沿河、沿溪流两岸兴建，形成了诸如"桃源八境""东洋三十六村""六浦洋"等背山面水（即山之阴、水之阳）的村居布局。这正是老子提出的"万物负阴而抱阳，冲气以为和"的思想。

地处鲤鱼溪畔"三山环抱、一水弯行"的浦源村就是典型的阴阳和合太极八卦村。郑氏先祖善用"洛书河图"，精心打造一个与众不同的村落，将溪流分三段设置：上游顺山势围塘储水饮用；下游辟九曲筑坝拦水润田；中游辟为村基，以溪流为轴，周围山势为朝坐，按八卦布局定向兴建民居。穿村而过的鲤鱼溪酷似太极中央之"S"线，而村中震兑两方位的池塘自然成为太极眼。鲤鱼溪东岸"半月沉江"，房舍取坐震向兑；西岸"石牛西卧"，房舍取坐兑向震；南方太极眼靠游家岭、官山一带房子则坐离向坎。北面开阔地之阳宅、庙宇多坐坎向离，依次建有船形郑氏宗祠、观音廊桥、鱼冢、林公庙、观音阁、文昌阁，取"坐空朝满"之局，使村落以八卦坐位外延而朝向中心极。一水两岸三山，正好契合老君"一生二、二生三、三生万物"之阴阳造物论。

既以阴阳之形建"和"，更须以仁和处事筑魂。郑氏先祖特别注重传承中华鲤鱼文化，认为鲤鱼是自然之化身，既可以去污澄清，又可以庇佑村民。800年来，浦源村人人爱鱼，个个护鱼，把鲤鱼养成了"闻人声而来，见人影而聚"的驯良温顺之习性，形成了鲤鱼溪

"人与自然和谐相处的典范"。当村民在溪边洗涤食物时，大小鲤鱼便蜂拥而至，竞相拖拔，毫无惧意。往往一根菜叶、一节猪肠便会成为人鱼嬉戏的媒介。人拽鱼拖，你争我夺，人若稍一放松，鱼便乘机叼着它扬长而去，赢得了村民们的一阵爽朗的笑声。温顺的鲤鱼给全村老幼妇孺带来了无穷的欢乐，而乖巧的鱼儿也因此得享无尽的饵食。在鲤鱼溪畔，无论是龙钟老者，还是天真稚童，都会毫不吝啬地抛撒手中的食物，换取人鱼同乐的真情实趣！慕名而来的游客往往投之光饼、馒头、饼干之类食品喂鱼，换得一番乐趣。

鲤鱼溪下游是东洋溪。"银屏山峰飘祥云，东洋溪畔瑞狮城。"周宁山城北有狮子戏球，南有仙人骑鹤，东有瑞狮护城，西有五马进城。周宁县城像高山盆地，口小腹大。进城口的月牙湾酒店正对着东面的狮子山。狮山脚下有一瀑布，当地流传一句话："上游听响声，下游看形状"，说的是在瀑布上方听其声，如锣鼓喧天，当地人形象地称它"鼓音漈"；在下方，只能见其形，在阳光照耀下，腾空的水雾就像一片熊熊燃烧的火焰，因此居住在山下的傅厝里村民美称它为"火焰漈"。同一瀑布虽然名堂不同，但在当地百姓的眼里、心里都是吉祥的象征。

越过鼓音漈就算进了城。一座典雅华贵的廊桥横亘眼前，右边就是端庄秀丽的县塔。这座双孔廊桥，一孔跨公路，一孔跨溪流，一阴一阳，石木交辉，相当和谐。廊桥把塔山公园、缘福公园连成一体。廊桥以东与进城路口之间形成了一个缓冲空间，就好比传统老宅的入户玄关，开放而内敛，符合中国传统建筑崇尚的和合之道。廊桥的花岗岩护栏上雕刻着形态各异、福态可掬的狮子和蝙蝠，以及历代名人和书法名家的一万多个"福"字，故取名"万福桥"。站在桥上我竟遐想：桥内为城，有"人鱼同乐"的和合鲤溪，城外是山，有气势磅礴的九龙戏水。锦鲤祥龙，顺风顺水；跨越城门，鱼变神龙，前程似锦！这恰好表达了"鱼跃龙门"的吉祥审美。我姑且把这座廊桥也称为"鱼跃龙门桥"吧！

"礼之用，和为贵。""保合太和，乃利贞。"也许和合就是这里的文化之魂——周宁有"鲤"，龙凤呈祥！

一张照片背后的故事

◎ 刘少辉

我被一张照片震撼到了：一个人被绑在十字架上，一根绳子绕过脖子紧紧系在两端，脚上是一根铁锁链。他上半身赤着身子，身上的肋骨一根根清晰可见。他下半身是一条黑色裤子，裤腰带一端垂了下来。显然，这是一张行刑前的照片，可是，他丝毫没有一丝沮丧的样子，而是面带着微笑，谛视着前方——这就是闽东工农游击队周宁独立营营长凌福顺牺牲前的照片。牺牲前他说：

革命烈士凌福顺　中共周宁县委宣传部/供图

"我凌福顺会绝代，革命永远不会绝代。大家要从红、莫从白。"

凌福顺的英雄气概，是闽东无数先烈为革命前仆后继、不怕牺牲的一个缩影。

周宁革命始自 1933 年春。1933 年春，中共福安中心县委书记詹如柏到周墩开辟新区，指导革命，掀起了周墩土地革命的浪潮。1933年3月13日，在叶秀蕃、范式人的领导下，以原本就秘密回村的徐应拾为首，举行半村暴动，攻下国民党禾溪乡公所，公开建立了半村苏维埃政府。这是周宁建立最早的村苏维埃政府。

1934年7月，詹如柏再次到周墩召集地下党组织会议，决定派郑佛前、肖志芬、王大金、张玉山4人前往闽东苏区，领回3支曲九枪。8月，闽东工农游击队第11支队正式成立，凌福顺任支队长，王大尧为政委，郑佛前为副支队长，开始打土豪、筹款等活动。

1934年8月23日，乐少华、寻淮洲、粟裕等率领的北上抗日先遣队在凌福顺率领的闽东工农游击队第11支队的配合下，途经并宿营三门桥，于次日挥师北上。

由于北上抗日先遣队途经福安时攻占了穆阳，整个闽东地区都震动了，土豪劣绅更是如惊弓之鸟。10月，闽东独立师一部攻占咸村，大军压境，反动派惶惶不可终日。周墩地下党组织对常备队的分化瓦解工作也取得了成效。10月29日，闽东工农游击队第11支队队长凌福顺、政委王大尧巧妙利用一封假信，逼使敌后备队代理中队长魏海波下令缴械，顺利收缴了敌后备队第一排、第三排及警察所的枪支60多支。30日，周墩革命小组负责人王大尧、凌福顺、肖安轩率领闽东工农游击队第11支队以及千余名革命群众，里应外合攻克周墩城，摧毁国民党宁德县第五区公所和警察所，缴获长短枪110多支，子弹数千发。11月1日，叶飞受邀率闽东独立师来周墩主持召开群众大会，在周墩城关成立周墩苏维埃政府，推选周愚弟为主席、肖安轩为秘书长、政治委员王大尧、军事委员凌福顺等。周墩暴动，兵不血刃，一举成功。

1934年冬至1935年春，国民党10万大军驻扎赛岐，对闽东苏区展开了围剿。1935年1月上旬，闽东特委在洋面山召开会议，做出变苏区为游击区的战略决策，随即转入游击战争。1月16日，闽东独立师在柘荣西竹岔同尾随而来的敌人进行了一场大规模的战斗，毙伤敌人 200 多人后，随即向周宁、屏南方向转移。闽东特委建立了周墩碧岩、苎园坪根据地，并以此为依托，波浪式恢复老区，并向松溪、政和、庆元一带发展新区。

苎园坪一带，地处周宁与福安交界处，为畲族聚居区。这些自然村落，山高林密，地势险要，村村相距 8 里、10 里，外人进山，就是转上三天三夜也摸不到边，所以成了叶飞、阮英平率领的闽东独立师开展游击战争最牢靠的根据地和依托地。当时还成立了苎园坪畲村中心交通站，以苎园坪为中心，北经首洋抵达周墩，南经竹洲山 9 个畲村，再经白鼻岩、龙溪抵达穆阳，沟通起福周寿边界的游击区域。他们还在苎园坪的暗垄山洞办起了修械所，从福州等地请来师傅。火药工具通过福安穆阳的秘密联络点，由游击队护送，辗转运到苎园坪。师傅们利用旧的弹壳放入铁炉中融化后注入模具内，5 个模具能做 5 排弹头，还能锻造刀矛之类武器。1935 年 1 月，敌人第三次清剿苎园坪，200 多名畲族兄弟冒着生命危险，配合党支部把修械所安全转移到周宁与福安交界的黄县村，随后又转移到一区。

1935 年 8 月，闽东工农游击队第 11 支队扩编为独立营，凌福顺任营长。独立营成立不久，即打了一场漂亮的战斗——著名的肖家岭伏击战。

1935 年 8 月，独立师行踪被国民党省保安第 8 团陈琨部发现，陈琨部穷追不舍，妄图将红军主力一网打尽。叶飞、阮英平当即决定在敌人必经之路肖家岭设伏，由叶飞、陈挺率领闽东工农独立师师部特务队、阮英平率领闽东红军独立师一部、凌福顺率领周墩独立营三方联合行动，占据有利地形，形成交叉火力网。敌人依仗人多武器精良，更以为我军不敢用"鸡蛋碰石头"，傲气十足，以急行军速度，一头钻进了"口袋"。号令一响，我军各方齐开火。此战击毙敌连长、排长各 1 名，毙伤敌 40 余人，缴枪 20 多支，子弹 20 多箱。这一以少胜多的大胜仗，对扭转整个闽东革命形势起了很大的作用。周墩独立营也得到了锻炼和考验。

如今在肖家岭一带已看不到当年鏖战的痕迹。当年的一方田野，已被工厂占据。岭上的一条路，已不见当年的铺路石，只剩下黄泥土显示着路的痕迹。肖家岭是一座不高的山，从田野看上去，只有两三百米，但这里却是当年的主战场，起到了克敌制胜的作用。

　　2021年11月，在屏南采风时，曾听到一个故事。1935年12月，阮英平率领闽东红军独立师第2纵队返回屏南根据地，向潘美顿医院购买药品和医疗器械，遭到院长拒绝。红军和屏南游击队占领医院，缴获大批药品和医疗器械和其他物资。棉被和粮食分给棠口贫苦农民，药品和医疗器械运往周宁碧岩红军后方医院。走茶盐古道至寿山石坊岔时，我军遭到国民党省保安团一个连和屏南警备队的截击，双方展开激烈枪战。屏南游击队抢占有利地形，掩护闽东红军突围，顺利将药品和器械运抵碧岩后方医院。屏南游击队因寡不敌众，撤出战斗。撤退时，队长陈国祥身负重伤，落入敌手，押解途中，被其部属救出，藏在一瓦窑里疗伤，后因消息泄露，敌人包围了村庄。为救群众，他挺身而出，怒斥敌人，再次被捕，经严刑拷打，始终守口如瓶，于1936年1月25日壮烈牺牲。这一故事说明当时周宁碧岩的后方医院，占据多么重要的地位。可惜这一次周宁采风没有时间到碧岩后方医院走一走，听说那里的旧文物已所剩不多了。

　　1936年4月5日，凌福顺赴建瓯筹措经费返回周墩时，不幸被捕。在被关押的20多天里，面对敌人的严刑拷打和威胁利诱，他铁骨铮铮，不为所动，1936年4月25日，他被钉在十字架上，遭受凌迟酷刑，坚贞不屈，牺牲时，年仅24岁。

　　周宁流传着许多凌福顺的故事。一个是巧夺长枪：离周墩城10里的浦源村，驻扎有一连国民党兵。1934年的一天，两个国民党兵到酒店喝酒，两把长枪倚在桌旁。正喝到脸红发热时，门口走进一个高个子、长头发的年轻人。他身穿土布长衫，态度潇洒，从容不迫。两个国民党兵正待喝问，年轻人即用普通话跟他们攀谈起来，并自我介绍是外地来做生意的。国民党兵一听是做生意的，就想捞油水，立刻满面挂笑说："请坐，请坐。"来者不是别人，正是凌福顺同志。他不客气地坐下来，一边喝酒，一边大谈山海经，把两个国民党兵听得一会儿张口愣舌，一会儿傻笑不停。凌福顺原想把他们灌醉后夺那两把枪，没料长衫下面扣子松脱了，短枪的皮带从衣襟里露了出来。国民党兵一看不好，跳起来正要抓枪，凌福顺比他们更快，一下子踢掉凳子，一手将两把长枪捞在怀里，一手拔出曲九枪，"砰砰"就是两枪。等到驻扎在祠堂里的国民党兵冲进酒店时，凌福顺已不知去向，只有地上两个杀猪般嚎叫的伤兵。

另一个是以少胜多：1934年周墩暴动后，凌福顺带领的第11支队在建瓯一带活动。广大山区是他们纵横驰骋开展游击战争的好战场。在建瓯，他依靠群众，打了不少出色的战役。有一次，群众向他报告，说敌人将有一辆运载武器的汽车经过大山下。那一带全是原始森林，郁郁葱葱，绵延不绝，正是伏击敌人的好地方。凌福顺立即做出夺汽车的决定。他带领三四个战友，提前出发，半夜来到汽车必经之地，砍倒几棵大树，横在公路上。游击队员全部埋伏在山上森林里。天刚发白，敌人汽车"嘟嘟"开来了，却被树木挡住去路。敌人骂骂咧咧下了车，刚要搬树木，猛听路上树林里响起炸雷似的喊声："一排、二排前后包围，其余的各排跟我冲啊！"话音未落，两颗手榴弹已在敌群中爆炸。游击队居高临下，发起冲锋。敌人不知游击队来了多少人，慌慌张张跳下公路，满山滚爬，只恨爹娘少生了两只脚。这一仗以少胜多，打死敌人多名，缴获30多支枪。

再一个是智取炮楼：1935年，周墩暴动后的第二年，茶叶飘香的季节，周墩的农民跟往年一样，挑着血汗换来的茶叶到福安卖。谁知，在必经之路的牛岭尾赫然出现了一个税馆炮楼，专门盘剥茶农和来往客商。凌福顺听到这个消息，肺都气炸了。他立即带了十一个游击队员，去教训这帮坏蛋。一人前头赶猪，十人用布袋装了谷壳假装茶叶跟在后面。税馆里的匪兵一看挑"茶"的成群结队地来了，垂涎三尺，全部钻出炮楼，一字形横在路上。赶猪的队员一见匪兵出洞，立即从怀里拔出土制手雷，"唰"一声扔了过去。手雷闷响了一声，炸死了一个匪兵，伤了几个。匪兵哇哇乱叫，四散奔逃。凌福顺一挥短枪，命令"打"，队员拔出各式各样的武器，乒乒乓乓地打了一阵，缴获敌人几支步枪。匪兵吓得屁滚尿流，过了几天，拆掉炮楼，夹起尾巴，逃回城里了。

关于凌福顺的故事还有很多，这里就不一一列举了。

另一个令我感动的革命烈士是陈奶兰，女，周宁紫云村人，1934年参加革命，任交通员。她经常冒着生命危险，往返于周宁西北区及政和、屏南、寿宁等地，执行各种联络任务，地下交通工作做得非常出色。1935年被捕后，她受尽酷刑。敌人用铁线从她的两个乳房中穿过，但她坚贞不屈，最后英勇牺牲。牺牲时，她年仅46岁。其子廖光有亦为革命牺牲。

到梧柏洋村时，我拜谒了张华山的故居。这是一处修缮后的民居，显得宽敞明亮，坐落于路边。1938年2月，红军北上抗日后，张华山曾任中共闽东特委委员和周墩县委书记。他和妻子罗桃妹一起，为周宁革命根据地的建设和发展做出了不少贡献。1940年11月11日，他在梧柏洋村濑头冈秘密寮开展工作时，因反动保长告密，遭到敌保安队的秘密袭击。在突围战斗中，他与当任中共周墩县委妇女部长的妻子罗桃妹一同牺牲。罗桃妹刚在狮子岩头石洞生下的男孩送人后，至今下落不明。

凌福顺烈士壮烈牺牲的照片感动了无数人，中国革命军事博物馆把它作为展品，在馆内展出。《共和国从这里走来》把它同几位革命先烈的照片一起，作为书籍的封面，以教育后人。可以说，凌福顺同志是闽东无数革命先烈的杰出代表。

可以告慰凌福顺等先烈的是，他们当年为之奋斗的革命理想已经实现：不但楼上楼下，有电灯电话，而且高速公路和高速铁路已四通八达，人民的生活已步入小康水平，土豪劣绅欺压老百姓的日子已一去不复返。周宁同全国人民一样，正意气风发地走在建设中国特色社会主义的康庄大道上。

116

浦源的软猬甲

◎ 陈巧珠

是人护佑着鱼，还是鱼在护佑着人？

在周宁浦源，我听到了许多关于人和鱼的传说，也看到了人鱼同乐的场景。我带着这个命题，冒着蒙蒙细雨，走在溪边的碎石小路上，溪里一群鲤鱼随着我的步伐缓缓而行。水中是个热闹的世界，鱼儿摆动着雍容的身姿，金黄色的软猬甲在水波中极尽华美，大鱼小鱼若即若离地呼应，一场盛大的舞会就此拉开了序幕。它们划出长长的波纹在变幻中不断排列组合，摇摆比划，我想说的、我所想的，它们都用各种动作、体态来演示。它们出生在这里，似乎有着很大的局限性，一条不足 3 千米的溪流，每天往返迂回。然而这似乎又是一件极其幸运的事，在这里它们受到人们的护佑与礼遇，没有捕捞，没有杀害，甚至自然死亡后还有鱼冢，村庄里的人换了一批又一批，茶园里的茶叶采摘了一茬儿又一茬儿，这些鱼儿却一直在这里游弋了 800 多年。

800 多年前，正值南宋嘉定二年（1209），河南开封郑氏始祖朝奉大夫为避战乱，不得不离开家乡，作别家乡的茅草屋、村口的古井，还有野地里的谷物与草木，举家一路向着东南出发，犹如一条大鱼领着一群小鱼，把弯弯山路当作浅流，将一路青山绿野视作碧波，一坡一谷，一岗一浪，游到了福建周宁。在周宁浦源，他们看到了草木丰茂的山谷与溪流，就此停下脚步，安养生息。初来乍到时的余惊未定，对周围的情况不熟悉，甚至有所提防，凡事谨小慎微中出于对生活饮水的安全考虑，郑氏老祖宗便在村中的溪水里放养鲤鱼去污澄清。从此，一条源于大自然的溪，流淌着郑氏与鲤氏的水，相依共存。郑氏八世祖晋十公为了杜绝鲤鱼被偷捕，心生一计，故意让自家孙子到溪里捉鱼，被人发现后，晋十公命人将其五花大绑至宗祠，按族规当众严惩，并执行原来的村规民约，请全村人到祠堂里面吃饭，还请来戏班子演了三天三夜的戏。这番"苦肉计"，更加完善了爱鱼、护鱼的族规，传说中葬鱼习俗与葬鱼祭文更是召唤来了神灵，沟通了三界。此后关于鲤鱼的习俗一代传一代，甚至饥荒之年，也从未有人捕食溪里的鲤鱼。人离不开鱼，鱼也离不开这里的人，彼此托付。当精神托付成为信仰后，就成为医治人间疾苦的良药，以内在的慈悲和情怀根植于大地，流传于血脉。

村里人以一种礼制的形式占领着精神制高点，溪里的鱼成了上天派来的使者。溪中鱼儿游弋的纹路，仿佛是一段神秘的文字，它们一摇一摆都是神来之笔。溪边拙朴的村庄中，土木结构的老屋，一座挨着一座紧密排列，厅堂上、门窗上、布帘上，随处可见鲤鱼的身影。"年年有余，五谷丰登""鲤鱼送子""鲤鱼祈福"等词汇超越了人们对于鲤鱼的日常认知，鲤鱼似乎有着某种神秘的力量，可以让人间风调雨顺、年年有余、国泰民安。

一阵风吹过，带走了天空中的濛濛细雨，一朵乌云的周边有着界限分明的亮光，花边一样镶嵌。我收起了雨伞，朝着路边的一户人家里望去，两位白发老人正坐在客厅，泡着一壶茶。看到我探着头，其中一位老奶奶笑吟吟地朝我招手："进来坐，进来坐，喝杯茶再走。"我笑着回应，摆了摆手，没有停下脚步。屋里传出饭菜的香味，飘散在空气里，和雨后的青草味混在一起，有一种回到小时候，外婆用土灶烧出的饭菜味道。老屋屋檐的角落垂着一个蜘蛛网，丝线上沾染的细小水珠发出银白色的光，我的目光穿越过结构丝毫不差的八卦网，

鱼祭礼俗　李洪元/摄

老屋精美的飞檐翘角正朝着远处的山峦指去，以密集的老屋为中心展示着村庄的图腾。环顾四周，似乎一切都为我传递出大自然设计的重要理念，也许世间的每一种生命乃至每一件事物，设计的理念都是为了完成某种使命。

流水是时间的表现形式。我顺着时间逆流而上追根溯源，溪流推着村庄不停地往上走，鲤鱼溪的源头来自紫云山麓，五弯六曲穿村缓流而过。站在后山，我望了望远处与近处的土地，土地被分类成不同的维度，一种是泥土里生长出来的衣物与食物，赐予人们生存的根本；另一种是人为堆砌起来的高地，成了坟冢，铭记着人们最终的归宿。

逝去的人就是活着的牌位，我看到郑氏宗祠屋顶上的瓦，一个名词从我的脑海中浮现：鱼鳞。这瓦一片压着一片，细密地叠加排列，多像鱼鳞啊！这一层鱼鳞仿佛一层软猬甲为宗祠遮风挡雨。宗祠里的牌位看着子孙繁茂，人丁兴旺。

沿着长长的族谱上溯，那年制定下鱼葬的习俗，还有让人心生敬畏的鱼冢。鱼冢面朝鲤鱼溪和郑氏宗祠。鲤鱼自然老死后，村中德高望重的老人将鱼葬于鱼冢，燃起三炷香，烧冥币，诵祭文，以之纪念。

鱼祭文

时维

公元 ★★★ 年 ★★ 月 ★★ 日鲤鱼溪人谨

以三炷馨香三卮清酒致祭于

鲤鱼之亡灵而祷告之日　溯吾

先祖为澄清溪水，而放养汝类，螽斯繁衍，遂以涧里鳞潜而蜚声遐迩。迄兹八百春秋，人谙鱼性，鱼领人情，患难与共，欢乐斯同。洋洋乎吹萍唼藻，悠悠哉喷沫扬鳍。聚水族之精英，钟山村之秀丽。纵来吕尚，不敢垂纶。倘莅冯欢无由弹铗，罔教竭泽若个敢烹。仁看云海飞腾奋三千之气势，正待龙门变化开九万之前程。奈何天不永年，遽尔云亡。人非草木孰能忘情，衔悲忍痛。瘗汝魄还招汝魂兮，以表吾侪博爱惟祈汝裔蕃昌。伏惟

尚飨

浦源鲤鱼溪人同挽

这篇祭文是上古巫祝文化的零星碎片，遗失在乡野的语言分支，是人们心魂的荫蔽和依靠。刹那间一道光亮照射，鱼冢中的灵魂破土而出，上升为保护村庄的神，为村庄披上一层软猬甲，抵挡住妖魔鬼怪与电闪雷鸣。

神出杉洋话林公

◎ 何奕敏

　　地处福建省周宁县玛坑乡杉洋村的林公忠平王祖殿与闽东古田县的临水宫、莆田湄洲湾的妈祖庙的共同特点是，其崇奉的对象都是由人演变而来。他们生前都行善济世，死后深受信众的敬仰爱戴，被奉为神灵，建宫祭祀。其影响力日益扩展，经由地方政府或本籍在京官员向朝廷申报，由当朝皇帝册封为神。他们的保佑范围和影响力，根据地域的不同和当地信众的需求而有所不同。莆田地处沿海，妈祖作为保佑海上航运安全的女神，信众颇多。古田古代孕产妇和婴幼儿的死亡率高居不下，所以临水夫人陈靖姑便是妇女儿童的保护神。而周宁地处闽东北内陆山区，山高林密，在民国之前，此地虎患严重，人畜安危只好仰仗作为打虎英雄的林公了。所以《陈氏史观》认为，林公忠平王是立足于周宁当地的"土特产"。在古代，那些草根百姓，把生命财产安全寄托在英雄人物身上，从这个意义上来说，所有民间信仰文化的产生，都立足于当时当地独特的人文地理环境和历史文化渊源。

一

　　历史上的林公确有其人，姓林，名祖亘，生于南宋庆元二年（1196）。据《林公史记》记载："林公生于云气，养于杉洋。"林公的父亲叫林珠，宋绍熙年间住在云气柏院，柏院是云气村山上的一个独户山楼。由于林珠公连生三子都不幸夭折，疑此山楼不吉利，于庆元元年（1197）搬到云气村，在靠溪边处盖了一栋土木结构房屋，围地百余平方米。林朱公的妻子何氏于庆元二年（1198）三月十六日生下了林公祖亘。祖亘5岁才能开口说话，随后父母相继去世。祖亘15岁时，孤苦无依，吃穿无着，一路流浪到了玛坑境内的杉洋村，被杉洋先祖詹兆源公收养。林公长得一表人才，"鼻如悬胆，语吐云气"，生性聪慧，能文善武。他钻研医术，就地取材，运用当地的青草药济世治病，深得乡亲们的爱戴。据记载："淳祐七年（1247），福宁各邑瘟疫横生，人人相染而殂，遍地哀鸿，祖亘精通医药之理，积善好施，设坛驱疫，指草为药，无不立效，普救众生，尊为神医"。

古代的闽东地区，地处偏远，人口稀少，野兽出没，老虎、野猪、恶狼经常出来伤人畜、毁庄稼，群众深受其害。在《宁德市志》中有虎患之记载："乾隆五十七年（1792）福鼎群虎为患，伤人畜甚多，白琳至霞浦途中断行人，后用挖穴法捕杀20余只，患始平。"《宁德县志》也有记载，明代有老虎结伴进城作蕉城一日游，居民避之不及唯有闭户罢市一日。传说，在嘉定十一年（1218）秋，林公祖亘曾率领村民连毙三虎，此后周边村庄的虎患渐息。林公因此成为人人称颂的打虎英雄。

传说，火铳就是林公率先发明的。火铳其状如棍，长约1.6米，上端铁制空心管筒，内置火药塞以棕丝，下有导孔引出火线，点燃可发出轰震巨响，野兽闻之均惊骇而逃之无踪。

另有传说，林公72岁那一年，乡里出了一个白马王，他穷凶狡悍，为非作歹，横行乡里，作恶多端。林公嫉恶如仇，为伸张正义，不顾年老，毅然与之对决。他们相互对垒，决斗了一天一夜，不分胜败。林公羽化为红乌鸦，白马王化为白乌鸦，两只乌鸦神魔对决，场面十分惨烈。《林公史记》中记载："铁爪连钩斜飞直击坠凶凶，翅弓喙啄羽飘如雪惨凌凌。"了了几句，便勾勒出当时扣人心弦的决斗场面。为夺取最终胜利，林公夜间托梦与村老诸人，曰："明早村尾有两乌相斗，令观者连连呐喊'红赢白输'以助吾阵矣。"清晨，村中诸老醒来，提起异床同梦，个个称奇，将信将疑结伴至村尾处，忽见天空中两只乌鸦，红来白往在生死决斗。在此生死攸关时刻，适有周宁坎下周氏担硋，屏南棠口程氏担锣，杉洋杨夫人晾衣服、柳夫人扫地板，四人见状同村人一道齐声呐喊"红赢白输"。几乎同时，周氏猛掷其硋，程氏急槌其锣，杨夫人大敲晾衣竹杠，柳夫人挥舞扫帚柄，纷纷助阵红乌鸦，直到白马王战死，林公受伤羽化成神。

林公于宋咸淳五年（1269）病逝（传说中是跟白马王决斗受伤后医治无效去世）于杉洋，时年72岁。在800多年前的宋朝，这样的年纪算是高寿了。到了明朝，乡邻们怀着沉痛的心情，在他曾经战胜过瘟疫、猛虎、妖魔的地方——杉洋村的水尾处，建造了一座林公庙——林公忠平王祖殿，祈祷他老人家能继续大显神威，保佑乡民。

二

林公忠平王祖殿于明正德八年（1514）始建。祖殿整体建筑按照传统的"一殿二楼三阁"式建成，占地面积895.76平方米，由殿前石埕、门厅、正殿、左右廊庑等组成。祖殿背倚巍峨青山，门临依依绿水，四周树木苍翠，环境清幽，风光怡人。后门山上栽种着一整片苍松，大约有五六十株，每株松树高达六七丈，虬枝苍劲，傲骨凌空，四季常青。据说，这是目前宁德市内保存最为完好的成片古松林。

祖殿坐南向北，面阔五间17.6米，进深四间10.45米，高10米，为穿斗抬梁式减中柱土木结构，歇山顶。正脊装饰双龙戏珠，四角起翘饰蟠螭。殿内设神龛祀林公，两侧列文武诸神。殿前踏跺7级，两侧垂带波浪形，陡板石两侧各3块浮雕，包括龙、花鸟、暗八仙等，通道天井均为青绿岩铺设。

殿前天井两侧厢廊加构钟、鼓楼，为重檐歇山顶。清嘉庆十年

林公忠平王祖殿　钟陈灼/摄

（1805）在门楼正上方增建太子亭，为三檐歇山顶，上有龙头透雕石
匾竖刻"敕封林公忠平王祖殿"。正门两侧立石雕门神两尊，门神高
80厘米左右，怒目圆睁，神态逼真。门神手持砍刀，可惜原来的砍
刀只余刀柄，现在看到的刀身是后来重新安装上去的。门前立有旗杆
石4双，并有立柱式香炉，均刻有清代年款。

　　祖殿之左右配殿建于清乾隆三十八年（1773），毁于"文革"期
间，2007年经省文物局批准在原址重建。配殿东侧为附属房（原为
客栈），门右边有宣统二年（1910）八都馆乞首吴大妹立禁乞碑一通。
殿内还保存有清同治十二年（1873）铁鼎一尊。

　　殿门口两边是一排石刻，上面刻有人物、花卉、亭台楼阁等。门
檐两侧的壁画取材于《三国演义》，一整排一溜展开，表面光滑，刻
工细致，刀法精湛，造型优美，古朴精巧，展示了当年雕刻者高超的
雕刻技艺。太子亭的圣旨牌两侧刻着许多镂空木雕画。通廊两侧齐腰
高的柱头顶端上的镂空木雕堪称经典，每个柱头20厘米见方，所刻
神话人物、花卉等图案精美绝伦、疏密有致，精细之处如丝般相连，

实属木雕中之精品。尤其令人瞩目的是，正殿中的几根石柱直径达30多厘米、长丈余，殿沿青石板每条均达丈余，表面光滑，可见当年建造此殿时所费财力之巨大。

林公忠平王祖殿整体建筑形制巧妙，石雕木刻精美，具有较高的艺术价值，1990年被列为周宁县第二批县级文物保护单位，2004年被列为福建省第六批省级文物保护单位，2013年被国务院批准成为全国重点文物保护单位。

三

明成化七年（1471），又一个闽东名人林聪出现了。

林聪，字李聪，号见庵，宁德七都浦源人氏，生于明永乐十四年（1418），于正统三年（1438）中进士，历任刑科给事中、都给事中、左佥都御史、右都御史、刑部尚书加太子太保。

正统八年（1443），刑科给事中林聪给当时的英宗皇帝上《请免宁德县除办银课外别项差办状》，就位于现在周宁县李墩镇芹溪村的明朝六大银矿之一的宝丰银场，矿区工人劳动条件恶劣、矿难频发、课税沉重的问题进行了报告，要求朝廷引起重视，适当减免税赋。该奏报未被采纳，此后便爆发了起义。起义队伍转战闽、浙、赣三省交界地带，历时3年，造成了影响明朝历史的"东南大震"。

正是在明朝，林公的民间信仰达到了最高峰。明成化七年（1471）八月，当朝刑部尚书少保林聪身染疟疾，请假回乡调治。一日，他来到梅山岳父家作客，听村人谈及林公显灵之事，引起极大兴趣，亲自探访。林尚书了解后，非常震撼。回京后，林聪立即禀奏朝廷，宪宗皇帝闻之也感到惊讶。次年二月十三日下旨"敕封杉洋感应林公忠平王"，下诏杉洋谕其神名。期间，还发生了朝廷颁旨官吏长途跋涉来到闽东山区传旨，却把圣旨传错到古田的杉洋，后几经周折，才传回宁德杉洋（杉洋与咸村都是1951年从宁德分入周宁管辖）的曲折故事。

正德八年（1513），由杉洋詹氏七世祖詹诚斋、詹海，梅山汤八郎等乡贤为首，捐出地基田产银两若干，还发动周边村民信众捐银出力，终于建成了林公忠平王祖殿。

四

现林公香火遍及整个宁德各境，几乎每个大村小村都在村尾显要位置建有林公宫。据不完全统计，闽东各地有 500 多座林公裔宫，这些裔宫在每年年底到正月都需要到周宁玛坑杉洋祖殿隆重奉请林公。

"林公助阵收复台湾"的传说颇具积极意义。相传，清顺治十八年（1661），郑成功率军跨海收复台湾，船只抵达台湾鹿门海面，准备在禾僚港登陆，因台南近海海塘泥泞积深，航道阻塞，战船无法靠岸，军情十万火急。此时，军中一战士（此战士系杉洋村詹兆源公族裔某支派某公，已迁浦城）见势不妙，朝天长跪，大声呼唤林公助阵。此刻，林公正在云头观战，忽听有人呼唤救助。林公有感郑军的英雄气概，握指行云，呼风唤雨，倾刻间水涨船高，战船顺风顺水抵达鹿门港。军士斗志大振，杀向赤嵌城，荷兰军被迫投降。台湾就此回到了祖国的怀抱。

林公信仰在闽东地区具有较大的影响力，有着广泛的群众基础。其传说、民俗活动经代代相传，逐渐演化成为不可多得又颇具特色的民俗文化。

如今走在闲适安详的杉洋村里，林公祖殿在阳光下焕发出新的生机和活力。村道平坦而干净，两旁房屋规划整洁，门前老人闲谈言笑晏晏，孩子嬉戏玩闹声阵阵，这样的图景已然成为闽东乡村的鲜明标识。在乡村振兴的大背景下，作为文化工作者，应做好正确的引导，摈弃民间信仰、民俗文化中低俗、恶俗、媚俗的部分，深度挖掘其中符合社会主义核心价值观的内容，彰显正能量，形成向上、向善的道德伦理力量。

银而繁华

◎ 陈圣寿

　　在周宁的大山深处，在龙岗头、圣银峰雄秀的山麓下，遍布着古老的银矿硐。长长短短、形态各异的 300 多个古矿硐，仿佛历史的图腾，以其留存的古朴状态、与之相关的文物古迹和流传的故事脉络，向人们悠悠揭示着、娓娓诉说着久远的年代里那些白银往事。这些遗址遗迹如今统称为宝丰银矿，于 2019 年当之无愧地荣升为第八批全国重点文物保护单位，与杉洋林公宫一起成为周宁"国保"双子星。经过福建省第四地质大队和地质专家长期详尽的勘察研究，并经上海交大刘杰教授、复旦大学吴松弟教授、暨南大学周正庆教授等知名学者多次考证得出结论：代表周宁古银矿的宝丰银矿是迄今已知古银矿中独占鳌头者。这表现在如下几个方面：一是分布范围最广且形态丰富；二是银矿硐数量最多（已发现 345 个），遥遥领先于其他古银矿；三是银矿硐长度最长，其中一个达 350 米，同样远超其他古银矿已知矿硐长度；四是所处海拔高度属第一，导致人迹罕至，客观上有利于遗址保护；五是采矿科技水平最高，且能综合运用多种技术；六是遗迹完整性最佳，包括矿硐、古建及相关设施；七是独有的地面矿主故居建筑——张彭八故居。

　　不仅如此，宝丰银矿关联的其他遗迹或文物亦相当丰富，如明朝为督银而设的宝丰公馆遗址在芹溪村墙基犹存；用于粉碎银矿石的石磨、石碓已发现可观数量；明朝隆庆五年（1571）福建省按抚两院代表朝廷设立的禁采银封坑碑几乎完好无损；为银而设的元明两朝巡检司遗址上还屹立着厚重的石墙建构；与宝丰古银矿相关的史料、匾额、诗文散落各处，于今犹存。

白银作为中国历史上长期使用的流通货币和财富象征，自古以来引人趋之若鹜、竞逐繁华，演绎了一场场人间喜剧，至今犹然舞动着轻奢而优雅的魔力。同样，古银矿对周宁社会的影响深远且多元。当采银如火如荼进行时，银矿通过课税、用工、消费、盗采等或明或暗的不同方式，拉动当地强劲内需自不消说，甚至促成了村落的聚发兴旺、道路的拓建通达、亭桥以及其他建筑的次第兴建。当银脉衰竭、银矿落幕时，由银矿所积累的冶炼技术，会助力铸铁、炼钢、翻砂等产业技艺更新，并促进相关产业链的延伸；采矿所淬炼的胆识与激情，能转化成闯荡的活力和创业的资本，从而形成多业竞秀的景象。而银矿所催生的道路及亭桥古建，继续为大众造福，于今犹然为时代添彩。

事实上，周宁历史上受惠于古银矿的业态多姿多彩。楼坪人采卖岩菇、经营茶业与人参鹿茸，与银矿有千丝万缕的关系。官司茶得益于银场留下的自然资源。东洋锅所凝聚的工匠精神、行商风格是银文化的折射与延展。土铁土钢冶炼与后期的翻砂，烧炭及后期的活性炭生产，都可以算是煽银产业的变相跨界。而一度风生水起的钢贸产业，从外延到内涵都闪耀着银色光芒。

如今，圣银峰山麓的采银煽银业虽然早已沉寂数百年，但随着为数众多充满神秘的银矿硐重出地面，散匿各处偏居一隅的煽银用具用品重见天日，如影随形、虚实交错的古老传说也重现江湖。随着宝丰银矿以福建省地矿行业唯一的"国保"声名鹊起，与之密切交融的古村、古道、古建等也穿越到了时代的舞台上大放异彩。这其中，宝丰银矿将被打造成省级乃至国家级古银矿公园，古道将以白银古道的身份串联文旅的脚步，古建包括宝丰公馆、麻岭巡检司、张彭八故居等将承担起银文化展览的使命，向人们揭开蕴藏其中的银矿故事。

所有的故事，于今最动人而重焕生机的是两个古银村的振兴：芹溪与上洋。一方面，由古银矿特有的魅力推动文旅发展；另一方面，将古银矿的文化内涵与时代意义上的银山元素相融，尤其在高山农产品上充分利用银文化优势，从而营造一个脱胎于古银矿的银旅交响、农旅生辉的乡村振兴综合体。

芹溪村位于李墩镇西南部，与石门胜境楼坪村毗邻，是宝丰银矿的主要"根据地"，以中国古银矿第一村之地位驰名，宝丰银矿的大部分遗珠闪耀于此。虽然坐拥丰厚的古矿遗产，但芹溪村显然不满足于仅仅躺在遗址之上"啃老"，而是围绕文化旅游与乡村振兴的主题，一边努力打造矿山公园和银文化博物馆，一边尽情赓续农耕文明、建设美丽家园。经过数年多方奋力，芹溪早已一改许多老村衰败的宿命，呈现出一派欣欣向荣景象。

旅游开发方面，芹溪村既以保护宝丰银矿遗址为己任，更以推动矿山公园建设为抓手，目前有关矿山公园的规划已初步完成，而作为银文化博物馆核心部分的宝丰公馆已完成基础工程，预计将于2023年开馆。以古银矿资源作为基础元素，由此连缀、整合、建设而成文旅盛景，譬如：利用矿硐相邻地块可建矿坑酒店，利用宝丰公馆及相关文物可办研学类展览机构，利用白银古道、楼坪的石门胜境及明清古厝合成精彩纷呈的游览线路。

与此同时，"大林线"旅游公路进展顺利，将为推动芹溪村古银矿生态旅游资源与邻近的常源、陈峭景区融合发展提供强劲动力。当然，整个圣银峰山麓就是银山秘境的主体，连同芹溪、楼坪、紫云、官司、上洋等古村以及有关的自然与人文景观，完全可以打造成一个恢宏而瑰丽的古银矿大景区，将成为一个引人无限遐想的旅游振兴范本。

除了相对长远的文旅引流版块以外，芹溪村在建设美丽乡村和推动产业振兴方面举措频出，而且效果显著。

为实现村庄环境整治提升，芹溪村对村庄进行统一规划建设，管控整体村庄风貌：全村 90 栋房屋、15000 平方米的外立面按照复古风格进行粉刷喷漆，15 栋屋顶进行平改坡，铺设了村道 7000 平方米黑色生态透水砖；新建公厕 3 座，新建 2.2 公里的污水管道和 600 平方米的荷花氧化塘，实现污水收集处理全覆盖；建设湿垃圾处理点，为每栋房屋配备干湿分类垃圾桶，湿垃圾收集到处理点制成有机肥进行再利用，干垃圾统一转运处理。在整村推进治理的同时，芹溪村着眼细节，注重精细治理：与县电信公司合作，对电话线、光纤、有线电视线等弱电进行整理装盒，清理废弃电杆，整治违法交越、搭挂，引导合理共杆，让出"干净天际线"；在房前屋后、道路两侧种植红枫、银杏等多彩树种或设立"微花园"，包括拆除的原有食用菌大棚空地上也根据花期进行了绿植美化。通过一系列环境整治，芹溪村成功打造出独特的整村山水花园景观，人居环境的舒适度大幅提升。

在产业方面，芹溪村着力发展养殖和旅游配套产业，建立集培育养殖、特色餐饮、终端销售、休闲度假为一体的绿色生态产业群落。芹溪村将重新投产山泉水生产项目，发展现代茶叶产业项目扩大金线莲野外种植产业项目，投建高山特色冷凉花卉产业项目。

2021 年，立足地缘相邻、人文同根、产业互补等优势，芹溪村与同属李墩镇的际头村、楼坪村三村先行先试，成立芹溪际头楼坪联村党委，实现优势互补、资源共享、抱团发展。这是周宁县建立联村党委、党建致富的示范点之一。联村党委实行"大事共议、实事共办、要事共决、急事共商、难事共解"的议事协调制度，共决三个村发展大事、要事，把各方力量拧成一股绳。联村党委发挥牵头抓总、领航定向作用，领办乡村振兴产业项目，引导村民以土地、资金等形式入股，共创产业，共同富裕。现已牵头流转三个村抛荒、摞荒地1500 多亩，大力发展蜜薯 1200 多亩，推动发展黑兔扩繁养殖项目，展现出良好的联合发展势头。

在乡村振兴的时代大潮中，不仅芹溪村得天独厚、勇立潮头，而且其他的"银村"也你追我赶、一派盛况。其中，特具银山资源综合优势的上洋村正在探索一条农旅研学相辅相成的新路。由于村委主动宣传和延请，福建省农林大领导与专家多次考察上洋农旅资源，并与上洋村委达成开发与研学合作意向。上洋坐拥地利、得天独厚、风光秀丽、人文底蕴厚重，更兼拥有众多古银矿文化宝贵遗产：国保单位唯一的明代建筑张彭八故居、白银古道经典路段、古银矿地标性建筑麻岭巡检司，具备开发文旅、农旅、银旅的有利条件。近两年来，上洋村委在政府部门支持指导下，持续努力挖掘古银矿文化资源，保护修缮白银古道及各类人文遗产，初步建成基础配套设施，取得了可喜成效。在周宁县全域旅游的大背景下，上洋村充分发挥资源优势，正逐步推进以银矿文化为主线，以农旅融合为主要路径的发展之路。

在周宁宝丰银矿遗址保护范围及其相邻地区，古银矿文化的遗存实体及关联因素比比皆是，而遗存在以下三个区域最为集中：芹溪（含楼坪）及圣银峰、官司及其各自然村、上洋及仙风山（含麻岭），

千年古银矿遗址芹溪　李洪元/摄

芹溪村　李洪元/摄

这些区域堪称古银矿文化遗产的天然展览馆，若能做好古银矿文化的保护工作，并以此为抓手做足卖点，在项目策划和产品推广中加入银矿文化元素，必将使农旅产品附加值有效提高，探究性显著增强。

实际上，正因为周宁全县是广义上的大银山，任何乡镇、村庄，任何经济实体都可以利用银山元素，塑造品牌形象，提升产品内涵，焕发营销引力。所谓靠山吃山，周宁当然应该靠银山吃银山，吃透精华，念透银经，让古银矿缤纷银事转化为新时代璀璨银色旅游，让沉睡千年的银矿"红利"转化为振兴乡村的银山"绿利"。

周宁民间艺术

◎ 周许端　肖　珊

　　周宁民间艺术在万花筒一样的民间文化中可以说是一枝独秀，不论是舞龙、舞狮、铁枝等传统表演，还是周宁老街上的古朴优雅的锡器、铁器、木雕以及返璞归真的萌源砵器，无不显示民间艺术的精彩绝伦。它的底蕴与灵气，它的千姿百态，总是萦绕在人的脑海里。

　　在这里，我要说一说周宁的北路戏、杖头木偶戏和线狮。

北路戏

　　小时候爱看戏，其实在周宁民间就有非常不错的北路戏剧团，数十年如一日地坚持着自己的表演方式和特色。

　　北路戏，名副其实的"乱弹"。它的主要乐器为长膜笛，故又名"横哨戏"，曾在周宁、寿宁、古田、屏南、福安、蕉城，以及闽北和浙南等地广为流行，至今已有100多年的历史，是代表清代乱弹声腔的珍稀剧种。

　　周宁县北路戏由李墩镇先民在100多年前创作而成，世代相传，流传至今，有着浓厚的乡土气息，深受广大群众的青睐。早期整个剧团到闽东、闽北演出是常有的事。

　　北路戏有着极其明显的特征。一是它的导乐性。戏开场通常以鼓

133

板、锣、大钹、小钹、手锣作为导乐激发戏场气氛，埋下悬念，俗称"闹台"，然后才是演员出场。

北路戏 鲍传远/摄

二是它独有的腔调。唱腔主要由西皮、二黄（即二黄腔）组成，再加上头万、二万、三万、平调、滴水、十字段、拨水、南梆子、四平调、高拨子、娃娃调等。如，一段唱词如采用西皮的话，这组曲调当中便分导板、慢板、原板、二六快板（快三眼）、流水散板、摇板、回龙等，结合诸多形式的唱腔。

有的曲目当中就一组词也会包含多种唱法，曲调调配依剧本的描述而变化。六浦北路戏剧团的团长李孙只师傅在台上表演《贵妃醉酒》，演唱那段贵妃酒后唱词时，便采用四平调中的缓四平演唱。在深情婉转的唱词中，用如泣如诉的唱腔唱出人内心深处的伤感，一个"啊"字配合胡琴的辗转拉动，唱出高低起伏、延绵不绝的意境，让听的人泪眼婆娑、情恸不已。在《斩美案》当中，包公在台上怒斥陈世美时便采用快三眼的曲调，以激昂连续的快词把包公心中的愤怒一鼓作气倾泻而出，势如狂风暴雨一般横扫一切。

北路戏的唱腔由乱弹声腔系统而来，也像其他戏曲一样多孕育于民间，滋生在乡村，故民间有"平讲假乱弹，琴萧乱对弹"的谚语，故又被称之为"土京戏"。所谓"乱弹"，就是在演出当中，变换多种唱腔，同一本剧目，其中的曲调就包含十多种或几十种，唱腔唱法辗转多变，在舞台上各种唱腔交替演出，完美融合，多姿多彩。但是若想要达到一定的境界，做到挥洒自如，没有几十年的坚持练习是不行的。就是因为演员的坚持不懈，取长补短，勇于创作，才形成了北路戏曲调的多样性。让人感动的是，几代北路戏人在100多年间不论经历什么样的变故都没有放弃，一直执着于在舞台上的十尺红毯中演绎世间诸般的风花雪月、悲欢离合。

杖头木偶戏

杖头木偶戏古称"驼戏"。

周宁首章杖头木偶戏剧团创建于清光绪年间，由首章村的郑住官、郑宜仓等人去温州拜师学艺后回乡创建。后木偶戏经过剧团演员多年反复演练，做到把每一个剧本都表演得灵活生动、得心应手。

木偶戏表演形式有三大类，为提线木偶戏、布袋木偶戏、杖头木偶戏，但是各个地区的表演风格有很大差异。首章杖头木偶属于中型

周宁杖头木偶传承 刘东煌/摄

杖头木偶，整个木偶高 1 米左右，头部为樟木雕刻，面部画戏曲脸谱，躯体的上半身内部由竹篾编制，下身和双臂内部是中空的，中间由一根小竹杆撑着，双手用两根约 70 厘米长的竹签或者钢丝连接，服饰均为古装戏曲里的服饰，衣服上的龙凤图案用手工或电脑刺绣完成。表演艺人出台后，站在幕布后面一手握着杖头木偶的中间竹杆举起偶人，一手抓住与木偶连袖的两根钢丝操纵各种动作。偶人肢体语言丰富，相对于其他木偶表演，转身甩袖更加灵活有创意。表演角色集戏曲中的生、旦、净、末、丑五类角色。现在经过改良的木偶不仅眼睛会眨，嘴唇还会动，连贯的动作操作显得生动而精致，给喜爱木偶戏的观众带来极大的视觉冲击，深受观众们的欢迎。

杖头木偶戏的剧本内容以传统文化为主，唱腔以闽剧为主，越剧、黄梅戏为辅，擅长表演小品、京剧中的唱段，把民间故事设为背景，以木偶的形式表演，后台乐器主要有鼓板、打击乐器、二胡、越胡、扬琴、电子琴、唢呐、笛子等。

杖头木偶戏的表演风格粗犷而又细腻，偶人富于神韵，演绎人员的操作技艺十分精妙。木偶的水袖、扇子的舞动风流潇洒，耍脚步、抖髯口又都恰到好处，以肢体细致入微的动作刻画人物内心活动，极大地发展了艺术的表现功能。木偶表演艺术几代相传，表演者对此倾注炽热的情感，外加台下鼓乐严丝合缝的配合，最终达到炉火纯青的境地。当然演绎本身得益于艺人长久的练习，看着轻车熟路，实际上，没有长久的坚持训练是无法演绎种种剧目的。

近年来，杖头木偶戏的表演不仅仅停留在表演传统曲目，而是成为了继承优秀家风、弘扬中华民族优秀传统文化的重要载体，以时代发展的大潮流为背景，为丰富乡村群众文化生活充当文化轻骑兵，结合时代需要宣传党的路线、方针、政策，把传统文化和时代精神融为一体，为老百姓创作出更多精彩纷呈的作品，让老百姓在享受戏曲带来的愉悦感的同时又能深受启发，既丰富了曲艺界的表演形式，又拓展了弘扬传统文化的载体途径。周宁北路戏，2019 年 9 月受邀参演

第九届宁德世界地质公园文化节，2020年又成功参加宁德市第十届世界地质公园旅游文化节，受到群众的喜爱。

线　狮

　　周宁线狮表演是周宁咸村镇的地方传统狮舞。咸村镇是周宁县目前唯一的省级历史文化名镇，在明清时期已较为繁华，传统民俗文化丰富，有高跷、铁枝、舞狮、线狮、舞龙、肩上戏（驼古事）、桌坪戏等。咸村地灵人杰，有新石器时代文化遗址、宋代古村落遗址、明清古民居。洋中、川中被列入中国第四批传统村落名单。咸村作为拥有奇山秀水，集寺、村诸多风景于一身的文化小镇，承载了千年的历史文化，记录了中华民族自唐宋以来文化南迁的过程。

　　线狮表演已有1400多年的历史。线狮起源于黄七公的传说。黄七公生前规划设计了咸村河坂头至下宅塘水渠，成就了千亩旱涝保收的良田，咸村八境村民万分感激。传说黄七公及夫人逝世后羽化成神，每年咸村八境则轮流迎奉黄七公，择定每年农历二月初进行"黄七公巡游"活动。下坂的民俗活动从二月初四的早晨开始，而线狮表演时间是晚上，演出区域从下坂到洋中、咸村镇十字街，然后到街尾宫、宝坑、咸洋、店后、芝田，最后到上坂，整个队伍沿着桃源溪两岸10多个场地巡回演出。

"狮图"表演时，3只狮子和1个彩球全由幕后的11名男子通过38条20多米长的纤绳"遥控指挥"，其难度比木偶戏、皮影戏要高得多。在传统的狮舞表演中，随着激越的鼓乐声响起，狮王率先跳出。它上下扑腾，左右跳跃，衔住长杆上的彩球，欢舞一阵，再带领另外两只小狮子扭头摆身，跳脚抓痒。表演到最精彩的环节，狮笼上方的一个彩球突然打开，狮王带领两只小狮子飞跃4米多高的舞台，其中一只小狮子张嘴把彩球衔住，然后是狮王与它的"狮孩们"亲密玩耍彩球。狮舞有条不紊、步调一致，扑腾、跳跃、抓痒等动作活灵活现，栩栩如生。每当人们啧啧称奇，看得如痴如醉之时，狮王开始呼风唤雨、吞云吐雾，狮笼顶上的三只狮子从车上一跃而下，向观众拱手示意，祝福人们"风调雨顺""岁岁平安""万事如意"。

表演者分成数组站在台后提绳子，人距离狮子少则5米，多则超过10米。每组表演艺人中选一人为主，其他人为辅，各组员之间拉绳的动作需配合无间才能自如演出。他们以不同的节奏或频率拉扯绳索，表演出狮子的各种动作神态。舞狮者不但要有熟练的技巧，更要有充足的体力。它是以一种游艺表现形式演绎传统民俗，也是一种风格独特的游艺活动。

线狮以竹蔑为框架，里面填充棉花、布料、橡胶等，狮毛则用彩色塑料丝制成，狮身为千层纸制作成的纸板，然后塑造成狮子型。现在的线狮结构由简单变得复杂，制作工艺也得到了很大的发展和完善，母狮狮身长度约1.5米、高度约0.9米、宽度约0.6米，小狮子狮身长度约1.3米、宽度0.48米、高约0.8米，大狮子体重27公斤，小狮子体重18公斤。表演由单狮表演，演化成三狮、五狮，现在各大节庆日活跃在节庆现场的狮图是"三狮图"。传统民俗认为舞狮可以驱邪辟鬼，故此每逢喜庆节日，例如新张庆典、迎春赛会等，都喜欢敲锣打鼓、舞狮助庆。

线狮表演之前，从舞台制作、灯光效果配置到绳子布局均由人工操作。传承人在狮子的头部、尾部以及双腮左右系上绳索，用以控制线狮。表演时，通过头索尾索以及腮索的拉动，使线狮呈现各种动作形态，配以灯光变幻、吐云喷火、打击乐等，使得整场表演惟妙惟肖、栩栩如生、灵动欢快。线狮所衔的球精致灵巧，大球网筐内套有旋转自如的小球并配有灯光。

表演时，只见一头大狮子带着两头小狮子玩耍戏球，它们时而坐立，时而蹲卧，时而摇头摆尾。以前的线狮个子较小，活动起来也只能前后跳跃，后来经过不断地改进完善，现在的线狮不仅能够含球、吐球，还能下地一起玩耍，增加不少表演环节。表演技艺在不断提高，能做出坐立、蹲卧、苏醒、伸展、呵欠、抓痒、搔首、舔毛、蛰伏、依偎、跳跃、奔窜、上柱、下地、钻穴、出洞、登山、跳涧、越岭、飞腾、回旋、翻滚、喘气、颤栗、怒吼、咆哮等姿势，光是表现狮子戏球，就有寻球、追球、得球、踩球、咬球、争球、抢球、抱球、抛球等动作。众狮子动作高度吻合，俱显绝技，异彩纷呈，非常壮观。

表演者中的姣姣者是非遗传承人谢承林。当狮子跳跃上升的时候，他双手拉动线狮绳子，整个人左右横跳，一分钟能跳跃几十下。随着他在后台的牵线、跳跃，狮子在台上表演一个个精彩绝伦的动作。而这些动作全凭艺人们同心竭力的默契配合和全神贯注的操作得以实现。这项表演极其考验人的力量和专注度。

狮子在中国人民的心目中是力量与意志的象征。下坂村的村民也一直努力改良着狮图。经过挖掘提炼的狮图，在原有雄健强劲的基础上，更增添了一股富有东方特色的神秘色彩。狮舞活动的现场演绎以及平日里的排练，都极其考验人的组织能力，有利于民众之间的团结协作。它不仅具有鲜明的民族性、地域性等特色，而且具有很高的艺术品位与深远的艺术影响，这项技艺的传承与发展，对研究古代乡村生产生活及乡间历史习俗具有不可取代的作用，这也是民间艺术的魅力所在。

民间艺术的美正如这世间所有美好的事物一样，久而久之会逐渐渗入人的思想中，舒缓人内心深处的情感，给予久居俗尘浮世的人温婉绵长的情感体验。尤其是身处异乡，在传统佳节时，这种美所呈显出的画面常被灌注以乡情，并在夜深人静一人独处时不停回放，与家乡相关的一切都会在默然间勾起人的思念之情，令人怀念，心生暖意。

秋色梧柏洋

◎ 蓝　天

有人说梧柏洋是个"小村故事多"的地方。小小的山村究竟有什么故事能搬得上台面？带着好奇，我们来到地处七步镇菩萨顶山脉中的梧柏洋村。

远远望去，天空阴晴交换、色彩轮番变化的梧柏洋村，安卧在四面环山的小盆地里，掩映在林荫的环抱之中。只见山上的村民犹如音符一样点缀在宛如五线谱的茶园畦行里，瓜果蔬菜穿插在阡陌之间。这里让人感受到几分清新、几分静谧。偶尔几缕穿过云层的初秋之阳，把小小的梧柏洋村装点得如同世外桃源。村庄秋色好，落叶满溪汀。回首天涯路，云山万叠青。瞧！连绵的山峦、蜿蜒的梯田、玲珑的村庄、错落的房舍、灵动的鱼塘、茂密的树木、迷人的猕猴桃，被云层缝隙中的光线泼洒得色彩缤纷。如此的生态景色赛过画家笔下的油彩画面，让人几分羡慕、几分亲切。

一

进入村中，映入眼帘的是矗立在村头灼灼的火炬雕塑。大家争先恐后在此拍照留影之余，似乎更想透过这一标志，寻找传递"烽火连三月"的内涵气息。

梧柏洋村　李洪元/摄

　　在村新建的省委革命老区纪念室，大学生村支书陈康如数家珍地告诉来访人员，中华人民共和国成立前，由于梧柏洋地处要塞，四面山峦延绵、森林茂密，便于出击和撤退，这里自然成了当年革命活动的重要据点。这里是当年安德县委南区区委所在地，更是叶飞、阮英平等革命家开展革命活动的秘密据点和指挥中心。在战争年代，该村先后涌现出张华山、张进利等13位革命烈士。

　　站在正在修复中的张华山烈士旧居门前，陈康良说，该村的张华山于1933年受到党组织的委派秘密回村成立苏维埃政府，开展革命活动。1938年，在党的领导下，时任周墩县委书记的张华山与吴华禄等革命同志发动广大群众与国民党反动派展开殊死斗争。1940年11月11日，时年33岁的张华山，及罗富弟、罗桃妹（县妇女部长）、交通员张光德等4人，隐蔽在梧柏洋濑头冈秘密寮，被反动保长林启升告密，遭陈英保安队突然袭击，4人英勇牺牲。一段历史穿越时空，一抹红色岁月峥嵘。面对令人唏嘘的红色历史，一位同志脱口小声吟出"烈士心犹壮，忠臣骨亦强。英雄千载后，遗迹总昭彰"的诗句。是的，英魂永恒，党和人民没有忘记他们献身革命事业的伟绩。

　　战旗何处问，抬望白云濛。一片青山色，苍茫万里风。在村尾的中国工农红军旗帜雕塑前，来访人员细细琢磨，久久追思。

二

　　说起梧柏洋的村名来历，让人颇感意外。相传梧柏洋原先叫作"吴伯洋"，建村年代可追溯到五代后汉天福十二年（947）。传说村庄最早居住着吴、刘、王等姓居民，还出了一位叫吴伯的知县。吴知县因公干到了闽王处，闽王问他是哪里人，吴知县答曰"居所尚无名"，闽王当即赐名"吴伯洋"。不管这种传说是否可靠，但也说明这个百余户的小山村，历史相当悠久。从村干部的介绍中得知，这个村原先还叫作"八家里"。说是清末民初时，村中只有陈、张、郑、李、瞿五姓八户，所以外村人称该村庄为"八家里"。星移斗转，处于三条重要古道交汇处的梧柏洋村，逐渐吸引外来人口，慢慢形成上村、仓头、宫边、下洋中（下村）等聚居点，形成了当下姓氏相融相亲的多姓杂居的乡村。百来户不同姓氏和睦相处，精诚团结创建文明乡村，齐心协力打造全省美丽乡村示范村，实属难得。

　　在崇福宫、寿峰寺游览时，几个知道内情的同志，东瞧瞧，西看看，似乎在寻觅着什么。经打听，原来他们在寻找深藏黄金铸造的十八罗汉头像的古井。始建于乾隆三年（1738）的寿峰寺，坐落于村后的卧龙岗中。相传，寺院曾经拥有大片土地、寺产丰厚，院内的十八罗汉头像全为黄金铸造，后因匪患猖獗，住持将这些罗汉头像秘藏于一口古井中。这口古井连本村人千百年来都无法知晓所在位置，我们这些过路客又怎能幸遇？不过这也好，留着悬念总是件好事，或许会给该村的民众带来更大的回报。

三

　　紫气冲天起，幸运此日来。悠悠何处是，极目有良才。走访中，

143

面对欣欣向荣的梧柏洋，村干部自豪地告诉我们，近年来，作为周宁革命老区的梧柏洋村，全村干群激情满怀，铆劲图强。在美丽乡村建设中，他们极力挖掘特色文化元素，促使梧柏洋走上了"红色发展之路"。在县政府的带动下，梧柏洋被列为县重点扶贫村、省级美丽乡村创建示范村。这些年来梧柏洋村委会先后争取各级资金 800 多万元，将村道拓宽整改，完成溪边防洪堤、步游道、污水管道改造、绿化及人行道等基础设施建设，统一规划房屋建设及立面改造。同时，全村干群勠力挖掘红色旅游和生态旅游等优势，修建文化广场，修复革命旧址，建设革命老区纪念室和森林公园。在乡村振兴号召下，梧柏洋人发扬革命传统，与时俱进，让梧柏洋村完成蜕变。

该村还举办了"红色梧柏洋采摘、捕鱼节"，不仅充分展示了该村的红色旅游文化，而且还推介了光鱼、秀珍菇等特色农副产品。正像陈康良所说，在乡村振兴征程中，该村以红色文化为主脉，积极发展光鱼、猕猴桃等特色产业，有效地推动红色旅游与农业相结合，为做大做强生态休闲旅游产业打下坚定的基础。

"梅花点点争芳千朵，炮竹声声欢乐万家。""明媚春光百花齐放，欢乐岁月五谷丰登。"这两副对联题刻在该村森林公园游道边的小亭柱子上，寄托了该村干群希翼获得幸福生活的美好愿望。春耕秋获，梧柏洋的秋天，是一个迷人的季节。它少了城市的喧闹和嘈杂，没有拥挤的人流，有的只是清新的空气、一山的秋色、满坡的收获、愉悦的心情、安宁的生活和最朴实的烟火人情。

陈康良说，如今纵三线穿境而过，老区人民正以昂扬饱满的精气神，以红色文化为主脉，积极发展绿色产业，打造属于自己的文化旅游新名片。"八家里，日朗花香，春风行翠陈家坳；百户前，天高云淡，火炬点红吴伯洋"的对子，从某个侧面描绘了梧柏洋风生水起的画面。今日的梧柏洋，经过这些年的蛰伏、孕育，在乡村振兴中，逐渐迎来"秋收"的美好季节。

人才荟萃

逐梦云端

"云端之城"的"豹变"

◎ 何　钊

一

每一座城都有它的前世今生，周宁也不例外。在名叫"周墩"的时候，它夹在群山之中，曾经是福建乃至全国重要的产银区，因为银矿而有了自己初胚。直至 1945 年，"周宁"这个寓意深刻的名字才横空出世。周宁，"周"边安"宁"，寄托了好几代人的梦想。

21世纪以来，沐浴着改革开放向纵深发展的阳光雨露，周宁一次次接受着来自四面八方注视的目光。它有过辉煌耀眼的高光时刻，也有过沉默蜕变的艰难过程。10 多年前，周宁商帮闯上海的往事，为这座城市增添了许多茶余饭后的传说，也带动了家乡经济的发展和社会的深刻变革。而钢贸产业盲目铺开后引起的信贷危机，也为周宁乃至闽东都带来了巨大影响。有几年时间，由于征信受到牵连，周宁的朋友们在外都不敢亮出身份证件，连整个闽东的形象都受到了波及。

那已经是许多年前的事了，现在的周宁，已经完全褪去了笼罩在头顶的阴云。我下车的时候，看到满街都是忙碌的人们，他们的脸上洋溢着自信而灿烂的微笑。我从政府工作报告里看到了他们微笑的秘密："十三五"期间，周宁打赢了脱贫攻坚战，35 个贫困村全部出

周宁鲤鱼溪灯光秀　肖建玲/摄

列，建起了工业园区，引进一批"金娃娃"，新增了2条"出县"通道，县城区面积扩大了近3倍，人鱼特色小镇路网、旅游集散中心、工人文化宫等一批项目相继建成，新城区框架全面拉开。尤其是县里致力信用修复，"诚信周宁"再次起航，不良贷款率降至宁德市最低，县域信用评级重新获得了社会各界的认可。

夜幕降临，在微雨的鲤鱼溪广场，听着音乐响起，人鱼同乐的画面在水幕上翻动，此起彼伏的喷泉让这座终年云雾缭绕的山城如仙境般让人流连。"高山明珠"，这座福建省最高的县城，此刻正肆意地绽放着自己，吸引着我们光顾着拍照，忘记了淋在身上还有些微凉的雨。比起10多年前，这座千年鲤都，真得变美太多了。

二

天地之间没有什么是永恒的，如果有，那就是变化。孟浩然在《与诸子登岘山》中慨然放歌："人事有代谢，往来成古今。"从来没有一成不变的事物，包括你、我。时间让一切都发生巨大的改变。变，是人生的主色，是天地的主题。

在周宁乡村振兴馆，与创业的年轻小伙子聊他的视频带货。谈到现在拥有的粉丝数和带货的成交数，看着他满脸都洋溢着青春的笑容，我分心想起了深圳。从小渔村成长为国际化大都市，深圳成为中国改革开放的最前沿，也不过就是三四十年的事。深圳的变，从根本上说，是得益于国家宏观层面的全力推进，以及自身得天独厚的地理优势。但从具体分析，我觉得，更是因为它吸引了无数的人才，正是因为他们的到来，一天一个样的改变从量变成就了质变，落后的小渔村成为闪耀在珠三角的明星。

其实也不用看太远，看宁德的这些年的变化，就知道人才的作用到底有多大。在"多抱几个金娃娃"的叮嘱后，伴随了大企业的落户，人才大量涌入。仅2021年，全市新认定"天湖人才"就有1129人、省级高层次人才142人。其中宁德新能源和宁德时代两家企业，就引进了国家"千人计划"专家2名、福建省"百人计划"专家6名、博士187人、硕士1657人，并设立了博士后工作站、院士专家工作站。是潮水般涌入的人才改变了宁德，提升了宁德。

雪意苏家山　陈清华/摄

和苏家山村支书苏文达交谈时，他讲起在外创业和回乡带领乡亲们发展的心路过程。他说，到了上海，才知道幸福生活是怎样的。后来我自己有钱了，但我想不能让家乡的乡亲依然生活在贫困里。于是，2007年，外出经商的他毅然从上海返乡，发誓要带领村民改变落后的状况，在村支书任上一干就是十几年。如今这400余人的村庄，村民们在家门口就能在合作社里从事各种劳动，每月有4000多元收入，年度还能拿到入股分红。2021年，苏家山旅客量32万人次，村民人均收入超过2万元，村集体收入52万元。和我随行的A君是在这个村的隔壁村长大的。他说，我们小时候，这个苏家山又没有路、又穷，要饭的都不去呢。

那天下午，在苏家山耸入云端的玻璃栈道上，遥望着通村的柏油路，看着脚底下一片又一片郁郁葱葱的茶园绵延环绕着整座山村，我无法想象这个已经成为AAA旅游景点的村庄曾经连乞丐都不去的破旧样子。翻天覆地的变化，仅仅是因为一个人的带动，如果更多呢？

在周宁乡村振兴馆，我注视着墙上醒目张贴的"让人才成为周宁财富，让周宁成为人才乐土"和"汇聚天下精英，共谋周宁振兴"这两幅巨大的标语，看着一间间人头攒动的创业办公室、忙忙碌碌的公用直播室，以及来来去去、满面春风的年轻男女，我知道，周宁，还在继续它的"豹变"。

三

《周易》说："君子豹变，小人革面。"所谓"革面"，是外在的改变。人的改变，仅仅停留在"革面"是不够的，因此，需要"豹变"。什么是"豹变"？小豹子的成长不是一天两天的事，是随着年龄的增长，身上的纹理越发清晰，形象更加矫健，动作更加协调。"豹变"，是综合素质和能力的变化。

深圳的变，是刻骨的。从思想观念到行为方式，从社会治理到经济结构，展示了中国特色社会主义强大的发展能力和创新能力。科技创新是它最引人注目的地方。看看深圳的这一张张名片吧：华为、中兴、大疆、比亚迪……这些世界 500 强、中国 500 强的企业，都有一个共同的特征——高科技。

宁德的变，也是如此。从"沿海经济断裂带"到"新增长极"，就是近几年的事。今天的宁德，9 项指标增幅居全省前列，地区生产总值、规上工业增加值、进出口、地方一般公共预算收入、金融机构本外币贷款余额等 5 项指标增幅居全省第一，产业规模持续壮大，尤其在科技创新方面走出了新的天地，2022 年全市新增国家级高新技术企业 60 家，有省级科技小巨人企业 52 家。

尽管工业是改变城市面貌的主要产业，但对于周宁这样山地多的县城来说，并不适合。从人口总量、工业资源、基础设施等多方面看，周宁并不具备发展规模工业的条件，农业是当然的主导产业。但是农村分布散、田地少、山地多，农业怎么走出自己的特色，农村如何发展？周宁的朋友告诉我，他们也依靠科技，最简单有效的，就是派出科技特派员，全面提高农业的现代化水平。

科技特派员制度是习近平总书记在福建工作期间大力倡导和推动的创新机制。多年来，宁德市委、市政府坚持贯彻落实总书记的重要指示精神，出台了《新时代深化科技特派员制度助推乡村振兴实施方案》，周宁据此大力推动科技人员到乡村开展创新创业服务，广大的科技特派员为周宁的变化，尤其是农村的变化，做出了巨大的贡献。

市科技局的朋友和我说起了池玉洲，一位高级农艺师，作为科技特派员派驻到七步镇徐家山村，为 20 多个行政村、40 多家茶企提供技术指导。他指导的徐牌茶叶公司建设茶野自动调控空气能萎凋房，引进设备提升加工能力。在他的精心指导下，该公司的花果香型红茶产品在周宁县第八届斗茶赛和第九届中国茶叶博览会名优茶评比中获得了 2 金、2 银的好成绩。他们还说起了兰毓芳，一名高级农艺师、周宁马铃薯协会副会长，扎根在三门桥村的葡萄产业观光园，研究出了在葡萄棚内套种马铃薯，共享土地、肥力资源，保证两种作物同时拥有足够的阳光和水分，极大提高了土地利用力。

在礼门乡的菜园里，我还见到了在他们口中的那位富有传奇色彩的科技特派员陈小菊。作为一个外地媳妇，1969年出生的她在周宁生活的40年，就是种粮种菜的40年。现在，她则是周宁菊美专业合作社的法人，种菜种成了产业，农民成了农业专家，被评为市级农村经济实用人才、县管优秀人才。

我见到她时，她与我见到的任何一名农村妇女没什么两样，根本无法把她与管理着51名社员、10名技术人员，拥有10亩温控大棚、2座冷链冰库，实现产值300多万元的农民企业家挂上钩。直到在挂着"福建省巾帼示范基地""省级示范社"醒目牌子的办公室里，听着她自信地介绍她的创业之路时，我才忽然想起了"知识改变命运"这句名言。

科技特派员所承担的任务，是在田间地头向农民手把手传播科学、传授经验、解决问题。陈小菊以自己的种菜经验，不仅带动了农业产业的发展，也教会了更多人。我问她，你不担心别人掌握了技术后成为你的竞争对手吗？她大笑道，地是种不完的，菜是永远卖不完的。大家都富了，她就可以去买他们的菜了。

如果说北上广深是大动脉，那无数的农村就是毛细血管，虽然没有巨大的影响力，但历史悠久、人口众多，留住乡村的样子就是留住了城市的灵魂。改变农村的最大动力，一定是农民自己。只有农民，才知道自己最需要的是什么，而能够改变自己的命运的，除了勤奋，更需要知识、需要科技。我们处在百年未有之大变局的新时代，世界新一轮科技革命和产业变革正在加速发展，科技对社会生产力的提高作用日益加强。城市要创新驱动，才能适应新发展阶段的需求，农村的变化和农业的发展，更要积极改变劳动力的知识结构、提升农业产业的科技含量，这是迫在眉睫的当务之急。科技特派员，任重且道远。

四

《战国策》里有个故事，说有一个君王，悬赏千金求千里马，三年不得。后来他的近侍用了五百金买了一个死掉的千里马的头来交差。君王大怒说，让你找活的马，为什么买了个死马花了我这么多钱？近侍解释说，死马尚且买了五百金，何况活马呢？这事一传出去，天下人肯定知道大王真要买马，千里马就来了！果然不久以后，就有许多千里马来了。当然这只是一个故事，这是燕国的郭隗为了得到晋升而向燕昭王编造的故事，意思是：连我都算人才了，难道真的人才还不来？

人才是重要的，但更重要的是让人才有发挥的平台。三国时代，蜀汉与曹魏的对比，地不可谓不丰，人才不能说匮乏，缺的只是一个让人才展现自我平台。宋代，仁宗之朝能够名士辈出，并不是其他皇帝在位时没有人才，而是人才没有施展拳脚的舞台，只有宋仁宗做到了虚怀若谷、尊重老臣，自愿让君王的权利受到约束，才让人才有了施展抱负的机会。

所谓的人才引领，不是凭空去创造人才，而是创造宽松的环境，鼓励人才脱颖而出。深圳的魅力，在于它在创始之初就为人才的聚集提供了良好的空间。幸运的是，给人才舞台，周宁做到了。有什么能比让家里有粮、眼前有景、心中有梦、脚下有路，更让人踏实呢？在一份《周宁县加强本土人才培养和人才平台若干措施》的文件里，各种鼓励和奖励的措施让我眼前一亮，不仅是经济上的，还有政治待遇、人文关怀，甚至贴心到关注他们的子女、亲属的安置。周宁守住了初心——给人才待遇，让人才安心推动发展。

《老子》说："知人者智，自知者明，要守初心。"其实最重要的就是先要认识自己。周宁是一个山城，特点是山地多、云雾多，出产高山茶、晚熟青菜水果，旅游资源丰富，缺点是工业资源不足、土地匮乏。虽然没有天时地利，但在"人和"方面，他们拿出了满满的诚意：在看清自己的优势和弱项的同时，突出了人才引领，立足于绿色、生态的资源优势，将旅游作为主导产业来培育，重点围绕花卉、不锈钢、旅游等产业亟需的人才，实施"云上人才计划"，为乡村派出得力的科技特派员，通过给政策、给资金、给项目，因地制宜发展经济。这正是找到了自己的短板、盯准了发力的方向。

守住初心，还在敢于拼搏。《诗经》说："靡不有初，鲜克有终。"为什么很多人不能走到最后？就是因为不能坚持。要拼搏，就要敢试错、能容错。商鞅变法的时候，担心不能守信，就树一个杆子，出号令让人背到城门，给予50金的奖励，令出必行，于是形成了人人争先的风气。周宁能发挥好各种人才的作用，鼓励创新、激励拼搏、表彰先进、标杆树立，把这些惠民、为民政策落到实处，这是农村和农民的幸运，也是新时代给周宁的红利。

守住初心，更在不忘使命。先富带后富，最终实现共同富裕，这是社会主义市场经济的初衷，也是改革开放的最终方向。周宁的变化是深刻的，不贪大求多，而是从农村做起，从群众的获得感做起。这样的成就虽然比不上一线城市的喧嚣和热闹，但真正走进了农民的心坎，让农民得到了实惠，一定会得到群众的拥护。

在每一个枯寂的夜晚坚守乡村的宁静，不是一般人的恒心能做到的。苏文达的茶叶观光成为景点给苏家山带来的巨变，陈小菊的农业合作社带动蔬菜种植的兴旺，让我们看到了政府鼓励、科技帮扶的重要作用，更看到了这些愿意坚守农村的人们的一颗颗爱乡爱家的拳拳赤子之心。他们对这片土地的爱是根深蒂固的。有这么多对农业农村高度重视的政策，有这么多对人才的宽容与呵护，还有这么一批科技特派员沉浸在农村，和农民们一起创业，周宁，这个美丽的云端之城，我相信它在"豹变"的路上会走得越来越远，一定会变得越来越迷人——我在乡村振兴馆里看到的年轻男女们的灿烂微笑，他们就是周宁的底色，是这座云端之城生生不息的底气。

守望乡土

◎ 范秀智

6月间，正是草木葱茏、百花缭乱的时节，爬满山头的绿渐渐由淡转浓，山高谷深的周宁缓缓地揭开了被云雾半遮面的娇颜，景与情皆明朗起来，漫山遍野的绿便直愣愣地闯入眼帘，让人的心情也随之敞亮。

在这片绿意环绕中，点缀着一个个或大或小的村庄，如同一棵棵繁盛的大树，千百年来深深地扎根在这片土地之上，在四季更迭、昼夜交替中，庇护着生命的世代轮转与传承。"暖暖远人村，依依墟里烟。""倚杖柴门外，临风听暮蝉。""绿树村边合，青山郭外斜。"在中国人的记忆里，大概都有这么一段温暖而悠长的乡村时光吧。泥土清香的气息，禾苗拔节的声音，枝头欢快的鸟鸣，墙壁上慢慢移走的光阴，从云端飞过的清亮笛声……只是，随着城市文明的飞速发展，悠闲变成了衰颓，温暖散漫成落寞。在开放流动的现代化社会语境中，乡村，成了一段斑驳的记忆、一个裸露的伤口、一声无奈的叹息。

一

"我从上海回来后，看到家乡贫穷落后的模样，看到乡亲们与上海人生活上的巨大差异，那种感受，我无法用语言表达，就只有一个念头，我得回去做点事情。"苏文达放下手里的茶杯，慢慢地说道。

我坐在对面，透过袅袅的雾气看到他平静又笃定的神情。从繁华都市回到贫困乡村，于陶渊明，是心无挂碍的归隐，是结束与回归，于苏文达，是人生之路的重新选择和出发。

苏家山村，是苏文达的家乡，曾经承载过他的童年与少年，也曾目送着他走向外面更加广阔的天地，像每一个忍泪挥别孩子的母亲。每个村庄都是这样，不断地送别着，一代又一代。只是，有一些人离开后渐行渐远，还有一些人却始终朝着家乡的方向，迈出的每一步都伴着依风之恋、首丘之情。苏家山支部书记苏文达、浦源镇溪坪村党支部书记郑怡馨、天蓝蓝生态农业发展有限公司的创始人王永光、周宁陈峭旅游开发有限公司的陈氏五兄弟、乡格里农业生态园创始人杨晨明……他们见识过繁华，但又远离了繁华，义无反顾地退回到生命起始处，退回到泥土草根间，重新审视与回望家乡，思考它的现在与未来。他们伸展枝丫，像曾经的母亲一样，长成一棵遒劲的树，守望头顶的这片天空。这些回家的人，有一个共同的名字，叫作"乡贤"。

乡贤，也称乡先生、乡达、乡老、乡绅等，是指乡里有德行、有声望的人，起源于原始社会，一般是富有威信和资历的长者，担负着教化子民和传道授业的重任。"立庙堂忠君之禄，归乡里孝亲之泽。"传统社会中，乡贤这一特殊群体，以血缘为纽带，以礼制为支撑，充当乡村的管理者和维护者，在古代乡村自治中发挥了重要作用。近现代，随着国家权力下沉到乡村社会，传统宗族势力逐渐瓦解，乡贤文化日渐式微，乃至沉寂。改革开放后，乡村社会发生巨大变迁，传统治理根基被削弱，一批乡村精英、社会英才选择回归故土、报效桑梓，"乡贤"这个群体重新登上乡村治理的舞台，其政治文化作用也日渐凸显。2007 年，周宁县委以"乡土、乡情、乡愁"为桥梁，启动实施"回归工程"，引导乡贤人才返乡投资，参与乡村振兴。

"金风玉露"一相逢，便胜却人间无数。

156

二

费孝通先生在《乡土中国》中提到："因为只有直接有赖于泥土的生活才会像植物一般在一地方生下根，这些生了根在一个小地方的人，才能在悠长的时间中，从容地去摸熟每个人的生活，像母亲对于她的儿女一般。"中国乡村自有其内在的运行逻辑和价值标准，婚丧嫁娶、生老病死、邻里纠纷、民俗信仰……如果不是生于斯、长于斯，生命的轨迹根本无法深嵌其中，因此，乡贤治理乡村，具有天然的血缘、亲缘和地缘优势。

家乡原本就是他们的生存底色，因此，家乡的伤痛也是他们的伤痛，忘不了，放不下，无论走得多远，无论过得多好，家乡都是一经触碰便被牵扯的柔软之处。他们熟悉家乡的一切味道，了解家乡的所有性情，也懂得家乡的切肤之痛——闭塞落后、颓唐不安。苏文达们带着资金、技术、学识，带着从城市文明中汲取的先进理念、现代思维、广阔视野和价值体系，也带着一颗滚烫的赤诚之心回到家乡，艰难地摸索出一条条通往现代文明的路，塑造出崭新的现代化乡村形态。

如何让家乡变得更好，是他们共同的课题。如何让城市文明与乡土文化相融合，让家乡进入现代化序列，他们各行其道。苏文达有魄力，有胆识。凭着满腔热血，他抵押自己的房子顶着风险给村里修路，出资30多万元并垫付立杆征地补偿款为村里引水引电；他带头创业，成立福建苏氏立体农业有限公司，建设现代化标准茶园500亩，建起2000多平方米的无害化标准茶叶加工厂房；他大胆创新发展特色乡村旅游，在茶叶基地上配套建设步栈道、游泳池、垂钓鱼塘、美食广场、玻璃栈道、滑索等，吸引大量游客；在他的带动下，村民发展起丛林穿越、卡丁车、VR体验馆、太空战车等游乐项目，打造了一个藏在大山里的"迪士尼"。23岁的郑怡馨，大学毕业后便回到家乡浦源镇溪坪村，她借政策之东风，打破常规，谋划发展花卉以及蔬菜、猕猴桃、马铃薯等产业，积极招商引资；她积极对接中国农业发展银行，获得了全省首笔"乡村振兴贷"，并通过飞地模式发展花卉种植 20 亩，有效带动村财增收 14.25 万元；同时，流转村集体近 300 亩的耕地承租给企业，拓宽村集体招商引资渠道，溪坪村成功引进企业种植马铃薯 150 亩、玉米 200 亩、猕猴桃 70 亩。在外经商多年的陈观庆、陈翔钦等五兄弟前后投资 5000 多万元，把一个昔日落魄的"空壳村"打造成一个"让城里人向往，让乡村人依恋，让游玩人痴迷"的大美山乡。泗桥籍返乡青年王永光成立福建天蓝蓝生态农业发展有限公司，依托周宁冷凉的高山立体小气候，培育球根类及冷凉花卉，除规模种植、电子商务外，还专注于自主育苗，培育杜鹃新品种，让昔日的贫困村成了姹紫嫣红的"杜鹃花村"。还有一批更年轻的孩子，不为浮华乱眼，选择返乡创业，他们利用新媒体开直播，把家乡的所有美好展现给全世界，让外界发现周宁的每个乡村，认识这片生养他们的热土。独木渐成林，绿绦丝万缕。他们如同那挺拔的树木，扎根于乡村的深处，不仅荫蔽着一方水土，也以他们的精神感召他人，激发了更多人反哺桑梓的热情。或是乡村干部、模范人物，或是贤人志士、教师医生，或是社会精英、退休干部，一个追随着另一个的脚步，前赴后继，绵延不绝……

这些新时代的乡贤们，就像一个个精妙的齿轮，一边深深嵌入乡土，连接着村庄的家族、历史、文化，一边连接着广阔的世界，连接着人、财、物、新制度、新理念。他们凭着满腔的热忱，用力地转动着，激发起乡土的内在力量，寻求着家乡发展的无限可能，帮助家乡打开更大的社会空间，让乡村符号重新切入快速发展的新时代中，也让外界重新认识家乡、理解家乡。

三

"乡村是中国人的祖地，中华农耕文化基因的'根'在这里。我

158

龙池镇三十六陂　李洪元/摄

们都会寻找那条通向乡村的道路，那是留给每个中国人的后路。"刘亮程如是说。中国共产党建党以来，对乡村治理的探索已走过近百年历程。乡村的治理与建设，经历了一代又一代中国人的不懈思考和探索。乡贤文化的回归，无疑为乡村振兴的中国经验提供了一个新的角度。2015 年，中共中央国务院在中央一号文件《关于加大改革创新力度加快农业现代化建设的若干意见》中提出："创新乡贤文化，弘扬善行义举，以乡情乡愁为纽带吸引和凝聚各方人士支持家乡建设，传承乡村文明。""乡贤文化"作为乡村治理的新思路被正式提出。

在守望乡土的过程中，乡贤们重新汇聚起一方风气和乡村传统文化，留住了记忆中的山与水，也让缥缈无依的乡愁有所附着。"修之于乡，其德乃长。"他们以嘉言懿行教化乡里、涵育乡风、泽被乡里，家乡则回馈给他们更加美好的未来，让更多的脚步停留于此，让欢声笑语重回故土，乡村秩序得以维持和稳定，乡村文明得以显现于现代化的生活方式中，使乡村美学最终成为中华美学精神孕育、传承与生长的家园。

他们守望的，是家乡，亦是自己。

四

从周宁返程的一路，青山相对，苍翠满目。就在这起伏的山脉间，连绵的苍翠里，翻涌的云雾中，有一些诗句顽强地从我的记忆深处钻了出来：

> 我要健壮的草野的气息，
> 七月里遍地是成熟的黄金。
> 或许我更要无梦的夜，
> 知时会的风雨，护花的春温。
> 我的乡土都会允许我的，
> 我听见它呼唤的声音。
> ——何其芳《我的乡土》

第一书记的心思

◎ 品　尔

　　陈建福是福建省委政法委第二批选派到周宁县驻村任职的，现为李墩镇芹溪村第一书记，"努力为群众办好更多实事"是他 3 年任期纯朴而坚定的工作目标。时至今日，陈书记的任期已过去 1 年，芹溪村的面貌又有很大改善。

　　芹溪村位于周宁西部，距县城 31 公里，村庄海拔 860 米。鹫峰山脉南麓支脉延伸至此，隆起一座座巍峨的山峰，从西至东依次有洞宫山、石门山、圣银楼，芹溪村就在圣银楼山下。村庄的地理形貌与枕山、环水、面屏之说相吻合。圣银楼形如雄狮下山，南面的河坑溪与西侧的芹溪在村口交汇，如金带缠腰，案山低矮似几，朝山高大挺拔，两边龙虎砂呼应，天门明晰，地户隐蔽。唐朝末年这里就有先民居住。宋元祐年间（1086—1094），圣银楼的银矿被发现，政府在此地设立宝丰银场，大量矿工和商人云集，出现"井下三千采矿工，井上一万过路客"的繁荣情景。宝丰银场从开采到明隆庆五年（1571）封坑，在近 500 年的时间里流淌出无数白银，此处因而有银溪之名。现在村里的 226 户 867 人中，有陈、黄、周、郑、刘、魏等十八姓，他们大多数是当年的矿工和经商者的后裔。曾经繁荣的宝丰银场除了留下数百口古矿硐及宝丰公馆、石磨、封坑碑等遗迹遗物外，并没有给村民带来财富。

芹溪村　汤松城/摄

　　如何让这个千年古村焕发活力走向振兴呢？陈建福考察千年银矿遗址、探讨文化生态旅游融合、调研黑兔产业发展可行性，一个宏大的设想逐渐清晰。乡村要振兴，首先要发展产业，而一个小山村单打独斗难成规模。于是，陈书记先行先试把芹溪、际头、楼坪三个地缘相邻、人文同根、产业互补的村庄联合起来，成立联村党委，统筹土地、人才、技术、资金等，实现优势互补、资源共享、抱团发展。联村党委领办乡村振兴产业项目，目前已经做成四件事。其一是牵头推动县城通往三个村的公交运营专线落地，解决群众出行难问题，并争取 150 万元资金绿化美化沿线公路。其二是引导村民以土地、资金等形式入股，牵头流转三个村抛荒、撂荒地 1500 多亩，种植蜜薯 1200 多亩，有望村财年增收 15 万元。其三是与德化黑兔集团合作，三个村共同出资，由芹溪村党支部领办的九九合作社在际头村开展黑兔扩繁养殖，计划年出笼种兔 4300 多只、商品兔 31000 多只。为稳妥起见，合作社前期引种的黑兔已经在芹溪试养并顺利产下 8 胎，生长正常。2022 年 5 月引进的首批种兔在宽敞通风洁净的养殖场中健康成长。其四是进一步美化村容村貌，装修村级度假宾馆，增加村财收入。

陈建福计划为芹溪做的另一件大事是发展旅游业。脱贫攻坚需要"领头羊""带头人"，接续推进乡村振兴更是如此。2021年7月，陈建福开始驻村任芹溪村第一书记时就开始谋划旅游产业。

芹溪村境内的千年古银矿——宝丰银场古矿业遗址是国家级文物保护单位，具有独特的旅游开发价值。陈建福大力推动芹溪村古银文化、红色文化与生态旅游资源融合发展，建设"三库"展示馆，建构文化保护与经济建设相结合的可持续发展模式；打造黑兔养殖和旅游配套产业，建立集培育养殖、特色餐饮、终端销售、休闲度假为一体的绿色生态乡村群落，全力推动巩固拓展脱贫攻坚成果同乡村振兴有效衔接。

陈书记致力推动"党建+旅游+N"提质增效。首先将村内企业森洁山泉水纳入"周宁有鲤"公共品牌，提升品牌附加值。其次是立足三个村的旅游优势，对接项目资金1200万元，通过楼坪村支部领办的石门山景区旅游公司，统一运营楼坪村石门山AAA景区、芹溪村国家矿山公园、际头村清水游等项目。第三，计划在芹溪村创建青少年教育研学基地，填补县域空白，抢占商机。还有一个观光茶园项目正在规划中，联合社计划在楼坪与芹溪交界地开垦1500亩茶园，打造成茶旅融合的观光景区。

芹溪村按照"修缮、拆除、种植"的工作思路进行河道修缮，沿河道两边建设2.5公里长的花带，打造美丽河道。拆除茅房、猪圈、鸡舍，种植花卉绿植，打造绿色村庄。如今的芹溪村，路边绿树如茵，四周鲜花灿烂，房屋白墙黛瓦，村民的精气神十足，文明气息浓郁。

在做这些具体事务的同时，陈建福心中的大融合蓝图也在逐步推进。总投资20亿元的政和县洞宫红河谷生态文明体验区省级重点开发项目正在有序推进。该项目由政和县和福建省旅发集团共同开发，依托当地森林资源、地质地貌景观和避暑气候条件，融合洞宫山景区红色文化、道教文化内涵，通过"旅游+康养度假+研学"模式，配套建设游客服务中心、高端康养民宿酒店、亲水广场、水上乐园等项目。项目建成后，将进一步整合串联文旅资源，形成一条旅游休闲、红色文化生态旅游带，构建洞宫山、佛子山、石圳湾"金三角"格局，推动全域旅游"多点开花"。陈建福从中看到发展良机，他要搭上这列快车，开通洞宫山与楼坪之间的公路。届时，宁武高速洞宫山互通口开通后，楼坪天门山景区、陈峭景区等都可以纳入洞宫红河谷生态文明体验区的旅游支线。可喜的是，通过多次与政和县沟通，这条路的路坯已经挖通。还有2条路陈建福也在上下联络努力促成，一条是楼坪前往常源的公路，另一条是芹溪前往紫云的公路。这些路网一旦形成，将大大促进人员物资交流，加快旅游业发展。

"让农民富起来，让乡村强起来，让乡愁留下来。"巩固来之不易的脱贫攻坚成果、绘就乡村振兴的壮美画卷是省委政法委及其他对口帮扶单位新的奋斗目标。村庄变美后，让村庄的经济发展起来、老百姓腰包鼓起来成了亟待解决的课题，省派周宁县驻村第一书记陈建福一直在努力破解。

"党和人民百年奋斗，历经苦难辉煌，不断向着中华民族伟大复兴的中国梦奋勇前行。作为革命老区芹溪村党支部第一书记，我将深入学习贯彻落实十九届六中全会精神，并将其转化为加快乡村振兴的不竭动力，在不断深化党建联建、推动道路联通、加强产业联盟中，努力探索一条符合芹溪实际的乡村振兴道路。"陈书记带领芹溪村正朝着乡村振兴蓝图加速前进。

最美家庭的创业之路

——走近周宁县菊美专业合作社

◎ 敬远斋

　　2017年11月28日，我受周宁县摄影家协会、作家协会委托，与该县扶贫开发领导小组办公室的同志一起，前往周宁"三大平原"之一的李墩镇六蒲洋采风。在镇党委副书记郑江中的陪同下，我前往陈厝村专题采访周宁县菊美专业合作社。

　　在此之前，早就从媒体上看到陈厝村陈小菊创办专业合作社的许多报道，由此想起元稹的《菊花》："秋丛绕舍似陶家，遍绕篱边日渐斜。不是花中偏爱菊，此花开尽更无花。"所以这次采风，我想要重点采访这位不平凡的农家妇女，深入了解她是怎样创业的？怎样帮助村里做好精准扶贫工作的？怎样带领乡亲实现小康梦的？我带着种种采访想法，准备写一篇关于农村妇女创业的文章。

　　当我们来到美丽的陈厝村口，公路旁，一座用现代彩钢材料建造的方型建筑物，犹如一个巨型集装箱，旁边悬挂着不锈钢材质的招牌"周宁县菊美专业合作社"。我们走进大厅，看见西边是个庞大的冷藏库，大厅正中是陈厝村计生户精准帮扶办公室，右边是专业合作社办公室，一看就明白这家农民合作社是初具规模的。

　　这时，陈小菊的爱人陈绍塘正在屋里整理一筐筐的花菜，我们一进屋就跟他说明来意，并问："你老婆呢？"他回答说："她今天进城办事了。"他热情地招呼我们进屋，在接待室泡了一壶名茶招待我们，我也就开始向他了解合作社的基本情况。经过陈绍塘的一番介绍，我改变原先的创作意图，灵感一动，就以《最美家庭的创业之路》这个题目展开。

陈绍塘，今年49岁。他给我的第一印象，是典型的勤劳憨厚的农民形象。但他身穿品牌服装，又显老板风度。在采访中，得知他夫妻俩在创办合作社过程中，也是历经风雨，才见到现在的彩虹。

原来，陈小菊与爱人陈绍塘同岁，原籍浙江龙泉，从小被江西贵溪人收养。真是千里姻缘一线牵。1988年，陈绍塘在江西打工时，两人相识相爱结婚，组成一个幸福家庭。婚后，夫妻俩相敬如宾，夫唱妇随。2009年，夫妻俩商量好回老家创业。当时，各地农村正在兴起组建农民合作社的热潮，陈绍塘夫妻俩经过详细的市场调查，认为老家陈厝，位于六蒲洋上游，海拔900米左右，有得天独厚的地理条件，专业种植无公害蔬菜，前景一定很好。

2010年春，陈绍塘夫妻俩决定去县里注册专业合作社，为了起个满意的名称，搜肠刮肚想了好几天，没有结果。最后，陈绍塘对妻子说："你在我心目中，是最美的人。我们就干脆用你的名字，叫作'周宁县菊美专业合作社'吧。"世上哪个妻子不接受丈夫的赞美啊！陈小菊心里像吃了蜜糖一样甜滋滋的，就这样顺利注册了"周宁县菊美专业合作社"，同时，向村委会承租了150亩土地，开始艰辛的创业之路。

俗话说，万事开头难，陈绍塘夫妇边学边干，多次专程去屏南向老种植户取经，同时，请教县、镇农业专业技术人员有关蔬菜种植、管理的知识。还在实践中了解蔬菜市场供销行情，总结了一套产销经验，为合作社的发展前景打下坚实的基础。

合作社刚成立，首批种植的花菜、生姜只在本地和县城销售，销量不大，没有达到预期的经济效益。后来经过市场调查，得知周宁县城每天花菜需求量只有2000多斤，本地需求量不大，这直接影响经济效益。陈绍塘夫妻俩商量，要走出周宁去联系客户。于是他们前往深圳、温州、福州等地联系多家蔬菜公司。功夫不负有心人，他们终于与多家外地蔬菜公司订立了供销合同。从 2011 年开始，合作社按订单种植茄子、花菜、莴笋、白菜、生姜、玉米。合作社每月要进行质量检查一次，以确保出售的蔬菜质量，从选种、育苗到田间管理，每个环节都要按照科学流程进行，打出了高山无公害蔬菜品牌，赢得了客户的信赖。合作社每年按订单生产蔬菜达到 200 吨左右，年产值 100 多万元，除去种菜工人的工资、种子、有机肥料、运费等成本，每年纯利润达到 10 万多元。

常言道，人与自然要和谐相处，只有风调雨顺，才能国泰民安。2015 年 8 月，合作社的第三批蔬菜就要采摘出售之时，一场特大台风，把蔬菜基地毁了，直接经济损失 40 多万元。陈绍塘夫妇，在困难面前不屈服，继续增加种植蔬菜品种，并联系际会村、七步镇东山自然村农户与他们的合作社联营，扩大种植面积，给联营户提供蔬菜种子和种植管理技术，合作社负责蔬菜销路，也帮扶了其他村的精准扶贫户，受到当地领导和群众的好评。

采访中，我们为他家庭创业成功点赞。我说："绍塘老弟，你们创办的专业合作社取得成功，同时，带领乡亲脱贫致富走上小康之路，当老板感到自豪吧？"他幽默地回答说："嗨！你们不知道，都说我当老板真好。其实，我不是老板，真正的老板，是我合作社的员工。合作社每年产值 100 多万元，员工工资达 40 多万元，我夫妻俩只有 10 万多元收入。说白了，是我给员工打工啊！"此话在理，陈绍塘夫妇，自从创办合作社到现在，始终不忘乡邻，吸纳了 40 多位妇女长期在合作社做工，其中，有村里计生户精准扶贫对象和残疾人帮扶对象。在合作社做工的女工，每人每年工资都会达到 2 万多元。同时，为了帮扶特困残疾人家庭，合作社吸收本村 6 位残障人士加入，每人全年可以分红 1 万元左右。菊美专业合作社的员工除了陈厝本村的计生户精准帮扶对象、特困残疾人家庭对象外，临时用工还有来自六蒲洋的黄埔、李墩、东山三个村委会的精准扶贫帮扶对象。

在菊美专业合作社里有位固定青年员工，叫何赞熙，夫妻俩都是聋障人士。他是合作社的一位优秀员工，把合作社看成自己的家，从

周宁县礼门乡菊美专业合作社轮种玉米　林子杰/摄

蔬菜基地的种植、田间管理，到运输，每道工序都做得有条有序，陈绍塘夫妇也把他像自家人一样看待。何赞熙在合作社工作，每月固定工资 3000 元，他的爱人在合作社做零工，每月也有 1000 多元收入，一家年收入达到 50000 元左右，从特困残疾人精准扶贫帮扶对象，告别贫困，走上小康之路。

　　在菊美专业合作社里，有村里的 6 户残疾人扶贫帮扶对象家庭，以股份形式加入合作社，每年可从合作社分红 10000 元左右。这个合作社还是陈厝村计生户精准帮扶点，合作社在用工上，首先考虑安排计生精准扶贫户，为许多计生户脱贫做出了贡献，受到各级领导和当地群众的称赞。

　　俗话说："家和万事兴。"陈绍塘夫妇创办的菊美专业合作社，能取得今天这样的成功，就是夫妻和睦的典范。2016 年 5 月，这个家庭被宁德市妇联、宁德市委文明办授予"宁德市'最美家庭'"称号，2017 年 5 月，被福建省妇联、中共福建省委文明办授予"福建省最美家庭"称号。

　　结束此次采风，感触良多。老祖宗"勤俭持家"的传统，在这里得以延续。菊美专业合作社，就是现代农民脱贫致富奔小康的典型成功案例，值得大力推广。

乡村女人花

◎ 天　涯

　　女人如花，那是男人的赞词。歌咏的大多是那些或贵如牡丹，香如玫瑰，或艳如桃李，灼灼其华的女子。

　　女人如花，那是女人对自我才情的夸耀。若圣洁如出淤泥而不染的青莲；若孤高如傲雪绽放的寒梅，抑或如暗香盈袖般可人的幽兰。

　　女人如花，这是我送给那些奔波于乡村，勤俭而质朴的村妇的礼赞。没有盈袖的花香，没有艳丽迷人的色彩。她们不懂的、不舍得甚至不屑于使用那些高端的化妆品将自己细细妆点、润色。在乡村振兴的大业中，在脱贫致富奔小康的大潮里，她们就像山路边绽放的一丛丛无人照料的野菊，高昂着自己淡蓝的、浅紫的、金灿灿的花朵，自由而执着地释放着自己的生命。即便偶有阻碍，也依然在山野中高挺着身躯，绽放着自己的梦想，并照着自己的梦想一步一个脚印，坦然地接受着雨露流岚、电闪雷鸣，坚强而努力地打拼着属于自己的生活，用不亚于男人的臂膀撑起自己的一片蓝天，让全家老少一起在共同的梦想中展开翅膀，自由翱翔。

　　我曾经像幽灵一样游窜在乡间，从不思考，只是单纯地记忆，抑或是寻找，寻找那点点滴滴能够撼动我心灵的人或事。

　　乡村振兴的春风吹过，我越来越喜欢驻足乡间。洁净齐整的街道，新粉的带着古朴味道的土墙，藏在屋檐巷角的大丽菊、绣球花以及每一条清澈见底、穿村而过的潺潺溪流告诉我，这是乡村，无污染、不嘈杂，但却带着生命气息，描刻着人文色彩的乡村。

我喜欢在每一口青石板砌就的水井旁驻足流连，看那一个个甩着臂膀，晃悠着水桶，赤红着面颊，洋溢着一脸生气，迎面铿锵走来的村妇，看她们在一声响亮的"噗通"声中，舀起满满的一桶亮光，在微微荡漾的亮光里，挑起吱呀作响的扁担，洒一路湿润，消失在小巷的尽头被烟火熏黑的屋门。

在那间几欲倾颓的老土墙黑瓦房里，曾经住着那个名叫菊的女子，那个来自遥远异乡、远离了亲戚朋友家人的女子。在丈夫失业、婆婆身患癌症、孩子弱小、债台高筑的情况下，她依然坚定地高挽着袖子，将那一桶桶冰凉的井水硬是揉搓出一道道闪亮的水纹，用自己柔弱的臂膀，在荒芜的家园中扒拉出一道道生活的正常轨迹，将艰难析成一缕缕的彩虹，载着一家老弱病残，顽强地踽踽前行。

在砖厂打工时，别人一天上2班，她一天上4班，朝五晚十，每日迎接她的是暗夜黎明与漫天尘雾，即便如此，家中经济依然捉襟见肘，身体却日渐孱弱。为了更好地改善经济，她开始尝试走进种植业。她轮番种植生姜、花椰菜，成熟季节，白天采摘，晚上跟车到处销售推广，最艰难的时候，5天5夜没有合眼，还得想办法应对各个季节的不良天气变化带来的损失……

此刻她站在自己新建的楼房前，用那烙着阳光印记的赤红的面颊，略带羞涩地微笑。只是那微笑，比任何一个粉妆玉砌的城市女人都要亮丽。而昔日的艰辛，让这微笑蒙上了一层水雾，如水汽蒸腾，为这朵历经艰辛的乡村女人花平添了一丝令人动情的妩媚。

就在距离这个村子10多公里的另一个村子，跟随着一群群扭着屁股，在田野中欢叫扑腾的鸭子，我走进那个鸡飞鹅鸣鸽子犯着嘀咕的饲养基地，那位曾经被评为"全国幸福母亲"的名叫清的村妇正带着几个村民，欢快地收拾着一地禽毛。

在靠着自己的努力摆脱了"贫困母亲"的帽子之后，清扩大了自己的养殖规模，将禽类饲养当成了自己的事业。当看着周围和她当年一样贫穷的女伴羡慕的眼神时，她毫不犹豫伸出了自己的双手，决定带动她们共同致富："只要你们有信心，资金不够的我支持，技术上我免费指导，鸡鸭成栏我负责回收……""一家富不算富，百家富才是富。"平凡而质朴的语言，触动了10多颗颓丧的心灵，于是，村子里有了第一个互助联合会，清自然就成了这个互助联合会的致富带头人。

自那以后，静寂的田野沸腾了！鸡鸭鹅鸽，黄棕白灰，各色身影，遍布这里的田园溪流、蓝天碧空。

为了拓展销路，清还利用自己打下的基础，积极探索，在确保质量的基础上，拓展了服务范围，将生意逐渐扩大，在寂寞的乡村重新燃起了新的希望的火焰。而今，她已让电话预约谱成一曲最为悦耳的音乐，带领着村民一起奔向幸福的舞台。

当我听着她欢快的笑声穿越这里的大街小巷，看着她身着工作服和女伴们一起忙碌，那粘在她的发鬓无暇扫去的轻白的鸭毛却让我的心怦然而动。这像蒲公英一样美丽的花朵哟，不比那牡丹、芍药更为动人？

我曾经在一次人口普查的时候，认识了一个身体残障的女孩。她腿脚不便，走路瘸得厉害，但是并不气馁，从小便立志自力更生。她学会了缝纫，又学会了经商，拖着残障的身子，和普通人一样拉扯着一箱又一箱的货物行走在批发市场与自己的商铺之间，一瘸一拐地跟着旅客上车下车……而今，她已成为镇上两家商铺的老板。她充实而快乐地活着，像一个普通人一样恬静地微笑，过着自己殷实的小日子。但她嘴角边隐隐显露的一丝幸福，却像一朵招摇的蝴蝶花，灿烂地盛开在夏天翠绿的大山里。

不仅仅她们，在我如游魂一样飘荡在山村里的时候，我还看到了那许许多多类似的美丽而沧桑的面孔。

那个站在鱼池边上，就着村镇规划侃侃而谈，带领着村民致富的女子，你能想象的到她竟是从未上过一天学的乡村女支书吗？那个数

采摘"扶贫果"　黄起青/摄

十年如一日无私照顾着瘫痪老人的中年妇女，你能想象的到她仅仅只是老人的一个八竿子也打不着的远房亲戚吗？而一样让我震撼的，还有那个失去了父亲与男人的家庭，那一个勇敢挑起全家重担的普通村妇牵着一双儿女悠然前行的身影……

　　是啊，如果没有走进这片村庄，我永远不会知道，在这片生我养我的故土，在这片看似贫瘠的村子，竟然盛开着这样一片亮丽的花朵。她们都有着这样或那样酸涩的故事，但是在她们或羞涩，或豪爽，或严肃，或骄傲的面庞中，一样闪烁着点点耀眼而晶莹的亮光，照亮着自己也照亮着别人。

　　当我看着她们一样赤红的面额，一样粗糙的手掌，我的心便油然而生一种敬畏，那是一种对生活的敬畏，一种对于生命的敬畏，一种对于人之生存的敬畏。因为，在那面颊上、手掌中，我看到的是她们那颗始终飞扬的心，和她们始终灿烂始终斑斓的梦想，在乡村振兴的的大环境中被滋养出的无穷生机。

　　这，让我想起舒婷老师的《致橡树》："我如果爱你，决不学攀援的凌霄花，借你的高枝炫耀自己……"是的，她们不是凌霄花。那，她们是木棉吗？又抑或不仅仅只是木棉？

聚精英人才　助鲤乡振兴

◎ 陈青霞

如果不是"乡村振兴·周宁有鲤"文学采风活动，我想生活在童真王国，每天两点一线的我一定不知乡村振兴服务中心的"内部场景"；如果不是亲眼所见，真不知网红纵三线上的乡村振兴服务中心别有洞天的"操作"布置，会如此让我大开眼界。乡村振兴服务中心以乡情为纽带、以项目为依托、以政策为保障，持续改善软硬基础条件，做足乡贤"引""育""留"文章，带动资金回流、技术回乡、智力回哺，巧打"三张牌"为乡村振兴注入新活力。

第一张牌：展望"引"才蓝图。跟随采风队伍，进入大厅，映入眼帘的是左边的周宁高山冷凉花卉。架子上摆放着的百合花，散发着阵阵浓郁的清香，拨弄着作家的中枢神经，大家或驻足观看，或打开相机近距离拍摄片片厚重的花瓣包裹着的朵朵含苞欲放的花蕾。因有如油菜花般大片奔放的黄，绿梗黄花的文心兰吸引了大家的注意。不知是否因近一个多月的雨水天气，才涵养出如此出彩的兰花。这一片文心兰仿如千万只黄蝴蝶于纤细的绿枝上翩翩起舞，每一支、每一株都开得那么热情奔放，知人性般把最好的一面呈现给来宾。农产品"周宁有鲤"展示区，包装精美的土特产分类摆放于陈列架上，有各种各样的茶叶、菜干、零食……产品琳琅满目。这一切都是周宁县厚植人才沃土，不断引进人才的结果。

党的十八大以来，周宁县立足县情，围绕"为周宁发展所用即人才"核心理念，从紧缺急需人才培养、本土人才培养和人才平台建设等方面形成完整配套、上下衔接的政策体系，为激发人才潜能营造强有力的政策保障。探索政府顾问柔性引才机制，以"项目+人才"的模式，聘请各领域的专家顾问两批共65人，深化校企合作和产教融合，助推周宁县乡村振兴走上"快车道"。立足特色产业，周宁县将人才培育重心下移，通过产业引导、政策支持，送技能、送培训，挖掘一批"土专家""田秀才"。宁德市"特支人才"（优秀农村实用人才）徐守臻帮助几十名农户、贫困户变身职业菜农；宁德市"乡土人才"（种植能手）陈小菊带领50多名群众在210亩的土地上轮种茄子、花菜等蔬菜。通过"土专家"再培育更多新型农民，带一批，富一片。2012年，王永光在周宁县"回归工程"的号召下，回乡发展高山冷凉花卉产业。如今，他的基地已种植300多个杜鹃花品种，年产值达到500万元。"这些年，县里不仅给予政策和技术双重支持，还搭建平台，帮助宣传。接下来，我们将和坂坑村党支部合作建立仓储及电商平台，帮助更多的农户增收致富。"2022年2月28日，在周宁县泗桥乡天蓝蓝花卉基地，返乡创业的"农创客"王永光正与公司伙伴讨论，为新一年基地发展做规划。5年来，周宁返乡创业人才已达1000多人，一批从"山旮旯"走出的民营企业家们，又纷纷回归家乡，大力发展茶叶、高山晚熟葡萄、生态养殖等特色产业，成为周宁"致富领头雁"。鼻尖阵阵花香淡淡袭来，丝丝缕缕沁人心脾，悠远而绵长……

　　第二张牌：奏响"育"才旋律。习近平总书记说："寻觅人才求贤若渴，发现人才如获至宝，举荐人才不拘一格，使用人才各尽其能。"在乡村振兴楼的二楼分布着各类电商公司：周宁县寻鲤图特长店、周宁县莲峰生态农业发展有限公司、宁德市豪博文化传媒有限公司……跟随队伍进入楼梯右侧第一间：电子商务公共服务、周宁县云端人才驿站。服务台上放着各类人才政策汇编，服务台旁放置着60寸左右的一体机，墙上粘贴着乡村振兴人才协调服务的宗旨：整合、交流、孵化、培训、服务，周宁县云端人才驿站管理办法，聚焦下派人才、助力乡村振兴的机制、职责流程、制度等。随行的人社局小叶介绍道："这个示范站点给全县人才驿站提供了一个模板、一套材料，给予具体、直观的指导，起到综合服务全县，解答线上、线下问题的作用。协调全县各人才驿站开展人才活动，帮助对接相关部门，提供活动场地。"环顾位于休闲厅两侧的 6 个直播间，大厅正中间由专家、人才名字组合而成"家"的圆匾，有序入驻二楼的电商企业，一切显得温馨又独特。

视线隔着透明玻璃掠过道物农业发展有限公司。信步进入茶室，架子上摆放着玻璃瓶、繁殖菌株及各种盆栽小灵芝，才发现灵芝也是菌类，是可以种植繁衍的。电商老板热情地递过一杯灵芝茶。看着桌上摆放着一个硕大的灵芝，同伴忍不住问道："这颗灵芝要多少年能够形成？"老板随口说道："灵芝有 20 多个品种，一般的灵芝在 1 年内生成，快的只要 2 个多月即可采摘。"不待提问，老板补充道："千年灵芝只是一个传说！"品着杯中散发阵阵清香的灵芝茶，很难尝出此灵芝茶多少年生，更看不出如脸盆大小的灵芝是在一年内长成。一小杯温热的灵芝茶，或许源于家乡海拔 880 米高山云雾的滋养，汲日月之精华，丝丝甘甜环绕舌尖，阵阵清香涤荡了一天的疲劳。

在周宁，汲日月之精华的不是只有灵芝。近年来，周宁县奏响"育才主旋律"，进一步破除人才工作的障碍，畅通人才引进"绿色通道"，完善人才引育机制。在电商专业设置、直播电商人才引进培养、电商示范直播间建立等方面给予扶持，进一步强化直播电商人才队伍建设。通过发放云端英才卡，建立在外高校人才联络员，解决人才子女入学和住房问题。开展县处级领导联系专家和优秀人才工作，不断放大人才柔性引进效应，破解高层次人才紧缺问题。巧妙借助"外力"，通过聘请外来高端人才、专家下乡"传经送宝"，聚集下派力量精准匹配需求，将这些智慧力量统统融入周宁经济社会发展这副牌局中，为我所用。

第三张牌：借力留住"仁材"。跟随队伍下楼梯、走土坡再到一座金种子保种和孵化培育中心。顺着楼梯到二楼培育基地，一抹娇嫩欲滴的绿跃入眼帘。只见在杉树干间缠绕着郁郁葱葱的藤条，靠近门的树桩上裸露着"青草根"。以为那是随手放置在树墩上的鲜活野草，好奇的我用手一拉却拉不动，原来他的根系早已生长在杉树墩上。门对面的形象墙上赫然写着"福建九节侠生态农业有限公司"，为啥叫"九节侠"？有人大声道："因为铁皮石斛都是九节生，所以外号就叫'九节侠'。"记得曾在后洋的树林中见过铁皮石斛，它们寄生于杉树皮上，汲取天地之自然养分。家人也曾买过干货，孤陋寡闻的我，端详了好一阵子，以为是压缩版稻杆。煮汤时半信半疑抓一把铁皮石斛放入排骨中，汤汁变得淡黄鲜美，一碗下肚，神清气爽。再看那铁皮石斛，粗纤维，嚼之有粘液。铁皮石斛产业，刚柔相济，巧借"外力"推动农村经济发展，这让我想到了周宁县柔性引"仁材"机制。

2022年1月21日，周宁县开展2022年人才公寓分配摇号选房仪式。经过前期申请、审核、公示等环节，在周宁县委组织部、县人社局、县住建局等相关部门代表的监督及共同见证下，8名优秀人才摇到了属于他们自己的"人才公寓"。摇号结束后，大家现场签订了租赁合同，拿到了新房的钥匙，即日起即可拎包入住。"特支人才"彭永钰感慨说道："作为一名在周宁工作的外地人，常年都是租房住。今天摇到这个公寓，里面家具齐全，立马就可以入住，我感到非常开心。"近年来，周宁县委、县政府高度重视人才工作，制定《周宁县人才公寓管理办法（试行）》，修建了84套人才公寓，以"拎包入住"的标准进行装修，按照"政府主导、统筹安排、周转使用"的原则进行使用管理，目前已入住19户，同时进一步营造良好的人才安居环境，解决人才的住房问题，从而确保人才引得进，留得住。

2022年以来，面对突如其来的新冠肺炎疫情，周宁县针对性地推出"抗疫应急贷""抗击疫情贷""复工复产贷"等系列抗疫措施和信贷产品，依法对受疫情影响的企业给予延缴税款、减免税费、缓缴社会保险费等支持，帮助返乡创业人员增添信心、渡过难关。据了解，通过政府牵线、银企联姻，周宁县6家金融机构已先后2批次授

激发农业"芯动力"
打造种业创新新高地

周宁县乡村振兴服务中心 王珊珊／摄

信 35 家中小微企业 7.4 亿元，涉及农业、工业、服务业等各领域。近年来，周宁县财政每年拿出 400 万元作为人才工作专项经费，对高层次人才、紧缺急需专业人才分层次给予 1000 元—4000 元生活补助，对各级创业孵化基地、院士专家工作站、企业技术中心等平台给予 5 万元—50 万元配套补助，让各类人才在周宁工作"有奔头、得实惠"。在我熟知的幼儿园招生政策中，针对企事业单位在编在岗人员子女，只要提供父母所在单位开具证明，子女便可入公办园就读。针对各领域创新创业人才，在选址用地、税收减免、贴息贷款等方面给予政策优惠。通过加大定向生培养，鼓励建立名师、名医工作室，给予省、市配套奖励等方式，加强医疗教育人才培养与储备。

蓄人才之水养发展之鱼。人才永远是稀缺的，周宁县拓宽引才渠道，聚焦经济社会发展需要，积极为县域发展引进"外力"，厚植发展"潜能"，不断壮大发展"内核"，从而在产业发展上育先机，在乡村振兴中开新局。周宁县将继续抓住人才这把"金钥匙"融汇力量，弹出"用才协奏曲"，打好"引""育""留"三张牌。

"良禽择木而栖"，我们在素有"天然空调城""高山璀璨明珠"美称的周宁等你。鲤乡福地期待你的加入，"孵化"圆你心中的梦！

聚集"下派人才"
描绘乡村振兴蓝图

◎ 陈凤禧

  2022年6月18日，正值初夏时节，连日暴雨，稍稍有所收敛，我们就迎来了来自宁德文学界的客人。选题会议之后，我们冒雨前往周宁高山冷凉花卉基地、"三库"习近平生态文明思想学习实践基地、抽蓄电站、世界地质公园展示馆、周宁县乡村振兴服务中心调研。也许这样风里来、雨里去的调研，更能体验周宁山水的灵动与恬静。

  乡村振兴，是党的十九大实施的一项战略部署，是确保广大农村人民群众实现脱贫致富的关键。这一重大战略的实施，需要各类人才为乡村振兴保驾护航。

  我走访了周宁县委组织部、科技局、乡村振兴办，访问了有关乡镇领导、工作人员。一周多时间的下村走访，与乡村振兴下派人才进行近距离接触，他们的努力、他们的成果，犹如一幅幅崭新的乡村振兴图呈现在眼前。

  在李墩镇领导的陪同下，我走访了省派驻芹溪村一书陈建福同志。去年，他主动对接省、市有关部门，把芹溪村农特产品包装成礼品包，作为工会福利、企业礼品进行销售，为农民增产创收5万元；积极争取项目基金255万元，邀请省内外知名规划设计团队到芹溪村设计规划，其中德化黑兔扩繁养殖项目已经落地；在跨村服务中，推动与周边村组建党建联盟，牵头组建了芹溪、楼坪、际头连村党委，并兼任连村党委书记。此外，通过努力，他还推动县城通往际头、芹溪、楼坪村公交运营专线落地，促成沿线绿化项目 150 多万元；争取省高速办在宁上高速楼坪设互通口，直通红河谷，为闽东北旅游开设了一条更为便捷的通道。

县科技特派员陈小菊，挂钩服务礼门乡礼门村。她采取"合作社+村+农户"经营模式，通过统一供种、统一技术管理、统一采购、统一销售的方式，带动周边 120 多人参与多种蔬菜种植，每年平均增收 2 万余元；组织合作社免费为周边群众提供种植、农作物病虫害防治知识的宣传和培训；在跨村服务中，成立联合社党支部，共有党员 20 名，强化党建引领乡村振兴的作用。

市派驻芹太坵乡村振兴指导员张毅，自从 2021 年 8 月驻村以来，立足村情，从挖掘、保护、开发、利用红色文化资源和发展壮大传统优势特色产业着手，为乡村振兴打下坚实基础，向省、市、县有关部门争取项目资金 280 多万元，在桐子坑村兴建红军后方医院展陈馆，与安徽企业家合作开发老区基点村乡村振兴产业园，种植中药材和百亩牡丹，为红色旅游、农业观光开辟一条新路，为农民撂荒地复耕增产增收做出贡献。

县派首章村乡村振兴指导员、市级科技特派员刘谦，围绕玛坑乡"茶乡之旅"发展定位，推动芹太坵、升阳、灵凤山、首章 4 个村抱团发展，帮助首章村完成"首章"禅茶品牌商标注册以及线上营销管理，打造合作社茶业品牌，与省茶科所签订茶叶技术基地，组织专家开展服务 200 余次，组织群众开展专题培训 6 场（次），受训群众达 330 人次，为周宁推广高山云雾茶，打下坚实基础。

市派苏家山村乡村振兴指导员陈长德，在服务苏家山期间，争取省农业农村局扶持资金 200 万元；协助村两委流转村内抛荒地、林地和茶园等，争取 550 万元完成 4.6 公里苏家山村道和景区道路的白改黑工程；在跨村服务中，为竹下村争取基础设施项目资金 10 万元；岭头溪底村道路建设，预计可到位 10 万元；帮助八蒲村引进茶花啤

福建三杉生物科技有限公司花卉(多肉)基地　林子杰/摄

酒项目正在对接中……

　　这些人只是我们乡村振兴人才队伍中的一部分，但他们在全县乡村振兴中的作用却是不可估量的。

　　周宁县的农村多处于绿水青山之间，要想振兴乡村，就必须利用美丽乡村建设的机遇，因地制宜发展休闲观光农业、乡村旅游等新型业态，激发乡村振兴的内涵式增长潜力，以美丽乡村建设带动经济发展，实现"村美民富集体强、风正家和万事兴"，让广大农村的群众在乡村振兴中有更多获得感、幸福感、安全感。产业兴旺是实现乡村振兴的基石，人才是产业发展的关键。乡村振兴之所以能够保持快速、持久的高质量发展，聚集人才的重要作用不言而喻。因此，解决偏远农村发展瓶颈，就需要不断发挥人才的作用，让他们助力乡村振兴。

　　正是有了这些技术精熟、素质过硬的乡村振兴专业人才，我们乡村振兴的队伍才能群策群力，更好地解决乡村振兴初期出现的各种突发的重难点问题，并通过他们在基层一线的传帮带，培养出一批能及时下沉到基层，能与人民群众一起同甘共苦创业的实用型人才，为描绘乡村振兴蓝图不遗余力。

　　周宁县聚集下派人才力量，精心描绘乡村振兴蓝图，一幅幅自然生态的乡村振兴美丽画卷呈现在我们眼前。而这一幅幅美丽画卷，正是全县众多的驻村一书、乡村振兴指导员（特派员）、科技特派员、金融助理员带领人民群众共同描绘的。我相信，在不久的将来，周宁每一个历经振兴过程的美丽乡村，都将宛如一颗颗耀眼的明珠，镶嵌在一座座金山银山之中。

名医师带徒　筑牢健康路

◎ 周万团

2022年6月19日，星期天。连绵的阴雨天气终于有了一个短暂的停歇。早上，我查完房，赶往周宁县精神康复医院，想早点去迎接宁德市精神康复医院前来名医师带徒工作室的苏旻主任一行。9点不到，当我步入康复医院，候诊大厅里已挤满了人。一打听，苏主任他们早已开始接诊病人。今天来的两位主任，一位是苏旻主任医师，另一位是朱晶珠副主任医师。周宁县精神康复医院的魏林峰院长及全体医生也放弃休息，前来学习。我也想跟在苏主任身边观摩学习，但年轻的患者不同意，我尊重患者的意见，十分遗憾地离开了诊室。

尊重，是人与人之间该有的。尤其是作为一名医生，尊重患者的意见，也许更有利于她的康复。特别是到这里就诊的患者，想必是心理精神方面出现了严重困扰，一方面需要得到专业人士的帮助与治疗，另一方面又不想被更多的人知道。我在那里，只能增加患者的心理负担与不安，不如去魏院长那里了解情况。

年轻精干的魏院长向我介绍：周宁县人口约20万，登记在册的精神障碍患者不少。以前，周宁县此类需要治疗的患者大多数都到外地住院治疗，很不方便。自2020年10月周宁县精神康复医院成立开办以来，开放男病床40张、女病床40张，大大方便了群众就医。目前实际收住男患者100余人，收住女患者30余人。尚有较多男性患者在外地住院，需要扩建病房。与病房短缺相比，解决技术人才短缺更是迫在眉睫。我院至今只有4名医生，都是从各卫生院抽调来的，专业培训时间短，精神康复经验少。苏主任的名医师带徒工作室在周宁县挂牌开诊，就如及时雨，帮了我们很大的忙。工作室不仅为周宁县群众带来了优质医疗资源，更为我院医生的快速成长提供了帮助。苏主任他们每个月两次风雨无阻现场指导，让我院医生快速成长，临床经验急剧上升。我院平时如果有一些疑难的病例，也可以通过电话会诊，他们都知无不言、言无不尽。

快11点了，苏主任和朱副主任也看完了门诊，开始查房。征得同意后，我也穿上白大褂一起参加。这里的病房分男女楼层，男的床位很满，女的床位较空。与普通病房不同的是，这里的患者除休息时间外不太需要"绝对卧床休息"或"卧床休息"。他们在相对封闭的生活区里或坐或站，或一起聊天看电视，比较嘈杂。查房，是在听取了本院医生的汇报、苏主任查看了医嘱用药情况及与本院医生交流后才进入病房的。穿过休息区，再到生活区，我看见许多患者主动围上来向苏主任、朱主任打招呼。主任们与他们交谈，听他们倾诉，解决他们的困扰，肯定他们的努力与好转。在这样嘈杂的环境里查房，需要好身体，更需要心无旁骛，否则无法与有需要的患者一一沟通。

周宁县地处偏远，医疗卫生技术相对落后。2012年我调到县医院工作的时候，全院没有一部电梯，不能行走的病人需要由亲属抬来抬去、抬上抬下。病人到医院就诊，先由医生开出检查单，送到相关科室划价，然后到收费室收费，再去检查。拿到检查报告后，再送到医生那里开处方。患者拿处方去药房划价，划价后拿处方去收费室收费，再凭处方拿药。期间往返排队耗费了大量时间与精力，医疗效率也不高。为改变这一状况，周宁县委、县政府和医疗卫生部门做了诸多努力与尝试，派出去与请进来并举，取得了可喜成绩。派出去主要是指派出去学习进修、规范化培训、学术交流等；请进来包括请进来授课、会诊、手术，特别是请进来长时间合作指导的，效果更好。期间，周宁县医院与闽东医院的股份制合作，不仅使周宁县医院的硬件设施上了一个台阶，也使周宁县医院的医疗技术水平有了较大提升。修建的1号综合大楼与门诊综合楼，配备了电梯，大大改善了群众就医环境。家属及亲友抬着患者去检查、去手术室的情形一去不复返！现在，患者无论想去哪个楼层，电梯均可直达。院内还添置了许多医疗设备与便民装置。患者可以在家里用手机电脑预约挂号，也可以到医院的多功能终端上挂号、缴存住院费用，省却诸多环节，节约大量的时间与精力。院内还添置了西门子64排128层CT及联影1.5T核磁共振等先进的医疗设备，不仅方便了群众，也使县医院的误诊率大大下降，患者的生命安全更有保障。合作期间，闽东医院派出许多专家入驻各科，使各科的诊疗技术都有提高。腔镜系统的配备与腔镜手术的开展，大大减少了手术并发症，同时也降低了医疗费用，缩短了住院时间。

为了进一步提升医疗技术水平，周宁县政府力推名医师带徒工作室。苏旻主任的名医师带徒工作室是周宁县首批挂牌成立的工作室之一。同时挂牌成立的还有闽东医院泌尿科专家刘昌明主任医师、闽东医院骨科专家林成寿主任医师的名医师带徒工作室。2021年4月28日挂牌仪式上，周宁县县委常委、组织部部长谢景峰，县政府副县长林旺梅，县卫健局局长孙华金为三个名医师带徒工作室授牌。自签约以来，苏旻主任基本上每周都会来周宁县精神康复医院坐诊查房，真正起到了"传、帮、带"的作用。

第二批名医师带徒是以中医和慢病管理为主，展示祖国医学的神奇和传承。其中一项重头戏就是福建省人民医院骨伤一科修忠标主任医师以针刀为主的名医师带徒工作室。针刀是针灸与手术刀的有机结合，既有手术刀的切割作用，又有针灸的微创口特点。针刀的施术是微创的，多数合适病例施术后能起到立竿见影的作用，如"扳机指"、肩周炎等等疾病。针刀施术，多不需要麻醉，术后粘连、关节僵硬等后遗症较少，且恢复快、费用低，填补了周宁县针刀治疗的空白，是周宁县人民之大幸也。慢病管理是以福建省第二人民医院内分泌科陈耀主任医师为首的名医师带徒工作室，重点向乡镇村辐射，力图建立周宁县慢病管理的县乡村三级网络，使周宁县慢病管理更精细，更有成效。

"路漫漫其修远兮，吾将上下而求索。"名医师带徒工作室就如一粒种子落地，生根发芽，也许不久就会长出一片森林！筑牢健康路，为乡村振兴保驾护航。

陈耀名医工作室　杜梅煌/摄

党旗
飘扬

逐梦云端

飞翔在蓝天下的领头雁

◎ 李典义

"农村富不富，关键看干部；村子靓不靓，要看领头雁。"近年来，周宁县始终把加强农村带头人队伍建设，促进村党组织书记发挥作用作为农村党建工作重点来抓。通过不断优化队伍结构、提升整体素质，不断加强监督管理、创新激励机制，着力打造一支信念坚定、素质优良、敢于担当、战斗力强、带动力强的村党组织书记队伍。他们就像一只只领头雁在农村这片广阔的蓝天下展翅翱翔。

村庄靓丽　产业绽放

走进泗桥乡坂坑村，首先映入眼帘的是一条干净整洁的村道。顺着主干道走进村里，便能看到两侧房屋错落有致，几个老人在凉亭里纳凉，偶尔还悠闲着吐着烟圈。当你感叹这个世外桃源般的美丽乡村时，坂坑的村民都会自豪地认为，这是源自一场环境治理"运动"。

坂坑村位于周宁西北部，过去交通闭塞，门前屋后乱搭乱建、养鸡养鸭，村内一片狼藉，是一个典型的山区村落。人们缺乏意识，村民随处乱扔垃圾，不是丢在路上，就是随手扔到溪里。久而久之，村里垃圾堆积、污水横流，老鼠乱窜、蚊蝇飞舞，过往车辆、行人避之唯恐而不及，令人难以忍受。

2017年，坂坑村吹响了美丽乡村建设的号角。宋玉春书记认为：乡村治理不能依赖政府的力量，必须转变村民的意识以及陈旧的思想。只有从根源入手，通过村民自治的方式才能解决乡村环境治理的难题。为改变村居旧貌，宋玉春牵头带领党员干部、群众代表、妇女代表分批次，先后到浙江金华、福鼎赤溪村、屏南双溪村及县内其他村庄学习经验与做法，并组织召开党员大会、村民代表大会等会议统一群众思想，着手"整治"人居环境。村干部组成宣讲小组，逐门逐户宣讲政策，同时向政府部门争取项目、资金等方面扶持，改水改厕、污水管网建设、农村人居环境整治开始全面推进。

　　首先是做"减法"。整治的重点是群众房前屋后的灰楼、柴火堆、还有违章搭建等。说干就干，党员干部带头将自家门前的鸡窝鸭舍拆除，然后动员群众尽快"自扫门前雪"。但是部分村民总是不理解这种做法，于是党员干部多次挨家挨户做思想工作。宋玉春还说："最难的一户，我们路上碰到就劝，后来还到他家劝说了5次，才成功说服他拆了路边的鸡窝。"通过大家的努力，累计拆除茅房35座，整治危房16栋，清理乱堆乱放60余处。

　　通过几年的发展建设，坂坑村的"颜值"不断提升，基础设施不断完善，建有村综合服务场所、停车场、公厕、一体化卫生所、笼式足球场、垃圾处理房等。实施美丽乡村、改水改厕、治水、房屋外立面改造、环境卫生整治、主街道改造提升等一系列项目，人居环境整治取得了较好成效，垃圾分类治理试点工作走在全县前列，将湿垃圾加工为有机肥，变废为宝，回归农田。坂坑村探索的农村人居环境整治"网格化"管理模式还得到了广泛的推广。

　　环境整治略显成效，再从"加法"添色。村两委他带领群众在房前屋后打造"微花园""微菜园"，扮靓村庄，还制定了《保洁工作职责》《村民垃圾处理责任》《村规民约》等。围绕这些制度，村两委实行卫生网格化管理，将全村划分为4个片区，每个片区由3至5名党员负责，每名党员包干监督联系5至8户，并聘请县人大代表作

坂坑村新貌 黄起青/摄

为卫生监督员。同时，村党支部每月底对每个片区开展网格环境卫生评比，将结果贴在宣传栏上给予通报，年底进行总分大评比，激发村民参与保洁的热情。

通过这一系列的措施，坂坑村不仅蜕变成了充满魅力的"净美"乡村，还被评为"省级文明村""省级乡村治理示范村"。2020年7月，农业农村部等国家三部委确立泗桥乡农村厕所粪污处理及资源化利用典型模式并全国推广。

村子美了，如何壮大村集体经济，让村庄富起来成了宋玉春的思考重点，并多方联系在外乡贤、能人。2012年，在他的动员下，王永光回到家乡创办天蓝蓝生态农业发展公司，种植以盆景、园林类为主的高观赏价值花卉。8年间，王永光精心培育上百个杜鹃花品种，建设花海100多亩，依托线下销售、举办线下花海旅游节等方式，年销售额达 1000 多万元，带动 70 多户农户增收致富。受新冠肺炎疫情影响，企业受到极大冲击，宋玉春进一步深化村企共建，趁着网络直播的强势，积极向上争取资金投资 60 万元入股福建天蓝蓝生态农业发展有限公司，开辟"微拍堂"线上直播销售平台，让农特产品搭上"电商"快车。花卉产业"绽放"的同时，他又牵头成立云中山合作社，种植茶叶 600 亩，打造宋师傅茶品牌，发展高山晚熟水果产业，通过与福安市虎头村党支部开展跨县结对共建，进一步盘活村级集体土地资源，村财不断增收。

池塘生春草，花卉满银山。我们坚信坂坑的明天会越来越好。

"东山"再起　蓄势待发

李墩镇东大门一排彩钢房整洁明亮，门前车水马龙，热闹非凡。这就是东山村党支部敏锐发现李墩不锈钢深加工产业园外来务工人口激增和李墩镇区餐饮服务水平滞后，而积极谋划创办的美食街项目。村两委切实把不锈钢深加工产业园入驻李墩镇的优势，转化为提高土地价值、创造富民产业、激发乡村活力，努力将不锈钢深加工产业园带来的人气、商气转化为促进乡村振兴的有效推动力。

近些年，东山村党支部书记叶德高为破解村集体经济"造血"能力弱、镇区服务配套水平不高等问题，通过土地流转、用地审批、招商引资等方式，盘活村口（沿县道）土地，吸引在外乡贤返乡投资创业。目前，自主经营门店已经出租经营餐馆。同时，东山东前农民专业合作社还负责统一为美食街商户配送部分食材，主要推广销售东山村群众自产的农副产品，通过收取较低的进场费和抽取部分商品销售利润取得收益，促使农民共同受益。

另外，东山村党支部坚持党建引领，在全县党支部领办合作社开展集体经济"提质强村"行动中，牢牢抓住李墩不锈钢深加工产业基地的发展机遇，积极参与"党建联盟"，以党建联建为纽带，深化村企共建、银村共建，加快能人回归，还积极谋划旅馆民宿、商贸综合体等产业项目，不断增强党员干部干事创业和致富带富能力，进一步提升基层党组织战斗力、号召力、凝聚力。

其中，旅馆民宿项目根据园区企业需求，引导群众将闲置房屋改造提升为旅馆民宿，为产业园工人和往来客商提供住宿服务。目前，东山村旅馆民宿项目已为园区提供住宿 150 多间，村集体领办经营民宿项目 1 个，带动群众年户均增收 1 万多元。商贸综合体项目预计投资 700 万元，建筑面积 4000 多平方米，规划商铺、摊位 80 多个，配套停车场 1 个，并承接物业服务管理项目。项目建成后，东山村将进一步完善"土地招商、客商投资、物业经营、门店惠民"的支部领办模式，推动产业发展壮大，促进村集体增收、群众致富。

走访中，群众普遍称赞："现在的村支书不但想干事，而且会干事，能够干成事，真正成了群众发家致富的带头人。村里变化一天一个样，我们的日子越来越富裕！"

叶德高始终坚持党建领导，把美丽乡村建设与产业发展、农民增收和民生改善紧密结合起来，促使东山村获得"省级文明村""省级卫生村"的荣誉称号，可谓"东山再起"、蓄势待发。

整合资源　生态宜居

廊桥飞架，古屋青瓦。旭日临窗柳拂天，东风送暖醉心田。吊瓜满棚，花香莺对语。绕溪闲步看鱼游，亭台直上水云间。这里就是位于纯池镇西面，与政和县交界的中国传统村落前溪村。近年来，前溪村党支部充分发挥战斗堡垒作用，大力推进脱贫攻坚、乡村振兴等工作，村民生产生活条件明显改善，村貌焕然一新。

前溪村党支部充分发挥地理、气候以及资源优势，不断加大招商引资以及人才引进力度，成立了宁德市和润茶业发展有限责任公司和周宁县林山茶业有限公司，带动村民就业 160 多人，通过引进新品种、复垦白茶园、带头推广种植等方式，引导广大村民种植锥栗2100多亩、复垦原生态老树白茶园470多亩、新开垦白茶园108亩、种植吊瓜325亩，年产值达2500多万元，成功拓展农业支柱产业，促进农业增效、农民增收，11户建档立卡贫困户全部脱贫，也摘掉了贫困村的帽子，农民人均年收入提高至1.96万元。同时，村党支部还与福建省港航建设发展有限公司党支部建立"党建共建帮扶点"，关注热点难点，帮助群众解决就学、就医、就业、养老等问题，并投入40多万元，建成村卫生所和幸福院。村支部还注重发展壮大村集体经济，将村级集体资金投资宁德新能源、周宁县国投公司分红，投资周宁县林山茶业有限公司合作生产经营白茶，以及光伏发电、生态林收益等项目。

优化人居环境，打造宜居家园。前溪党支部依托古村落、古民居、古廊桥保护完好的优势，积极申报中国传统村落，于2019年成功入选第五批中国传统村落名录。前溪村党支部以整治人居环境卫生、改厕改水、乡村振兴为推手，以打造"产业兴旺、生态宜居、乡风文明、治理有效、生活富裕"的新农村为目标，投资300多万元，进行美丽乡村建设并对村里的危桥、路灯、公厕、污水管网等基础设施进行改造升级。同时为有效解决前溪村水患问题，前溪村党支部积极向上争取项目、申请资金，于2019年成功争取总投资1200万元的前溪安全生态水系建设项目，完成10公里河道改造，同步推进水生态公园、休闲步道、景观长廊等配套项目建设，进一步美化沿溪风景。

俗话说"要致富，先修路"，农村道路畅通，是改善人民群众生产生活、实现乡村振兴的必由之路。村党支部通过召开党员大会、入户走访村民群众等形式，认真倾听村民群众意见，了解掌握他们的诉求，及时向县级单位、部门反馈，统筹各类资源，寻求解决问题的渠道。在县交通局、移民局、扶贫办等单位大力支持下，前溪至禾溪段公路于2018年9月动工，总投资1500多万元，于2020年元月建成通车，有效解决群众出行难题，改善群众生产生活条件。如今，行驶在这条路上，还能观赏到芹山湖的美景，为打造沿湖乡村旅游打下了坚实基础。

周敦标书记积极抓好资源整合，在县委、县政府的坚强领导下，在党支部党员和广大干部群众团结协作下，不断打造宜居环境，探索出一条属于前溪村自己的康庄大道。

春风得意马蹄疾，一日看尽长安花。苏文达书记亲力打造的苏家山乡村迪士尼；首章村陈桂清书记久久为功，以旅助茶，壮大万亩茶园品牌；溪坪村年轻的郑怡馨书记为民穿针引线，助力农业发展；还有陈妙皇书记因地制宜打造的陈峭康养胜地更是名震四方……

绳解木断，水滴石穿。近年来，在政府的正确领导下，在相关部门的关心支持下，周宁县农村各项事业得到了长足发展。基层组织积极探索乡村振兴方案，贡献乡村振兴力量，精心构思田园风光，突出个性，打造"一村一品、一村一特色"的美丽乡村、幸福家园，恭迎四方宾朋作客云端，共享美丽生态。

乾隆岗上党旗飘

◎ 陈贵忠

周宁县首章村位于玛坑乡东北部乾隆岗的山坳之中，海拔 750 米，距千年古刹方广寺 5 公里，全村现有 180 户 806 人。从高处俯瞰，村落的房子大约呈躺平的 "d" 字形分布，村子中央是碧玉般镶嵌的景观池，一片葳蕤的原始生态林装点在村庄南面。村庄虽小但整洁秀美，与之前的 "秀章" 村相匹配。村名改为 "首章" 后，村两委立足村情，积极盘活集体资源，将茶产业作为发展的突破口和着力点，一次次 "摸着石头过河"，一步步走向振兴。村庄先后获得 "全国文明村" "全国妇联基层组织建设示范村" "福建省先进基层党组织" 等 40 多项荣誉称号。

首章渠造福一方

首章村历史悠久。据郑氏宗谱记载，南宋淳祐三年（1243），郑五六公从福安穆阳利湾村迁到玛坑村，数年后再迁到荒无人烟的乾隆岗拓荒定居。现在面对美丽灵动的风景池和崭新的楼房，你一定想不到，首章原本是典型的无水村、特困村。村周边地形陡峭、水源缺乏，自然条件并不利于农业生产，早年村民的口粮主要以番薯和马铃薯为主，每遇旱季就要到 3 里外的山涧排队挑水。从 1961 年开始，村庄养猪业相当繁荣，几乎家家养母猪，村民有了微薄的经济收入，却留下又臭又脏的村容村貌，贫困的局面并没有从根本上改变。水始终是制约村庄发展的最大障碍。

1964年12月中央发出"农业学大寨"的号召。老支书参加动员大会后深受鼓舞，当即带领全体村民筹建水渠。从1967年开始，历时3年，乡亲用最原始简陋的工具开山凿洞砌坡，修成3600米长的引水渠，其间两个涵洞总长达432米。首章渠彻底解决了用水难题，水田增加300多亩。此时，遥远的河南林县人民也修成红旗渠，"自力更生、艰苦创业、团结协作、无私奉献"的精神同样在首章村民心中根植。1994年，新一届党支部接过维护水渠的接力棒。水渠年久漏水，党员干部经常上山修补，甚至把自家的旧衣服和破棉被挑到水渠堵漏洞。2012年在县人大的倾力支持下，党支部再次组织全体村民投工投劳，用水泥硬化整条水渠。至今，首章渠源源不断地送来清澈甘甜的山泉，造福首章，也造福下游数个村庄。

多项副业齐头并进

20世纪80年代养猪业逐渐衰退，水渠带来的福利解决了基本温饱问题，但人多地少的局面和贫困落后的村情依然没有改变，"五保户"占比全县最高，村民日益增长的物质文化需要与落后的社会生产之间的矛盾日益突出。1995年邻近的桃坪自然村28户地质灾害户搬迁到首章村落户，村落面积进一步扩大。面对发展困局，新支委团结协作、各尽所能，带领村民大力发展农副业，产业转向茶叶和生姜，同时发展花生、马铃薯种植以及母猪、土鸡、山羊养殖等短、平、快生产项目，村民收入逐年提高，全村逐步摆脱贫困。在外打拼的年轻人也挣回不少钱，手里有余钱，土木房接二连三被推倒重建，一幢幢钢筋水泥楼房如雨后春笋般林立。村集体先后建起文化活动中心、农家书屋、袖珍森林公园、标准化卫生所、敬老院、幸福院等。村中央的鱼池经过升级改造，以全新的面貌铺展在众人面前。如果说原来的鱼池是一块璞石，现在已然成为精心打磨、镶金嵌银的美玉。清澈碧绿的池水、鲜花盛开的围栏与修饰一新的民居、环抱村庄的绿树相得益彰，构成一幅秀美的画面。清晨迎着晨曦在池边做一套健身操，傍晚披着彩霞漫步、倚在水边看锦鲤扑鳞，祥和时光里增添了一份雅致。村民的精神追求随之提高，每当夜幕降临，大妈们在小广场翩翩起舞，欢快的旋律冲淡一天的劳累，青涩的舞步迎来幸福的明天，宁静的乡村生机盎然。

村前的树林内铺设了大理石游步道，600 多年树龄的细柄阿丁枫、甜槠、木荷、黄枝润楠等郁郁葱葱。盛夏时节树木竞相疯长，浓密的树冠层层叠叠，造就一片清凉，炙热的阳光穿过绿荫，幻化出斑驳光影，松软的落叶酝酿出淡淡菌香，夏蝉享受着绝好的居所，闲散地趴在叶子下凉快，高亢淋漓的鸣叫此起彼伏。生态林里看风景，听取蝉声一片。

一心写好"茶"文章

受茶树品种老化、生产工艺落后、产品价格走低等因素影响，首章村的茶产业一度走向低谷，加工厂等设施处于闲置状态。村庄要生存要发展，因地制宜选择适合的产业是关键，首章村两委根据村庄自然条件，认定茶业致富的路子。支部书记陈桂清组织村两委成员，在全面摸清村集体资产的基础上，广泛征求村民意见，决定成立茶叶产业合作社，按公司化运作，着力写好"茶"文章。村委委员发扬无私奉献的精神，共贷款 64 万元作为合作社启动资金。合作社改造旧茶园，建设有机生态茶园，引种新品种，先后组织村两委成员及茶叶大户到安溪、武夷山等地取经，组织茶业技能培训；投入 100 多万元建设清洁化茶叶加工厂，年加工茶叶 15 万多公斤；在县人大、扶贫办等单位扶持下，邀请茶叶专家驻村为村民培训茶树种植管理技术；随

玛坑升阳茶园 张家灼/摄

后合作社大面积改良茶树品种，种植金牡丹近 200 亩，专程到中山养殖场运猪粪，经沤堆处理后给茶树施肥，同时引导茶农改良品种数百亩；茶叶合作社对茶园实行采摘、施肥、用药"三统一"，茶叶加工推行清洁化、规模化、集约化生产。

时光流逝，茶韵首章。茶园云雾缭绕风光如画，方广寺钟声婉转宛如仙境。茶香让深山中的千年古寺更加清新肃静，而方广寺也让临近村庄的古树名木、青翠茶山愈发充满禅意。合作社发挥方广寺的区位优势，凭借古寺文化底蕴和游客资源，将茶叶与禅文化融合，大力推广禅茶产品，打造"首章"茶品牌。

支部引领双增收

在新一轮乡村振兴工作中，面对村财增收、群众致富的重要课题，首章村进一步提升茶叶品质，挖掘茶文化，在种、管、制、销等方面下足功夫。合作社于 2020 年 4 月取得有机转换认证证书，有效树立品牌、提升效益。在首章金牡丹茶园，山坡成为茶树焕发魅力的舞台，茂密的森林是背景，山道的樱花是布景，太阳是灯光，晨雾是特效，棵棵茶树整齐划一，行行茶垄层层叠叠。叶芽中开面，嫩叶呈黄绿色，顶芽呈紫色，古诗里的"紫芽"正是此物。"广播通知，明天采收金牡丹。"第二天茶园到处是采茶工，她们动作娴熟、左右开弓，指尖像啄食的小鸟轻快而灵动。我们都不相信，行情最好的时候，每户每天有 1 万元收入，但这已是不争的事实。"这哪是茶叶，这分明是金叶。"茶农乐得合不拢嘴。茶青离开茶树就不再落地，它们经历萎青、摇青、造型、发酵、烘干等过程，细胞内的有机物实现完美转化，生成芬芳爽口的有效成分。一款好茶，茶青品质是根本，制作工艺是关键，需要天时、地利、人和，首章村做到了。

玛坑乡普松岔至玛坑村的公路拓改后，首章村到周宁城关或宁德市区仅需大约 1 小时车程，道路畅通进一步助力村庄发展。首章村探索茶旅融合的新路子，将闲置校舍改造成乡村旅游接待站，兴办农家乐、自驾游等休闲旅游配套项目，成功打造省三星级自驾游经营点，吸引众多游客。2021 年在玛坑乡党委指导下，首章、灵凤山、升阳、芹太坵四村共同成立茶叶产业发展联合社，同时成立周宁县首个支部领办合作社联社大党委，充分发挥党组织优势，利用茶产业资源，实现"三三三"发展模式（党建、制度、人才三驱动，茶产业、茶文化、茶科技三联合，成本优惠、发展增惠、经营互惠三实惠），大大提升产业竞争力，扩大首章茶品牌影响力，带动片区村庄村财、村民实现双增收。截至 2021 年，首章茶产业合作社实现年产值 360 多万元，村集体资产达到 840 多万元，村财收入突破 50 万元，村民人均收入达到 1.9 万元。

2022 年，面对疫情肆虐下茶商进不来、茶叶出不去的窘境，联合社抱团取暖，有担当，有作为，努力为茶农挽回经济损失。原本与山东茶企签定的合同无法履行，一时找不到高水平的制茶师，茶叶一天天疯长，眼看就要过了采摘期。这时，陈县长亲自出马聘请福安的制茶师前来支援，联合社以首章为龙头共贷款120万元，尽数收购茶农手中的茶青，产品由联合社兜底。联合社在承担亏本风险的情况下化解了茶农的燃眉之急，至今积压大量高品质茶叶。面对耕地严重撂荒、抛荒现状，首章村牺牲眼前利益面向长远，投入大量资金，在阴雨不断的不利条件下，带领村民在做好疫情防控的同时，复垦耕地100亩，种植马铃薯、玉米、水稻等粮食作物。一桩桩、一件件，事情虽小却关乎村民的幸福和乡村振兴。

近2年来，周宁县苏氏公司、天蓝蓝公司、菊美专业合作社等龙头企业纷纷与村集体合作共建，谋划经济项目34个，总投资达2000多万元，累计帮助24个村庄增加村财收入近300万元。全县设立9条联村党建促乡村振兴示范带。其中，际头、芹溪、楼坪联村党委统筹土地、人才、技术、资金等资源，发展黑兔扩繁养殖和蜜薯种植，带动村民致富，预计村财年总增收90多万元。菊美专业合作社与17个村共同组建"欣农富民"党建大联盟，有效带动撂荒、抛荒地复垦、复种，预计为各村共计增加村财50万元，带动200户农户增收。

乡村是具有自然、社会、经济特征的地域综合体，兼具生产、生活、生态、文化等多重功能，与城镇互促互进、共生共存，共同构成人类活动的主要空间。乡村兴则国家兴，乡村衰则国家衰。建设产业兴旺、生态宜居、乡风文明、治理有效、生活富裕的乡村，党支部任重道远。"这是我的第十届支部书记任期，当首章茶品牌真正做大做强时，我就光荣退休。"61岁的村支书陈桂清这样说。

杜鹃绽放山村美

◎ 陈康新

　　每年春暖花开，我都要去拜访一下周宁天蓝蓝花卉基地。内心深处，总有一种难以割舍的情缘，有一种约见梦中情人的冲动！

　　每当走进花棚，你会被奇形怪状的盆景所吸引，会被色彩斑斓的200多种杜鹃花所震惊。那些深红、殷红、火红、粉红、浅红、浓紫、淡紫、金黄、雪白、粉白、翠绿等颜色，让你眼花缭乱、目不暇接。

　　每当走进花海，你就像置身于仙境。那占地400多亩的园地里、山坡上、道路两旁，都种上了各种杜鹃花。有的像亭亭玉立的仙女，婀娜多姿，妩媚撩人；有的像腾云驾雾的长龙，蜿蜒盘旋，气势磅礴，给你无限的力量和遐想。

　　然而，这次我的目光，却被天蓝蓝花卉基地的"网红明星村"——坂坑吸引了。

　　近几年来，坂坑村积极探索乡村振兴发展模式，走出了一条新路子。村民脱贫致富，村容村貌焕然一新，多次荣获国家、省、市有关部门的表彰，令人刮目相看。

　　坂坑，隶属周宁县泗桥乡的一个行政村，位于周宁县西北部，距县城21公里，溪口漂流和芹山水库公路穿村而过，下辖炉下洋、金厝底、南宾新村、炉下、岭兜5个自然村。全村现有427户、1876人、党员29人，是一个典型的山区小村。过去由于交通闭塞、经济落后，缺乏文明意识，村民乱扔垃圾的现象随处可见；厨房、餐桌苍蝇飞舞，卧室蚊子唱歌；房前鸡鸭打架，屋后小猪闹食；路上污水横流，塑料袋满天飞；小溪里死猫死狗随波逐流。村庄环境脏乱差！

如今，坂坑村坚持以党支部领导为核心，以"三强"为抓手，以网格为纽带，以"四联"为载体，探索出了一条党建引领乡村振兴的"一核三强一网四联"的"1314"发展模式。先后23次被乡、县、市、省、国家三部委等授予"先进基层党组织""平安村""文明村""卫生村""乡村治理示范村""农村厕所粪污处理及资源化利用典型"等荣誉称号。

村支书宋玉春，系退伍军人；1987年6月以来，历任村民兵营长、财粮、村民主任、党支部书记；现在，是支部书记、村民主任一肩挑。

30多年来，他始终牢记共产党人的初心使命，以军人的毅力和气魄，任劳任怨，坚守基层一线，抓民生、解民忧，带领村民办合作社，力促乡村振兴。

2015年以来，他的工作得到各级政府的肯定，先后荣获"优秀共产党员""优秀村支部书记"等荣誉称号。

村民副主任王永光，天蓝蓝公司党支部书记、总经理；2003年6月，周宁一中毕业后，怀揣创业致富的梦想，闯荡上海钢材市场；2006年，创办上海运何实业有限公司；2010年，创办广西神钢物资有限公司；2012年11月，返乡创办福建天蓝蓝生态农业发展有限公司，发展高山冷凉花卉产业，种植盆景、园林类高观赏价值花卉。

10年来，王永光通过摸索、研发，成功打造了福建省内影响力较大的杜鹃花和盆景为特色的花卉基地。目前，基地收集和培育杜鹃花优良品种150多种，年生产盆栽杜鹃花10万盆、盆景3000盆，年销售额达1500万元。

值得称赞的是，王永光致富不忘乡亲，积极带动家乡70多户村民参与创业，吸纳建档立卡贫困户7人，实现家门口就业，人均年收入 3 万多元，摆脱了贫困。

更可贵的是，王永光观念超前，发展有序，不忘培养创新人才。为了拓展学生就业渠道，进一步推动园艺人才培养，他主动与周宁县职业中专、福安职业技术学院、宁德师院等校结对共建，特意为师生开设"田间课堂"，将理论与实际相结合，面对面"传经授艺"，解疑答惑，培养学生 300 多人。被评为宁德市"优秀创业青年""福建省农村青年致富带头人""宁德青年五四奖章""宁德市劳动模范"。

坂坑村充分发挥党员干部先锋模范作用，实行网格化管理，促进了乡村振兴。

在创建美丽家园工作中，建立垃圾分类"135"投放、卫生日常巡查督导、网格员激励保障和积分制管理评价等机制，以实际效益激发了群众自主参与家园建设的积极性。

网格化管理，就是将全村划分为 4 个网格，党支部书记任总网格长，村两委成员和离任老村干任网格长，党员、村民代表和"六大员"（农技员、兽医员、网格员、综治协管员、土地协管员、金牌调解员）任网格员。每个网格 4 名党员，每名党员包干监督联系 8 户人家。同时，建立"十五三一"联户帮带机制：村主要干部一人带十户，两委成员一人带五户，党员一人带三户，村民代表和"六大员"一人带一户。聘请县人大代表作为网格监督员，配合村党支部每个月底进行一次网格环境卫生评比，结果在宣传栏上给予通报，年底进行总分大评比，不断推进美丽乡村建设。

村子变美了，治理也跟上了，坂坑村开始在致富增收上发力，以家园联创、组织联建、产业联营、党群连心为载体，形成"四联驱动"模式，不断推动经济发展。

在开展农村人居环境整治工作中，坂坑村充分发挥党员先锋模范作用，由党员干部带头宣传政策，带头承诺践诺，带头自拆违建，带动全村做好人居环境整治。村容村貌严格做到"五清楚"：房屋、道路打扫清楚；违章搭盖拆除清楚；干湿垃圾、有害垃圾分清楚；室内

杜鹃花开　李洪元/摄

外物件摆放清楚；房屋外立面粉刷清楚。环境卫生严格做到"三化"：所有的污水都要净化；粪污处理做到变废为宝，生产有机肥，达到资源化；开展环境卫生、垃圾分类检查评比，做到管理常态化。

几年来，坂坑村下大决心，建设美好家园。做好闲置菜地、房前屋后空地的整治，打造成家门口的"微花园""微菜园"；累计完成改厕 50 户，拆除茅房 35 座，拆除灰楼、乱搭乱建、农具堆放点等 160 余处。并改造房屋外立面 3 万多平方米，铺设污水管网 1343 米，建成 90 吨污水处理设施 1 座；开展"月度晾晒红黑榜，年度总分大比拼"竞赛，激发村民自主参与美丽家园建设的积极性。

为了拓宽致富路子，坂坑村党支部与天蓝蓝生态农业公司党支部联建，并建立了联合党支部，安排富余劳动力就业，优先聘用困难户、五保户，实现他们家门口就业的愿望，带动了村民致富增收，也带动了建档立卡的贫困户致富脱贫，也带动村财增收 24 万元。

他们还积极探索流转土地入股型、支部领办型、集体资金入股型等多种乡村产业发展模式，以产业兴旺带动村级集体经济和村民双增收。支部领办成立云中山合作社，种植安溪乌龙茶 600 亩，与宋师傅公司联营，打造高山茶品牌，年产值 300 多万元，有效带动群众增收，村财也可以增收 2 万元。

通过土地资源入股福建龙翔渔业开发有限公司，养殖鲟鱼、加州鲈鱼、军鱼等高山淡水鱼 15 万余尾，年产值达 300 余万元，带动村财增收 5.5 万元。

村集体以资金形式入股天蓝蓝花卉有限公司，开创"微拍堂""抖音"线上直播业务，村财增收 22 万元。

为了增长见识，开拓视野，党支部先后带领党员干部、群众代表、妇女代表分 5 批次、150 余人次，到浙江金华、福鼎赤溪村、屏南双溪村及县内模范村庄参观学习，增强了乡村振兴的信心。

为了打造乡风文明、和谐稳定的坂坑，村里组建党员调解队，有效化解矛盾纠纷。金牌调解员郑华弟，为人忠厚，办事踏实，充分发挥调解作用，矛盾调处成功率达 100%。真正做到小事不出村、矛盾不上交。

在党支部的坚强领导下，在村委会的引领下，在相关企业单位和爱心人士的大力支持下，通过广大村民的共同努力，坂坑村成为一个像天蓝蓝花海一样的美丽乡村，成为周宁乡村振兴的一颗璀璨明星！

乡村和谐进行曲

◎ 郑振木

一

翻过坡顶，早晨温煦的阳光从正前方洒向我们。车子略微放慢速度下坡，很快，长着黄皮肤的房屋错落地立于两旁，夹道欢迎我们的到来。

"过去我们村是脏乱差，是泗桥乡最落后的村。现在，不仅环境变好了，而且村财收入位居全县第五。"话匣子在坂坑村村部一楼会客室氤氲的茶香里打开，金牌调解员郑华弟边泡茶边介绍："村集体有100亩水蜜桃，今年大约能收入十七八万元；入股天蓝蓝花卉公司年终可分红二十七八万元；土地资源入股鲟血养殖分红10万元；还有云中山茶叶合作社收入，合起来大约能收入67万元。"

初次见面，郑华弟和村支书宋玉春给我的印象是能说会道，对村里的情况熟悉而且信心满满。后来我渐渐明白，他们都有多年的村主干经历，是多次被调研、被采访历练出来的。

坂坑村在乡村振兴中硕果累累，先后被授予"文明村镇""平安村（社区）""省级乡村治理示范村""全省先进基层党组织"等多项荣誉。媒体报道后，坂坑模式也随之走红，成为远近闻名、可学可仿的明星村。

"农村就该是农村的样子。"在村居环境整治过程中，乡亲们刚开始头脑也不通。为了改变乡亲们几百年来的老习惯，宋玉春曾带领党员、村民代表外出参观学习，形成共识后，才打开局面。厕所革命一完成，就趁热打铁拆除乱搭盖，搞垃圾分类，一步一步推进，乡亲们新的生活习惯才慢慢养成。

　　在村垃圾处理厂，郑华弟向我介绍，有机垃圾经机器加工变成有机肥，施给村集体的水蜜桃，富余部分奖给卫生评比优胜的家庭种菜养花，真正做到变废为宝。

　　因引进天蓝蓝等企业，不仅村财收入增加，而且村民有工打，家庭收入增加，日子过得更有滋味了，邻里之间的矛盾也少了。2年来，泗桥乡经由郑华弟调解的矛盾纠纷有10多起，属于坂坑村的只有2起。我向他讨教调纠技巧，他快言快语："如果是土地纠纷，先暗访，多向上了年纪的老人打听，百分之八九十的人都说地是张三的，那大体上就是张三的。如果是家庭纠纷，先冷处理，让双方冷静下来，再分别做工作，双方气都消了再来调解，准成！"最后，他兴奋地说："现在坂坑治安非常好，村民都很守规矩，无违法犯罪，无投诉上访……我们村现在可以不要派出所。"他的话把我逗乐了，这最末一句，似乎有点"雷人"，但却道出坂坑村风、民风彻底变好的一个基本事实。

　　坂坑村有县道穿村而过。如今，路沿石把铺着红地砖的人行道围向民房。这样，走在人行道上，既安全又舒适。村里的水泥路面，整洁干净，有的村民在家门口养起了花花草草，常绿的常绿，开花的开花，甚是可人。

　　离开坂坑时，它的电商服务中心、柏油路等项目正在紧锣密鼓地进行中……

二

赤岩村村部三楼，周岩育的办公桌上，刚整理完一个卷宗。

翻开卷宗，首页是调解书，字迹匀整，表述清晰，若不是老周自己告诉我，我一定想象不到这是出自一个只有小学学历的人之手。

村民汤某想在屋旁修一条水泥路，可相邻的何某一片已倾斜的灰楼不肯拆除，两人引发争执。报警后，派出所请老周出面调解。"汤×修路也是为众人，如果灰楼倒塌把人压了……"何某的思想很快被老周做通，一场纷争瞬间冰释。

有20年村主干经历的老周，如今是金牌调解员。除了老周，县法院在村里设有巡回法庭，遇到不明白的法律问题，老周会打电话请教法官；有一个律师挂点赤岩常年为村民提供法律帮助；派出所在此设有警务室；还有雪亮工程（全县各村广布监控探头）……赤岩村的矛盾纠纷因此全都能消化在村里，多年无刑案发生，无群众上访，成为名副其实的平安村。

我忽然关心起老周的待遇来。他告诉我，月工资2600元，调解纠纷要各村跑，有些纠纷不会一次调解成功，来来去去，油钱得自己负担，工资就捉襟见肘了。后来乡里定下来每调解成功一起给予补贴40元，这样他才坚持了下来。

夏日午后的赤岩，时光微醺。村尾，历经岁月沧桑的虹桥廊屋正在维修中，一个女工立在脚手架上给横梁刷铁红油漆，桥的北侧几个民工在砌砖，说这里以前有一座"茶库"，为过往行人提供茶水，现在得把它恢复起来。下游的崇圣寺和村头的梅溪宝殿（供奉通天圣母）中各有几个老阿嬷手捏黄经纸在念经。村中南片，两间菜店、两间便利店开着，几个老人散坐在路口的石凳上纳凉。北片桥头交叉口，一间小百货的店厅里几个女人在悠闲地聊天。过去几步，一间理发店里，一女师傅刚剪完一小男孩的头发，小男孩照着镜子，脸上露出满意的表情。溪边的西头，一栋装修考究的房子前，两个穿着时尚的女人在家门口洗毛毯。紧接着，是一大片排列整齐的新房子，它们宽敞明亮的一层客厅，有的有老人在躺椅上打盹，有的邻居聚在一起聊天……

"每月开一场群众大会，讨论村里急需解决的事，通过后，说干就干，大家积极性非常高。"走到村后环村路，老周回忆起他的村主任经历，"以前这里没有路，修到这里，被这个墓挡住去路，因是群众大会定下的。经劝说，墓主也就同意将墓坪让出来修路了……"

听说赤岩近年移民数量庞大，我让老周带我去其中一户走走。他把我带到离村部不远的一间菜店。女主人姓熊，30多岁，皮肤白皙，面容清秀。16年前，她从四川嫁到政和县镇前镇王三里自然村。"我们结婚的酒是在赤岩办的。"话语中，她对自己的婚姻感到十分满意。他们婚后生育一男一女，户口已迁入赤岩。家里经营一个养殖场，有猪100多头、羊40多头。"我丈夫今天喂猪去了。"她招呼我们店里坐，一边去开红牛给我们喝，我赶紧制止，快步跑出店外。"他们夫妻非常勤劳，赤岩建了房，在周宁城关又买了房。"老周说。"其他人搬来都靠什么谋生？"我问。"多数是打工。"……

闲聊中，老周告诉我，赤岩有谢、陈、周、吴、阮、王、黄等28个大姓。为防控疫情，对全村人口进行摸排时发现，近年迁入的人口多达1730多人，大部分来自政和县西溪、连坑、郢地、澄源、杨源、镇前等村，使赤岩高峰期人口达到5600多人。究其原因，主要是治安好，生活和孩子上学都很方便，很可贵的是——赤岩村民比较宽宏，不会排挤这些异乡来的新成员。

站在村的后山眺望，赤岩是一个山区盆地，就像一口巨型的平底锅，四周延绵起伏的山脉把村庄和田园围得严严实实，中央是一大片房子的海洋。而宽阔的、舒缓的、碧如翡翠的梅溪，静静地流淌着，显示着它的安宁、宽广与包容。

即将绕回村部时，溪边几户人家门口的花吸住了我的眼球，有洁白、金黄两种菊花，有大红的天竺葵和大丽花，有紫色的绣球花和雅雅的紫玉簪……既有鲜艳热烈，又有清新脱俗。

三

"法若清风梳万物，德如好雨润千家。"

仲夏的下午，在村口法治文化长廊的长椅上悠然坐着，吹着习习凉风，欣赏着七步溪两岸青葱、雄浑的溪光山色，玩味一幅幅法治箴言，放飞思绪，真是再惬意不过了。

10年前，在商海摸爬滚打30多年的陈圣天被请回村里主持事务。他从改变村容村貌入手，拓宽道路、修防洪堤、建村委楼、建法治文化长廊等等，一步一个脚印，先后共筹措、使用资金930多万元，使这个村一年一个样。

发展与繁荣，不会空穴来风。宅头陈氏，自开基以来，1000多年历史，祖祖辈辈秉承"明德修身，庄敬自强、宽雅良温、法礼不违……"的祖训，延续着遵礼守法的村风。2005年，在村贤的倡导下，村里成立了人和敬老基金会，每月给60岁以上老人和困难户补助100至200元；考上大学本科以上的，给予奖励1000至3000元，以这种方式，关爱老弱，激励后辈，促进正气提升。

2年前，陈圣天把目光投向村中那个庞然大物——"人民会场"。起初他以民政局拨给的建幸福院的20万元做启动资金，动工修缮后一发而不可收，越投越多，最后竟耗资110多万元。人们常说："机会总是留给有准备的人。"正在迷茫发愁之际，适逢全市掀起文化重点示范村创建热潮（拟创建100个村）。当上级领导考察完这个装修一新、宽敞明亮的会场后，当即拍板一个名额落户宅头（全县仅2个名额）。很快，屏幕、电影播放机、座椅、图书、健身器材等一应配套进来，一个高大上的文化活动中心"横空出世"。而它就像一个巨大的魔盒，什么都可以往里装：电影院、阅览室、科普室、健身房、乒乓球室、幸福院、长者食堂、民兵之家……老陈带我参观完二楼返回一楼时，在温暖的夕阳光影里，一队老人正有序地徐步走向老者食堂，他们的晚餐已可以开饭了。

陈圣天近年先后成功调解 3 起亡人交通事故（发生地均不在本村）。当明白过来我要他分享"秘笈"时，他也挺爽快地说："当调解员好比做媒人，要为双方着想，尽可能照顾弱势的一方。人的生命是无价的，但金钱能给予一定的抚慰，尽量让肇事方多出点钱补偿失去亲人的一方。"

2020 年，宅头村的变化，吸引来县领导的目光。时任周宁县委政法委书记陈梁和现任副县长、公安局局长薛锦经过调研，设想把宅头村打造成无毒村的样板，供其他村学习，进而为创建无毒示范县打下基础。功夫不负有心人，经过数十次进村调研指导，宅头村终于被评为"全省首个无毒示范村"，成为周宁县禁毒教育的一块绝好基地，也为全省无毒示范村创建树立了标杆。

村风如校风、班风，是一笔别人拿不走的无形资产，无时不在润物细无声地濡染着一方百姓。而文明建设和法治建设是一对孪生兄弟，相辅相成，最理想的状态是良性循环。

俗语云：火车跑得快，全靠车头带。纵观各村发展和治理，无不得益于有几个得力的村干部。就像宋玉春、郑华弟、周岩育、陈圣天，他们是乡村的"头雁"。

我采访的三个村，坂坑是村居环境、集体经济大为改观的新风；赤岩是人丁兴旺、和谐包容的和风；宅头则是文化引领、崇法尚德的清风。这些风，虽然曲调、音色有些许不同，但同属于乡村和谐进行曲。

"邻鲤"在行动

◎ 周万年

    在周宁县浦源镇，有一条被誉为"中华奇观"的神奇鲤鱼溪。它以"世界唯一的鱼冢、鱼祭文和鱼葬礼俗"被列入世界基尼斯世界纪录的"年代最为久远的鲤鱼溪"。其流传的故事更是为世人所传扬。不仅北京小学第五册语文课本收录了《奇妙的鲤鱼溪》一文，以其为主要内容的《梦回鲤鱼溪》《人鱼同乐》等视频更是吸引了众多民众。迄今，海内外已有130多家新闻媒体报道过它。习近平总书记曾经4次到访鲤鱼溪开展调研活动，并在2017年12月的中央农村工作会议上，深情赞许了浦源村鲤鱼溪传承800多年爱鱼、护鱼、敬鱼的文明乡风和"人鱼同乐"的神奇故事，明确指出："鲤鱼溪有文化、有传统，可以发展旅游产业，带动当地发展"，为鲤鱼溪文化在新时代的发展提供了新思路。

    鲤鱼溪的故事源远流长。南宋末年，郑氏先祖肇基于九曲溪畔，为保溪水饮用安全，在溪中放养鲤鱼，久之，人鱼情笃，生息与共，爱鱼护鱼蔚然成风，特订立村规民约，人在鱼在，誓死护鱼，不捕不食。溪中鲤鱼闻人声而来，见人影而聚，妙趣横生，构成一幅人鱼同乐的生态画卷，成为人与自然和谐相处的典范。

    为了更好地挖掘鲤鱼文化，丰富它的内涵，也为了更好地弘扬鲤鱼溪人鱼自然和谐相处、邻里互助的良好传统，深化"远亲不如近邻"的传统美德，持续提高近邻党建引领基层治理成效，周宁在浦源鲤鱼溪景区实施了"党建+旅游+N"工作机制，着力打造"人鱼同乐、邻鲤和谐"的近邻党建模式，构建共建共治共享的多元治理新格局。

在鲤鱼溪跃龙桥边，"邻鲤党群服务中心"敞开着大门，平整的书柜、小圆桌、弧形椅子，白色与橘黄的暖色调，类似于咖啡屋的休闲氛围带给人们温馨宁静的感觉。

这里，是"邻鲤"服务的枢纽。

鲤鱼溪历史悠久，溪流两岸均为年代较为久远的黄土泥墙和木构民居。这里既是鲤鱼文化的诞生地、著名的 AAAA 级景区，同时也是村民的聚居点。生活的摩擦、土地的纠纷、祖宗的遗训激发的矛盾在这里时不时上演。为了更好地推动景区建设，也为了更好地将鲤鱼溪文化推向世界，浦源镇党委结合特殊的环境和人文历史，进行了深入思考。尝试着从党建着手，以人的思想与情感为切入点，致力于化解矛盾，营造良好的温馨的环境氛围。

要做好这项工作，队伍是关键。浦源镇党委积极发挥基层党组织的战斗堡垒和党员先锋模范作用，牵头整合优化鲤鱼溪党支部、浦源村党支部、派出所党支部、中心小学党支部等党建资源，组建"邻鲤党建联盟"。邻鲤党建联盟将鲤鱼溪核心景区划分成 5 个网格，由镇党委书记、镇长分别担任总网格长、副总网格长，并配上网格员和志愿者，实施网格化管理，由网格长牵头负责网格内日常服务管理，引导群众、游客、商户互帮互助，爱护卫生，保护环境，及时调解各类矛盾纠纷，主动上门办理医保社保，推送就业信息与各类为民服务，努力做到便民服务送到家。他们围绕鲤鱼溪，努力营造"村民安心、游客开心、鱼儿畅心、购物省心、治理顺心"的"五心"良好氛围，平时各司其职，关键时候形成合力，共同治理，走出了一条鲤鱼溪治理新方法。

在这里，人人都是讲解员。浦源镇中心小学的"红领巾导游队"

夏日鲤鱼溪 谢劲松/摄

由来已久。为了让游客更加深入地了解鲤鱼溪，"邻鲤党群服务中心"不仅对红领巾导游队进行了提升，还以多种形式推动了"人人都是讲解员"的队伍建设。经过学习以及实地培训，各个景点的故事由来，讲解员们信手拈来，并在闲暇时候主动充当义务导游、解说员，让陌生的游客走进鲤鱼溪，随时可以听到需要的讲解与介绍，宛如回到家乡一般亲切。同时，中心还通过组织举办各类"爱鱼、护鱼、敬鱼"文化活动表演，深入挖掘人鱼文化的"和合"内涵，以文化人，让"人鱼和合"转化为"人人和合"，引导景区内群众、游客、商户爱鱼、护鱼、敬鱼，诚信经营，和睦相处，互帮互助，让"人鱼同乐、邻里和谐"逐步成为鲤鱼溪景区新风尚。

有知识就有力量，有能力才有新作为。为了不断提升工作人员的处事能力和水平，更好地解决问题，党建联盟把学习党的理论知识和相关法律法规作为培训重点，把群众关心的民生问题和切身利益放在首位。哪里要招工？哪里可以就业就读？如何公开、公平、公正地处理问题？都成了这些党员干部的必修课。当游客与商户之间产生了矛盾，当村民与村民之间产生争议，附近的工作人员就会主动上前调解，大事化小，小事化了，力争做到小事不出村，大事不出镇。在处理过程中，任何一个责任人都必须做到不推托责任，不脱离事实，要求实事求是，现场办公处理。村党员处理不了的，才由派出所调解。

有了"邻鲤党群服务中心"，浦源村党支部新老党员，平日里有事没事就到这里，谈谈家事，说说政策，与群众们打成一片；商户们有了困难也到这里咨询、解决；贫困户有了需求和困难，便主动到这里倾述。工作人员把这里当成自己的另一个家，在这里小到街巷上的一张纸，大到党的各类惠民政策宣传，事无巨细，都于此商议。针对核心景区内一些老人、精准扶贫户、残障人士等弱势群体需求，"邻鲤党群服务中心"组织开展义诊、义务清扫、党员入户关心慰问等各类关心关爱活动，将党的关怀和温暖传递到基层。在5·12火灾中，中心还主动配合消防队，维护救灾秩序，保护现场，安置受灾户，起到了应急服务作用。

"感情是靠小事积累起来的。只要是好的，是为人民服务的，我们都积极参与。"疫情期间帮发口罩、测量体温，工作之余主动到鲤鱼溪做义务导游，定期不定期地到鲤鱼溪开展巡逻，主动走街串巷，调解各种矛盾纠纷……"邻鲤党建联盟"以自己的行动和语言为鲤鱼溪文化赋予了新的意义与风采，为新时代的人与自然和谐共生描绘了一幅美丽的邻鲤画卷。

乡村在振兴，"邻鲤"在行动。依托着美丽的鲤鱼溪，"邻鲤党群服务中心"像一盏暖灯，吸引着越来越多的游客、居民、商户一起参与其中。在这里盛开的每一张笑颜，都如同溪中的鲤鱼一样让人赏心悦目。

无形的线让党建无限延伸

——记中兴社区党建引领智慧化治理模式

◎ 林　珑

　　走进中兴社区服务大厅，在醒目位置张帖着这一段文字："一个社区要搞好，一定要有非常强的党组织领导的基层组织，把社区的各方面服务搞周到，把群众自治性事情组织好。"这是习近平总书记对社区工作的殷切希望和嘱托。顺应新时期社区工作的需求，中兴社区秉持这一理念，利用网络把社区的方方面面串联起来。平台创立到现在不到 2 年的时间里，以一条无形的线把党建引领智慧化治理模式无限延伸。

平台创建　开启新篇

　　谈起中兴智慧网络创建，中兴社区书记李祥娇无不感慨地说起原社区书记吴康平。2019 年 3 月，李祥娇刚迈入中兴社区担任党建工作者。在日常的工作中，李祥娇发现社区每次摸排的数据出入都很大，这说明中兴社区人员流动十分频繁、信息变更快、动态社情不易掌握，这导致社区工作往往滞后，党建覆盖和前移难度大。曾在电信部门工作过的她，自然地想到了网络平台。如果能建立一个社区网络平台，时时更新和上传信息，解决社区存在的问题和矛盾，党建工作就可以顺势前移了，那样该有多好啊。在一次工作中她不经意间把自己的设想同吴康平书记聊起，没想到引起吴康平书记浓厚的兴趣。已在社区工作几十年的老书记，最懂得社区工作的风风雨雨，大事小情早已了然于心，只是中兴社区地处城区中心地带，辖区居民 14000 多人，人员流动、变更如同天上流云，想要全面掌握社区动态，实在是太难了。从那时起，他就特别关注社区智慧平台建设的事宜，时常与李祥娇描绘着社区智慧网络的愿景。

蕉城湖滨社区，是走在社区智慧治理的前列，一打听，一个平台的建立要投入八九百万。吴康平书记和李祥娇只好把自己的设想埋在心里，可希望的种子一旦播下，总会应时萌动，悄悄发芽，在心里疯长。

2021 年 4 月，山城的春天有了暖意，挂点中兴社区的县委组织部谢景锋部长，来到社区调研，询问社区工作的难点。吴康平书记顺势把构建社区智慧平台的设想，向谢部长全盘托出，一下子吸引了谢部长。对于中兴社区建设智慧平台的设想，谢部长十分赞赏和支持，只是他对平台维护和管理有些顾虑。李祥娇凭着在电信部门多年工作的经历，自告奋勇承担了网络平台的维护和管理。此后的日子里，谢景锋部长多次组织社区和有关人员到蕉城湖滨考察，并从组织经费中拿出 30 万元，先后又划拨和筹措 75 万元，用于帮助中兴社区的智慧治理平台建设。2021 年 8 月，在多方共同努力下，中兴社区的智慧治理平台投入了试运行。

发挥作用　化解危机

2022 元年旦刚过，街市上挂满了红灯笼，预示着 2022 年的春节即将临近。2021 年 9 月社区换届接过社区书记职务的李祥娇，习惯掏出手机关注社区智慧治理平台。兴业街网格员上传了一组图片，中兴社区 185 号楼四周恣意横流着污水已溢过了路面，住户表情夹杂着无奈与愤慨。她连忙放下手中的工作，并通知附近党员中心户何全林一同前往。见到社区来人了，中兴社区 185 号楼的住户们都围了上来，七嘴八舌、争先恐后地向李祥娇反映情况。原来前些时候城市投资公司承接河滨公园二期景观工程改造，污水溢流点处在工程附近，于是他们向"城投"反映，但"城投"没有污水处理的能力。居民认为污水也属于市容管理范围也向城管部门反映情况。虽然居民向两家单位都做了情况反映。但作为管理主体单位的住建局却忽略了。诚然居民也自发实施自助措施，但均无成效。即将临近春节，污水散发着恶臭，点燃了185号居民的怒火，他们已按耐不住，打算集体上访。望着按满红手印的上访材料和空气里弥漫的怨气，李祥娇和何林全在了解完情况后，哭笑不得，一番安抚之后，便忙着和住建局取得联系协商解决方案。处理完这一切，天已经黑了。"只能等到明天，派人来处理。""明天周末不上班，会有人来吗？"居民心里充满疑问。"明天一早会有人来处理，大家先克服一晚上吧。"李祥娇冲着大家说。

第二天，下水道经过清淤，污水畅流，四周清理打扫整洁，吹散压在居民心头那片阴霾，化解了一场集体上访的危机，迎接李祥娇的是洋溢的笑容和衷心的问候。

"以往遇到事情都要先向社区反映，由社区帮助协调，坐等有关部门解决，如今只要我们上传到平台，问题就能解决。"中兴社区居民是这样点赞中兴社区智慧管理模式的。

平台投入运行至今已成功处理此类事件15件，化解矛盾纠纷7起。

三社联动　关爱延伸

4月的山城正是春风和煦的季节，同样是花季的小微冷漠得像冰，身体略有些残障的她，比同龄人要瘦小一圈，今年小升初就表现出不适应。有多年教育经验的班主任李老师意识到对待这样的学生采取简说教是没有任何成效的。独来独往的小微，让李老师费尽了心思，只得向学校反馈了情况，通过学校转介到了中兴社区。

中兴社区的三社联动，即利用社区、社工、社会组织资源开展活动，服务社区居民。其中就有开展"青少年抗逆提升"项目。开展项目的社工都是具有较强专业素养的人员。他们通过家访得知，小微是弃婴，最初收养她的是一个老奶奶。此后，就由"奶奶"的儿子和他的妻子抚养，夫妻俩是得上是养父母。但他们经济上并不宽裕，长年在外打工，闲暇时间较少，与小微鲜有相处交流。小微渐渐变得敏感、自卑，把自己的内心封闭起来。

依据掌握的这些情况，中兴社区的社工先是给予小微心理抚慰，建立了有效沟通，让她加入"心守护·青少年能力提升活动"重点青少年群体抗逆力提升项目。针对她的被抛弃感和强烈的自卑感，社工以治疗者的身份介入，使用心理学方法施加积极影响，通过正念冥想给予她心理能量，使她建立良好的自我概念，同时通过"心守护·青少年能力提升活小组活动"，帮助她释放压抑情绪，感受人际温暖，提升生活信心。与此同时，社工还同小微的养父母建立了联系，向他们普及心理知识，帮助他们建立亲子关系。一句问候，一声关切，链接起亲情的纽带，换来了小微脸上逐渐泛起的笑意。

现在的小微已完全融了班级生活，变得开朗了，有花季少年的灿烂，真像换了一个人似的，班主任李老师很感到欣慰。几年来，李祥娇和她的三社联动，已经服务有特殊需求的青少年多达 600 多人次。随着智慧平台的接入，会有更多的社会资源得到利用，服务内容将不断地延伸覆盖。

智慧平台　远程幅射

2022 年 4 月，一场突如其来的疫情袭击了上海，在上海经商的叶女士一直在自我隔离。6 月初，上海的疫情虽然已经全面向好，但依然还有外溢输出的风险，依然需要管控人员流动。就在这时远在周宁老家照顾病重父亲的丈夫在电话哽咽地告知她，父亲要撑不住了，弥留之际，很想见一下孙子，想让叶女士能带着孩子回乡送老人一程。通过申请报备居家隔离，叶女士就急冲冲返回周宁老家。一下动车，依照就地隔离的原则，母子俩被安置在福安定点隔离点，让她有些手足无措。

她丈夫得知情况后，心急如焚，抱着试试看的心理，拨通社区的电话。社区工作人员得悉情况后，随即拨通叶女士的电话，让叶女士加载社区平台，耐心指导其填写相关的事项。依照周女士提供的信息，社区实地勘察周宁住居情况，符合申请条件，帮助她向县疫情防办反馈申请居家隔离的要求，透过县防疫部门上报，得到批准。

叶女士在社区智慧网络平台得知，社区已与福安防疫部门联系对接，不日就可动身了，原本那颗焦虑得像溃堤洪水的急切的心，刹那间宽阔起来，舒缓了许多，在点对点、全程无接触的过程中回到周宁。

早早清完场，穿着闷热防护服的社区工作人员，已在家门口等候，按照防疫的要求，尽最大限度满足叶女士母子俩的需求。在护送进入隔离空间的那一瞬，望着汗湿防护服的社区工作人员，叶女士湿润的眼睛透露出感激，表示了深深的敬意。

中兴社区利用智慧平台，服务内涵还在不断延伸。平台接入了爱幼帮帮团、亲老帮帮团、济困帮帮团等服务民生的智能化助力。特别是济困帮帮团，对有的群体需求特殊、独居老人、重度残障人士配备了呼叫器，直通网格员手机，网格员依据求助需要，第一时间上门服务。

拥有 4 个小区、6 个大网格、30 个微网格的中兴社区，如今依靠大党委轮值主席制串联起两级网格长，链接起网格员直通到楼栋长及党员中心户，基本上社区大大小小的社情、纠纷，都可以有效得到解决。动态社情通过网格员可以实现时时更新。吴康平老书记的梦想，已成为现实，党建引领治理关口已经登楼入栋了。将来随着功能不断完善，具备端口对接条件的单位会逐渐增加，社区党建联动覆盖面会更加广阔，治理模式会更加便捷。一条无形智慧线，让社区这根末梢

"福小宣·理响周宁"非遗说小分队宣讲党的二十大精神进社区　李何颖/摄

神经更加充满了活力，持续延伸着。"今后，继续发挥好党建引领作用，完善管理服务平台建设，加强智慧平台统筹、数据'触网'等智慧化模式，实现党建引领全覆盖，打通服务群众无死角。"李祥娇动容地说。

　　中兴社区二楼智慧网络平台控制中心大屏，跳跃的数字和上传的图片就像是一朵朵绚烂的花朵，无不践行习近平总书记的深切期盼。仿佛看到一条无形的线让社区党建引领智慧化管理模式，枝繁叶茂，姹紫嫣然。

头雁带着群雁飞

◎ 黄起青

农村党员队伍面临多重考验

作为乡村振兴主力军的广大农村基层党员干部，其联系服务群众的质量高低，直接影响着党在群众中的威望和地位，影响着党的路线方针政策在农村的贯彻落实。

笔者从周宁县组织部了解到，截至2020年，周宁有农村党员4400多人，其中流动党员就占了近三分之一。在村的农村党员中，科技型、经济型能人数量有限，农村党员干部普遍存在文化偏低、年龄偏老的现象。

随着时代的快速发展，互联网和自媒体等学习方式的兴起，让许多农村党员尤其是老龄、低学历农村党员有些无所适从。一些党员干部往往又因为参与意识、主人翁意识淡薄，造成内生动力不足，带动作用也就不够强。还有的党员，虽然有致富的愿望，但是长期处于因循守旧的状态，缺乏新知识、新技术以及大胆突破的决心，在很多事情上也就显得无能为力。

周宁县玛坑乡溪边村支部书记彭昌延就曾苦恼地说，村里虽然有32个党员，但是三分之一在外地，留下的三分之二，还有好几个是七八十岁的老党员，有想法、有干劲的年轻党员属于"少数"，工作起来着实有些"吃力"。

"农村党员作用没有发挥充分，老百姓没有领头雁，发展迟缓是肯定的事情，而且长远来看，对农村发展有害无利。"周宁县委组织部相关负责人说，如何打破农村党员固有的思想禁锢，激发他们的积极性、创造性，使之成为群众增收致富的领头雁，是农村发展面临的一大难题。

2021年，周宁县新选举产生432名农村党组织班子成员中，35岁以上的304人，占70.37%；农村党组织书记、村委会主任平均年龄为44.5岁，大专及以上学历人数为93人，占比66.43%。

相较往年，周宁县的农村党员队伍更加年轻化，学历也有所提升。但是，这样的转变又迎来新的问题：对于年轻党员干部来说，如何快速找准定位，提高基层治理、乡村建设的能力？

1995年出生的郑怡馨，是周宁县年轻力量加入基层干部队伍的典型代表。2018年，从大学毕业的她，返乡参选溪坪村党支部书记并顺利当选。她坦言，刚到基层时，缺乏基层组织工作经验，对于乡村产业发展定位不太清晰，压力很大。特别希望通过有效培训和自我提升，快速融入基层一线，真正担起乡村发展领头雁的作用。

乡镇党校成农村党员身边的课堂

为了让农村老党员脱胎换骨，年轻干部快速成为振兴乡村的领头雁，带着群众想，带着群众干，带着群众富，近年来，周宁县不断加大对党员的党性教育力度，组织农村党员"走出去"，让他们带回切实可行的乡村振兴新方法、新举措，并通过举办科技致富培训班，利用农村基地人才、技术等优势，积极引进推广新技术和优良品种，推动产业发展。

传统培训方式固然有其必要性和实用性，但也常常因为场地、种类以及培训内容专业的不对口，带来一定的局限性。

为了弥补传统培训方式的不足，2020年以来，周宁县因地制宜，按照"一乡镇党校、一党性教育基地、一特色党课"创建模式，以有组织架构、有场地设施、有师资力量、有教学计划、有管理机制的"五有"标准，探索建立农村党员身边的"新时代乡镇党校"。乡镇党校以"乡镇办学，村集体承办"的运营管理模式，由村集体统筹做好餐饮、民宿、解说员等配套服务。

师资力量哪里来？就从乡镇村党员干部、专家人才、先进典型等人员中挑选素质高、实践经验丰富的乡聘教师。而且，农村党员可以各取所需，通过"点单"选择乡村振兴、脱贫攻坚、基层治理、生态文明、园区党建等14门特色党课。乡镇党校就负责落实课程服务的"点单+配送"。

同时，各乡镇党校也不拘泥于场所与教授方式，可以把课程开到田间地头、车间班组、基地企业，还能以方言乡音、评书、北路戏、快板说唱、畲歌畲语等形式来上课，让"农村党员身边的课堂"魅力十足。

课程"对味"，形式丰富，自然让不少农村党员的学习兴趣大大提高。截至目前，周宁县已建成1个森林党校、9个乡镇党校、41个现场教学基地，同时，以"森林党校"（"三库"生态文明学习实践基地）为中心，辐射全县9个乡镇党校，整合县域现场教学点资源，形成"1+9+N"新思想学习阵地体系，更好满足全县党员教育和干部教育需求。据统计，这些教学点平均每年教育培训5200多人次，还吸引县内外170多批次党员前来开展主题党日活动。

经过培训，党员有干事创业的信心，却苦于没有资金，怎么办？2017年开始，周宁县与周宁县农村信用合作联社对接合作，为全县18至60周岁的党员"量身"推出"党员先锋贷"，贷款授信原则上不超过30万元，贷款期限为3年，随用随还，还可享受优惠利率。目前，该信用社已为周宁431位党员提供贷款4956万元，进一步激活了产业发展新动能。

头雁学以致用带着群雁飞

　　乡镇党校的一系列培训内容和扶持政策，让不少党员在潜移默化中解放思想，干劲十足，有的很快就投入到助推产业发展的大队伍。

　　玛坑乡溪边村村集体经济长期为零。2018年，44岁的彭昌延担任溪边村党支部书记后，不曾落下乡镇党校举办的各类培训，对村的发展思路一步步被打开，特别是到政和考察学习后，发现杭椒种植效益高，而且好管理，便谋划组织村11名党员带头种植。

　　"培训过程中，认识了订单农业带来的好处，于是我事先联系好采购方，种多少就能卖多少。"彭昌延说，在党员的带领下，33户村民，包括5户建档立卡贫困户，紧随其后，共种植杭椒60余亩，一亩至少收入8000元。

　　有了产业，收购的车子来来回回，让沉寂的村子重新有了"活

畲歌畲语宣讲习近平总书记在庆祝中国共产党成立100周年大会上的重要讲话精神　郑文敏摄

茶旅乐园苏家山　李洪元/摄

力"。紧接着，彭昌延"点单"参与乡镇党校种植管理技术培训班又获得了新启发，决定建设村级合作社，以"党员+合作社+农户"的模式，带领村民进一步扩大种植面积到 100 亩，带动村民人均增收3000 元，提升释放杭椒产业效益。

乡镇党校的培训效果也在咸村镇云门村得到很好地体现。3 年前，在县委组织部专项资金的支持下，咸村镇云门村党员带领村民种植金丝皇菊 100 多亩，刚开始亩产 100 斤。经过乡镇党校培训、种植专项技术班培训，村党员做好技术"传帮带"，使得金丝皇菊亩产提高到 350 斤，每年增加村财收入 5 万元。现如今，云门村通过支部领办山哈合作社，种植三红蜜柚 130 亩、刺葡萄 20 亩、水蜜桃 30 亩。2021 年，云门村村财收入突破 50 万元。

培训的力量是无止境的。溪边村、云门村党员的思想灵感得到迸发，潜能在干实事中得到挖掘。这并非个例。郑怡馨对于村产业发展思路更加清晰，将通过党支部领办合作社，加大猕猴桃、马铃薯等特色农作物种植规模，引进种植槟榔芋，培育多元化特色产品，打造产业示范片，带领村民共同富裕；实地察看礼门乡礼门村菊美专业合作社蔬菜基地后，大碑村党支部书记与村民开启玉米、茄子的种植模式；参观完七步镇苏家山农旅融合基地后，礼门乡常源村党支部引领村党员进一步挖掘乡村资源，走古村游路线……

"当发展的思路遇到瓶颈时，理论与现场教学的结合是思想碰撞的一个契机。乡镇党校的多样化培训，既拓宽了我们的视野，也为我们呈现了最生动具体的乡村发展模式，是我们村主干提升自我、履职尽责能力的好课堂。"郑怡馨说。

"实践证明，有效的培训能改变人们的固有想法，开阔视野，而党员主动带头示范，也能让群众更有方向，更有干劲。"彭昌延说。

现在，周宁县722名村两委成员，经过多元化的培训，走上"技术岗位"、当上"创业者"的党员致富领头雁就有199个人，带领群众发展各类企业、合作社、基地达100余家。2021年，全县村财收入突破20万元的村有61个，其中突破50万元的村31个。

诗意

云端

逐梦云端

我庆幸遇见了你

◎ 叶玉琳

云端下的文心兰

当光明倾泻在你身上
唯有静默，才能接应
一条金色的河流

这世界有那么多人
精灵似的隔空舞蹈
我庆幸遇见了你
卸下厚重的苔衣与岩层
和你并立，风中带电
给无限绽放的花房做减法
只保留一小抔褐色的泥土
让叶脉和根茎交替生长
蜜蜂也要停下颤动的羽翅
伟大的爱有时需要松开

你在这片土地短暂停留
这肃穆庄严的山与海啊

只有在你面前
才能聚拢生命中全部的气息
激发未来无限的潜能
那未被时间磨损的一切
坐落在琴弦轻扬的经纬度上
像极了一个孤勇者
在每一个蓝色清晨
给金黄的汉字让路
向远方奇异的丛林俯身

这是一个大而无穷的世界
山河壮阔，随影赋形
我手捧这一束花枝
像你曾经赋予我的
温暖、透明、仁慈

九龙漈瀑布

这似乎是最完整的结局
它用白色阴影拍打着自己
为别人展示余留
但它的内部，仿佛
什么事都没有发生

天空永远有一个缺口
像一颗倾诉的心
绵绵不绝，饱含凉意
来时的长路藏身不见
它坚信自己会投射

一些与众不同的光
一些没有的事物

这迫使群山一步步退让
退让出一条水的深度
远行人，但凡你有心
请向下眺望
请停止内心不安的火焰
就像水，躲进水的虚空

鱼 冢

它们被安放在神秘的墓穴里
当猩红的躯体跟随山风
化成一个个传说
来不及惆怅，也来不及感伤
一种代代相传的的习俗
最终诠释了生命的无常与圆满

远处青山苍茫如幕
滚烫的岩浆中没有终场
一条峡谷分开了思想和肉体
万千风物在蓄势推进中变幻
人们都在剔除多余的语言
语言却在寻找新的栖息地
替她确立不朽之诗

云端之下，是最好的家园

白云的家

◎ 刘伟雄

晨间陈峭

穿过这座村庄
恍惚穿过岁月的云烟
汲水的人儿
还在那儿笑着
咿呀的开门声
挤落最后的一颗晨星

一座没有标识的村庄
炊烟里飘着薯香
乡音尽是清水的潋滟

在晨间的陈峭
电视新闻正播着
台风来临的讯息
天　却蓝得可以看得见
你我的童年

云端之城

白云的家
仙人的足迹
依然从弄堂井边
清晰地显现

时间停留的地方
雨露花香里的来来往往
都是人间最美的那一段

酽茶之后的陶醉
鲤鱼游过了乡关
远远的乡音拍打着旋律
萦绕在半寐半醒之间

陈峭的花

醉蝶花　萱草　野百合
开在山顶　山腰和深谷
这些自开自落的花朵
在安静的陈峭　我可以听到
他们之间的窃窃私语

流水远去　云雾远去
来来往往的日子远去
只有缤纷的四季明亮又执着

只有绿色的家园美丽又丰腴

这些花开在风里
风就有了芬芳的方向
这些花开在雨中
雨就有了柔媚的味道

在陈峭　花开花落
不算稀罕事
但绝对是你我一直想重温的
那场艳遇

蝙蝠洞

据说蝙蝠的眼睛是瞎的
瞎眼的蝙蝠却很能选地方
在美丽的盘龙溪上
他们日出而息　日落而作

沿溪而上　盘根错节的青藤
捆绑着一条溪清凛凛的梦境
一池清水会洗濯多少风尘啊
那生命之门生命之根
是神秘的礼门大山
人们生生不息的追寻

怪不得见到一些蛙们
怎么唬它都岿然不动

它相信被大自然征服的心
会以更美的姿态回应

礼门，一位老人

在这条清溪上　幽深的洞里
遇到一位八十七岁的老人
健步如飞　带着我们曲径通幽

他发现了这里的山水
他发现了深山里的生命之门
每一条藤蔓交织的逻辑
每一只蛙受孕的歌唱
以及每一条流下岩壁的清泉
在黑暗中优美的姿态
他都兴奋地用方言给我们描述
如数家珍　如在他家厅堂

在我们离开的时候　他依依挥手
蝙蝠洞苍然的苔痕犹如他的皱纹
他是一位深山里的魔术师
是时光机器里的无名英雄
是时尚世界忽略的一位山神

一切都那么恰如其分

◎ 周宗飞

宝丰古银场矿山公园随想

一

这被掏空的矿山，像巨大蜂窝
遗落在周宁深山
那些蜜蜂一样辛勤的矿工
已经不再，而那源自北宋年间
蜂蜜一样的白银和传说
至今还在山涧峡谷里流淌
让经过这里的灵魂充满自豪和神奇

二

如果白银古道是一条项链
矿山公园一定是它的挂坠
楼坪、芹溪两个古村
是它两个小小的装饰
不要小看这纤细的古道
它可是周宁无价的古董

从北宋到清末
由无数工人打造而成
被岁月封存，如今又被打磨
才会让越来越多的爱好者
前来鉴宝欣赏

三

喜欢这凉爽宁静的高山夏日
喜欢溜达在公园的矿洞巷道
想象这北宋明清时中国"银都"
"井下三千采矿工
地上一万过路客"的情景
喜欢穿梭在楼坪、芹溪古村
想象这里的繁华、血泪与落寞
喜欢听风中时隐时现的鸟鸣
和它送来的清风和惬意
更多时候，什么也不想
就想寻一处临水庇荫的石头坐下
静静地欣赏这磅礴大气的石门山
和这兴废无常的古银场矿山
慢慢地垂下世俗的眼帘
垂下烟火、时间和记忆

在月牙湾酒店

这个高温不断的夏夜
我在周宁月牙湾酒店占据
十八平米城池，成为这里的王

眼前寥廓的星空是献给我的
身后连绵的山峰也是献给我的
那些吹来的凉风是滤过的
夜鸟和昆虫的音量是调好的
炎热和旧伤，此刻都与我无关
仿佛我占据江山一角
江山也拥有我的一夜温情

夜宿陈峭

在陈峭景区聚仙阁底下的开阔地
数十顶帐篷错落有致地开放
一簇簇男男女女正享用自备的灯光音响
悠闲地品茶、喝酒、歌唱
其中不少是来自闽浙赣的农民工和周边游客
而此刻，《新闻联播》恰好在播放
异邦的难民正面容忧伤地
挤进破旧的帐篷

九龙漈瀑布

◎ 王祥康

我不相信

不相信你会转身回返

即使诺言折成九节悬念

即使歌声跌进雷般的震颤

即使坚贞一阵阵触痛伤口

即使夜夜流泻孤独的感叹

即使握手后遍体冰凉

即使垂首时泪湿衣衫

即使曲径走不出坦荡的构想

即使方舟还搁浅在无望的眼帘

即使鹰翅与残崖遮断阳光

即使钟声剪断岁月的视线

即使前头崩裂出九层地狱

即使粉身碎骨魂归深潭

我不相信

不相信你会转身回返

水是它，火也是它

◎ 韦廷信

三棵树

周宁后洋村黄振芳家庭林场
是一座神奇的
水库、钱库、粮库和碳库

满眼望去是整齐划一的杉树
像一支绿色军队
在守卫一个时代的秘密
也有人在林场中遇到草珊瑚和金线莲
像这个秘密长出来的许多小脚

最引人注目的是石碑旁的
三棵杉树
它们直窜云霄
像三只高举的手
争先回答关于这个时代的秘密

长者食堂

深山有长者
长者有大智慧
鼹鼠、穿山甲、乌梢蛇
聚在一起交流着山中趣事
小雏菊开在食堂门口
风轻轻摇晃着它
像是在呼朋引伴
老人们坐在凳子上相互寒暄
共勉努力加餐饭
食堂师傅记下他们的口味
以及一次次雏菊盛开时
他们老有所依的笑容

禾溪中心国民小学

像藏在时间深处的花园
沿着历史的石阶而上
青苔一直长到这座学校的大门
我迈进大门，仿佛迈进
民国最后的烟云
穿过卷帘拱门，立于百叶窗下
是北京来的知青
在给十里八村的孩子
讲授生活与苦难，青春和山河
还在操场争相斗艳的是木槿花和鸢尾花
我怕惊扰到她们

悄悄地从礼堂移步
到学校后面的一个院子
一株文心兰在草丛中随风舞蹈

鼓音漈

在周宁仙溪
山海气流交汇
全年雾气弥漫
山上的村庄往下看
是瀑布，是雨点
我们称那里为鼓音漈
有一天我来到山下
在山下的村子里往上看
是红霞，是烈火
人们称那里为火焰漈
我所熟悉的流水
以及流水冲击的山谷
在山下原来另有叫法
水火不容的两种东西
在这里成为一种事物的两个维度
水是它，火也是它

雕刻师

他们用象征、变形、夸张的手法
以有限表现无限
用加减的艺术

在木料不断减少的同时
让木头的图案变得丰富而浪漫
柏崖与天然奇石抱在一起
榆树与黑皮桃树紧紧相依
我所见过最伟大的雕刻师
是周宁禾溪边的一只臭蚁
它把一段腐朽的杉木
咬出一栋气势宏大的时间楼阁

周宁秋日之旅

◎ 董欣潘

仙风山即景

宛若仙风吹过，山上的草甸
一波比一波低
我看见一个人站在山顶
他的左边是观日亭，右边是望月亭
日月皆可观望，分明是仙峰山最好的景点
我从人间来，未遇一个仙人
只有俗世的好奇与遐想

鲤鱼溪之夜

夜晚去鲤鱼溪荷田
看不到一只鲤鱼
只见成片的荷叶托着荷花
在晚风中摇曳
音乐伴着灯光
五彩缤纷，扬扬洒洒

鲤鱼溪荷田里人潮如海
仿佛每个人都是一尾鲤鱼
自由地呼吸、潜游
人海茫茫，叫唤声此起彼落
一些鲤鱼游上岸，相亲相惜
一些鲤鱼潜行水里，暗中欢腾

访后洋"三棵树"

过七步镇、苏家山，抵达后洋
与三棵树相遇。初秋的阳光
泄漏过笔直的树林
洒在林间草珊瑚和老虎姜身上
风起山冈，轻点翠绿叶片
这片山地曾经一片荒凉
而今绿荫浓稠。三千亩山林
与一个黄老爷子有关
他曾带领两个儿子开荒拓土，种植绿树
培育"三库"，成为远近闻名的造林能手

陈峭记

五百多级台阶将我抬上
人间的高度。高处不胜风
以为那是天外来客
暂时替我发出内心的疑问

站在五层楼高的聚仙阁

这些来自生活底层的人
分享了天大的恩宠
一场大雨试图洗去人世污浊
一场大风吼出天外之音

雷声持续翻滚而过，大地草木一片飘摇
白云和乌云，是遛出天宫的两个仙子
东边有雨西边晴，道是人间真情意

在九龙漈读一块黑岩石

溪水以恒常之力
持久地俯冲而下，夜以继日
冲击和磨砺着水中岩石
在世间，我以为溪水不老
以穷尽的力量，为石头添颜加色
镌刻出坚韧不拔与不屈不挠的形象
原来，石头的黑
是溪水流淌出来的
是溪水洗濯出来的

后　记

　　周宁乡村振兴之路在探索与实践的摸索中已走过5年。

　　这5年，在习近平新时代中国特色社会主义思想引领下，周宁县委、县政府坚持生态、产业、城乡"三位一体"布局，持续巩固提升生态优势，统筹城乡协调发展，乡村产业兴旺、百姓富裕、治理有效，乡村振兴样板村、示范村不断涌现，为周宁发展注入新的生机，乡村振兴战略取得新成效。在周宁县委、县政府领导的关心支持下，宁德市文联、周宁县委宣传部、周宁县委乡村振兴办策划编辑的《逐梦云端——作家笔下的周宁县乡村振兴》一书终于付梓。

　　本书旨在以诗歌、散文、纪实的形式，生动描绘5年来周宁乡村振兴的先进典型、经验做法，以及取得的成果和发展优势，旨在为今后工作提供一些新的思考与借鉴，从而为进一步推进乡村振兴战略提供样本，以实际行动宣传贯彻党的二十大精神。

　　本书的顺利出版，也离不开周宁县委组织部以及周宁县文联、融媒体中心、农业农村局、生态环境局、文旅局、人社局等部门的通力协作，离不开宁德市作家协会广大作家以及周宁县广大摄影工作者、各乡镇相关工作人员的辛勤付出。正是因为他们的生动实践与全力支持，才为本书的采风、创作、编辑与出版提供了精彩的生动案例和源源不断的精神动力。

　　由于时间仓促、水平有限，本书难免存在不足之处，敬请广大读者批评指正。

编　者

2022 年 11 月

图书在版编目(CIP)数据

逐梦云端:作家笔下的周宁县乡村振兴/宁德市文学艺术界联合会,中共周宁县委宣传部、中共周宁县委乡村振兴办编. —福州:海峡文艺出版社,2022.12
ISBN 978-7-5550-3262-5

Ⅰ.①逐… Ⅱ.①宁…②中… Ⅲ.①中国文学—当代文学—作品综合集 Ⅳ.①I217.1

中国版本图书馆 CIP 数据核字(2022)第 240657 号

逐梦云端
—— 作家笔下的周宁县乡村振兴

宁德市文学艺术界联合会
中共周宁县委宣传部　编
中共周宁县委乡村振兴办

出 版 人	林　滨	
责任编辑	朱墨山	
出版发行	海峡文艺出版社	
经　　销	福建新华发行(集团)有限责任公司	
社　　址	福州市东水路 76 号 14 层	
发 行 部	0591—87536797	
印　　刷	福建名彩印刷有限公司	
厂　　址	福州市闽侯经济技术开发区一期九号中路 5 号	
开　　本	787 毫米×1092 毫米　1/16	
字　　数	230 千字	
印　　张	16.5	
版　　次	2022 年 12 月第 1 版	
印　　次	2022 年 12 月第 1 次印刷	
书　　号	ISBN 978-7-5550-3262-5	
定　　价	136.00 元	

如发现印装质量问题,请寄承印厂调换